MAREN FRIEDLAENDER

Rheingolf

TOD AN DER FAHNE Es ist Mittwochnachmittag. Mittwochs ist Herrengolftag – da haben Damen nichts auf dem Platz zu suchen. Was also hat Frau Wallmann an Loch vier gemacht? Als drei Herren das Grün erreichen, liegt dort die Spielerin tot an der Fahne. Nicht das letzte Opfer auf dem Platz. Kommissarin Rosenthal ermittelt im feinen Kölner Golfclub Siebeneichen. Die Untersuchungen in der Gerichtsmedizin sind noch nicht abgeschlossen, als Rosenthal wieder auf den Golf Course gerufen wird. Die zweite Tote heißt Julia Buenlago – Mitte vierzig, attraktiv, reich. Sie scheint eine Frau voller Esprit und Witz gewesen zu sein. Mit ihrer scharfen Zunge hat sich die Journalistin nicht nur Freunde gemacht, mit ihrer spitzen Feder manchen in der Stadt verletzt. Mindestens einem Menschen war sie so unbequem, dass er deshalb mordete. Bei den Untersuchungen stößt Rosenthal auf krumme Geschäfte des Bauunternehmers Willi Wirtz, einem Kölschen, der keine Mühe scheut, um bei den Mitgliedern des exklusiven Clubs aufgenommen zu werden. Rosenthal erlebt tödliche Golfleidenschaft.

Maren Friedlaender, in Kiel geboren. Journalistin, lange Jahre beim ZDF, Mainz, in der Innenpolitik tätig. Der Umzug nach Köln vor dreißig Jahren ein gewisser Schock. An Köln muss man sich als Norddeutscher schon gewöhnen. Mit dem Fahrrad hat sie die Stadt erobert – vom Fahrradsattel aus sieht man mehr. Die Entdeckung der Stadt durch das Unterwegssein in verschiedenen Welten, immer noch schreibend, aber auch aktiv in der Politik, für einige Jahre Mitglied des Kulturausschusses. Seit zwei Jahren wöchentliche Glosse, in der mal schmunzelnd, mal bissig die Stadt aufs Korn genommen wird.

MAREN FRIEDLAENDER

Rheingolf

Kriminalroman

GMEINER SPANNUNG

Personen und Handlung sind frei erfunden.
Ähnlichkeiten mit lebenden oder toten Personen
sind rein zufällig und nicht beabsichtigt.

Im Ehnried 5, 88605 Meßkirch
Telefon 07575/2095-0
info@gmeiner-verlag.de

1. Auflage 2018

Lektorat: Claudia Senghaas, Kirchardt
Herstellung: Benjamin Arnold
Umschlaggestaltung: U.O.R.G. Lutz Eberle, Stuttgart
unter Verwendung der Fotos von: © k060124 / shutterstock
und © Mr. Nico / photocase.de
Druck: CPI books GmbH, Leck
Printed in Germany
ISBN 978-3-8392-2329-1

Für Julius, mit dem alles anfing …

1. KAPITEL

Der perfekte Schlag. Und nun sollte Rudolf Spethmann um seinen Triumph gebracht werden. Im Golfclub Siebeneichen ist das vierte Loch ein sogenanntes »Blind Hole«: Auf dem Abschlag stehend, kann man das Grün nicht einsehen. Es liegt verborgen hinter einer Kuppe und ist nur durch die Fahnenspitze markiert. Spethmann wusste in dem Moment, als der Schlägerkopf auf den Ball traf, dass er einen fehlerlosen Schlag gemacht hatte. Der Ball verließ das Tee in idealer Flugbahn Richtung Ziel. Wo genau er zur Ruhe kam, blieb eine Überraschung, bis der Spieler die Kuppe des Hügels erreichen würde.

»Good shot«, lobte Spethmanns Partner Paul Rasmussen. »Ist auf jeden Fall auf dem Grün gelandet.«

»Tot an der Fahne – oder im Loch«, kommentierte Willi Wirtz, der Dritte im Team. Er ließ selten eine Gelegenheit aus, sich in seinem kölschen Singsang zu Wort zu melden.

Auf dem Weg zum Grün redeten Spethmann und seine Mitspieler meist nicht über Golf, auch nicht über Business, das lenkte nur ab von der Konzentration auf das Spiel. Lieber plauderten sie über etwas Belangloses: schöne Golfplätze oder schöne Frauen, gute Weine, neue Lokale, etwas in der Art. Sie schoben ihre Golfwagen bergauf und um einen Sandbunker herum, der das Grün verteidigte. Erst danach konnten sie die kurzgeschorene Rasenfläche überblicken. Spethmanns Ball steckte tatsächlich im Loch, wie sich später herausstellte. Aber das Erste, was sie wahrnahmen, war eine Frau, die auf dem Grün lag. Zunächst vermuteten sie, die Dame sei gestürzt. Aber sie regte sich nicht, als sie näher traten und sie ansprachen. Ganz still ruhte sie da, direkt neben der Fahne, und es war nicht irgendeine Frau. Sie alle kannten sie: Frau Wallmann, Margot Wallmann, Clubmitglied und im Übrigen eine grottenschlechte Golfspielerin. Einer der beiden Mitspieler, ein Arzt, eilte zu der wie tot dort Liegenden.

Es gab viele Ärzte im Club. Am Herrengolftag, dem Mittwoch jeder Woche, waren die Arztpraxen geschlossen. Ob sie wegen des Herrengolfs geschlossen wurden oder der Herrengolftag auf dem Mittwoch lag, weil die Ärzte frei hatten, war nicht mehr auszumachen. Dr. Paul Rasmussen war einer dieser Mediziner. Er kniete sich nieder und stellte nicht nur umgehend den Tod von Frau Wallmann fest. Er bemerkte zudem, ziemlich ungerührt von diesem überraschenden Todesfall, dass am Tag der Herren eine Dame auf dem Golf Course eigentlich nichts zu suchen habe – nicht nur eigentlich, sie hatte da verdammt überhaupt nichts zu suchen. Mittwochs gehörte der Platz den Männern.

Und Dr. Rudolph Spethmann wollte an diesem strahlenden Tag einfach nur ungestört sein Hole-in-one genießen, das erste in seinem Leben.

Ein Hole-in-one ist die Kunst, einen kleinen Ball über die Entfernung von hundert oder sogar zweihundert Metern mit nur einem Schlag in ein ungefähr handbreites Loch zu befördern. Das Hole-in-one ist der Höhepunkt im Leben eines Golfspielers. Nicht einmal jedem Profi ist dieses Glücksgefühl vergönnt, obwohl er doch Tausende von Runden in seinem Leben spielt, Tausende von Abschlägen macht, bei denen immerhin für ein paar

Sekunden die Möglichkeit besteht, ein solches Ass zu schlagen.

An einem Par-3-Loch braucht selbst der Geübte drei Schläge, um den Ball zu versenken. Das Loch kann vom Abschlag bis zu 229 Metern entfernt liegen. Mit einem Durchmesser von nur 108 Millimetern ist die Vertiefung auf dem kurz geschorenen Grün aus dieser Entfernung nur sichtbar durch die Fahne, die es markiert. Der Spieler trifft mit einer etwa Handteller großen Schlagfläche auf den kleinen, weißen Ball. Im besten Fall trifft er ihn im Sweet Spot, wodurch der Ball die ideale Richtung und Geschwindigkeit mit auf den Weg bekommt. Gute Golfspieler erreichen Ballgeschwindigkeiten von 250 Kilometern in der Stunde, der Rekord liegt bei 328 Stundenkilometern. Stellt man sich all die Kräfte vor, die auf einen Ball einwirken – da ist noch der Wind und der Luftdruck und der Zufall beim Aufkommen, trifft er ein Steinchen, eine kleine Unebenheit, die ihn von der Bahn ablenkt oder vielleicht gerade in die richtige Richtung schiebt – bleibt immer noch das kleine oder große Wunder, das den Ball eventuell mit der letzten Umdrehung in das Loch hineinrollen lässt.

Ein »Hole-in-one« ist etwas Großartiges, etwas Einmaliges und Fantastisches. Da kann man jeden Golfspieler fragen: die, die es erlebt haben und alle diejenigen, die den Wunsch hegen, wenigstens in einer von den Hunderten Runden, die sie spielen werden, ein Ass zu schlagen. Dieses sehr seltene Ereignis, so ist es Brauch, wird mit viel Alkohol gefeiert, den der glückliche Spieler all denen spendet, die sich an dem Tag im Clubhaus aufhalten.

2. KAPITEL

Hauptkommissarin Theresa Rosenthal war hundemüde. Das war nicht die Müdigkeit, die man üblicherweise dem von Arbeitsüberlastung gestressten Kommissar auf den Leib schreibt. Sie war müde, weil sie seit gefühlt zehn Jahren keine Nacht mehr richtig durchschlief. Statistisch, wenn man Statistiken denn Glauben schenkte, leiden 25 Prozent der deutschen Bevölkerung an Insomnia, wahrscheinlich nehmen die meisten Betroffenen irgendwelche Tabletten. Das lehnte Theresa ab. Sie las gegen ihre Schlaflosigkeit; sie las so lange, bis das Buch ihr aus der Hand fiel. Wenn sie Pech hatte, war es dann schon sechs Uhr morgens. Aus dem auf die Insomnia folgenden Tiefschlaf wurde sie gegen sieben Uhr unsanft von ihrem Wecker wachgerüttelt. Sie glaubte an so etwas wie Biorhythmus – bei ihrem konnte man zur frühen Morgenstunde nicht wirklich von Rhythmus sprechen. Das Wort war, auf ihren Zustand angewandt, geradezu lächerlich. Die diversen Männer in ihrem Leben hatten, je nach Temperament, diesen todesähnlichen Morgenzustand bei ihr belacht oder genervt hingenommen. Manche hatten sogar mit einer gewissen Wut im Bauch versucht, ihr in der Morgenstunde etwas Vernünftiges zu entlocken, was nahezu unmöglich war bei einem Menschen, der mit einem Blutdruck von 80 zu 60 in einer leblosen Starre verharrt. Theresa war überzeugt davon, dass sie eines Tages aus ihrer Schlafstarre nicht mehr erwachen würde. Das würde dann wohl bedeuten, dass ihr Problem letal geendet hatte, obwohl sie sich eher wünschte, rasant zu sterben, auf jeden Fall nicht an Altersschwäche. Ihr Plan war, spätestens ab 60 gefährliche Sportarten zu beginnen oder vielleicht auf Abenteuerreisen zu gehen, auf denen Gletscherspalten oder wilde Tiere ihrem Leben ein jähes und spektakuläres Ende setzen würden. Und da war auch noch ihr Beruf, der einige Risiken barg, sodass ihr ein langes, quälendes Warten auf den Tod hoffentlich erspart blieb. Das größte Risiko in diesem Moment war allerdings der Sekundenschlaf am Steuer. Es war vier Uhr am Nachmittag, die Stunde, zu der ihr Biorhythmus seinen täglichen Knick bekam. Sie lenkte den Wagen nach rechts in einen Waldpfad hinein, der laut Navi zu dem Golfplatz führte, auf dem man ihre Anwesenheit wünschte. Ihr Pech, dass das Gelände gerade noch auf dem Kölner Stadtgebiet lag. Ein paar Kilometer weiter, und die Bonner Kollegen wären zuständig gewesen. Theresa hätte sich einen schönen Feierabend auf ihrer Terrasse gegönnt, mit einem Gläschen Sekt, das ihren schlappen Kreislauf auf Touren brachte und sie fit machte für ihr bewegtes Nachtleben.

Der Kollege Marco Bär war gerade nicht einsatzbereit, er hatte sich morgens krankgemeldet. Bär war ein netter Kerl, 15 Jahre jünger als Theresa, ungefähr Mitte 30, sah aus wie ein Kraftprotz, aber in dem mit Muskeln bepackten Körper lebte die Seele eines Kindes, das beim kleinsten Schnüpfchen unter die Decke kroch. In Theresas Augen war Marco Bär der typische Vertreter seiner Generation. Jungs, die einfach nicht erwachsen wurden, die immer weiterspielen wollten und damit indirekt Schuld waren an der Geburtenrate von durchschnittlich 1,2 Kind pro Frau in Deutschland. Welche Frau will Nachwuchs mit einem Mann zeugen, der selbst eisern am Kindesdasein festhält und gar nicht im Traum daran denkt, Verantwortung für eine Familie zu übernehmen. Sie hatte Marco einmal auf der Skaterbahn am Rheinufer erwischt, wo er in zu weiten, bunten Bermudas, einem engen T-Shirt mit einer lächerlichen Aufschrift und einer mit dem Schild nach hinten gedrehten Baseballkappe zwischen Pubertierenden auf seinem Skateboard über irgendwelche Betonhindernisse sprang – ein Kind! Theresa zog ihn gern damit auf, worauf er immer mit gutem Humor reagierte. Und nun ließ der kränkelnde Bub sich gerade heiße Milch mit Honig einflößen und durfte im Bett Videogames spielen. Wenn Marco allerdings auf der Szene erschien, war er ein guter Polizist. Zudem ergänzten sie sich. Marco war der Macher, Theresa die feinfühlige Zuhörerin. Beide Methoden hatten, den jeweiligen Umständen entsprechend, ihre Berechtigung.

Die Tote auf dem Golfplatz war also vorerst ihre Tote. Wahrscheinlich Herzinfarkt oder ein Golfball hatte sie getroffen, die Angaben waren nicht klar herübergekommen. Immerhin hatte ein Arzt, der sich auf dem Platz aufhielt, ihren Tod festgestellt. Die Spurensicherung war hoffentlich vor Ort, sodass die Sache schnell von der Bühne ging. Theresa fuhr durch ein geöffnetes Tor zu einem Parkplatz, auf dem dicht an dicht die derzeitig angesagten Luxusfahrzeuge standen, neben einigen, wahrscheinlich von Damen bevorzugten, Kleinwagen – Smarts und Mini Cooper, mit denen man aus dem angrenzenden Villenviertel schnell um die Ecke und zum Einkaufen fuhr. Es fehlten natürlich nicht die Geländewagen, die, frustriert von ihrem nutzlosen städtischen Dasein, blankpoliert darauf warteten, dass sie von ein paar blondierten Luxusweibern auf ihren Shoppingtouren zweckentfremdet wurden. Theresa parkte direkt vor dem Eingang des Clubhauses an einer als No-Parking-Zone ausgewiesenen Stelle, was sofort einen Typen, der hinter einer halb hochgeschobenen Glasscheibe saß, auf den Plan rief.

»Hier können Sie nicht parken!«, sagte er bestimmt, aber nicht unfreundlich. Mittlerweile stand er in der Eingangstür, und die Kommissarin konnte erkennen, dass sie es mit einem Mann mittleren, obwohl nicht ganz bestimmbaren Alters zu tun hatte, der im Club offensichtlich eine Funktion bekleidete.

Theresa ließ die Scheibe auf der Fahrerseite herunter und hielt dem Mann ihren Ausweis hin.

»Kann ich doch«, sagte sie, ohne sich aus dem Auto herauszubewegen, womit sie ihn zwang, näher zu treten und sich zu bücken, um einen Blick auf die Karte zu werfen. Etwas freundlicher fügte sie hinzu: »Darf ich fragen, wer Sie sind?«

»Caddie-Master – Thomas Hauser.«

»Gut, Herr Hauser, wenn Sie mir sagen, wo ich einen freien Platz finde, stelle ich mich gern woanders hin.«

Vielleicht brauchte sie den Mann noch, und sie kannte solche Burschen – im Grunde kein unrechter, hatte wahrscheinlich nur zu lange im Dunstkreis der Golf spielenden Neureichen gelebt, die nicht immer den richtigen Ton im Umgang mit Angestellten fanden.

»Sie können ruhig hier stehen bleiben – ich wusste nicht …«

»Kein Problem – wo muss ich denn hin?«, fragte sie, davon ausgehend, dass er über den Todesfall im Bilde war.

»Loch vier. Ich kann Sie mit dem Elektrocart fahren«, bot er an. »Wir haben den Platz übrigens vorerst gesperrt –

ist das in Ordnung? Heute ist bei uns Herrengolftag. Die Spieler sind alle draußen auf der Terrasse – ich meine nur, falls Sie Fragen haben.«

»Vielen Dank, das war sehr vorausschauend von Ihnen. Sind denn die Herren von der Spurensicherung draußen am Tatort?«

»Die zwei Polizisten, die auf meinen Anruf gekommen sind, haben zwei weitere Herren zu dem Platz geführt, wo die Tote …«

»Okay – alles gut! Kann ich schnell noch irgendwo einen Espresso trinken?«

Sie hatte während ihrer jetzt fast 20-jährigen Tätigkeit die Erfahrung gemacht, dass Tote nicht verschwanden. Es war zwar vorgekommen, jedoch äußerst selten. Und der Espresso hatte jetzt Vorrang, damit ihre Gehirnzellen die Arbeit aufnehmen konnten. Der Caddie-Master wies ihr den Weg zum Restaurant, das schlicht und geschmackvoll im englischen Stil eingerichtet war: karierte Sitzmöbel um einen Kamin gruppiert, an den Wänden alte Stiche mit Golfszenen. In einem kleineren Nebenraum saßen ein paar ältere Damen schweigend und so konzentriert beim Bridgespiel, als ginge es um Leben und Tod. Theresa strebte auf eine kleine Bar zu, hinter der ein junges Mädchen stand, das ihr den gewünschten Espresso schnell und freundlich überreichte. Theresa nahm die Tasse und trat hinaus auf die sonnenbeschienene Terrasse. Auf der einen Seite saßen an einem langen Tisch die Herrengolfer im angeregten Gespräch – wahrscheinlich diskutierten sie das Geschehene. Sie würde sich später mit ihnen beschäftigen, ging nur kurz hinüber, um sich vorzustellen und die Herren zu bitten, auf sie zu warten, bis sie die Tote gesehen habe.

Theresa setzte sich mit ihrem Espresso für einige Minuten an einen der hölzernen Tische, genoss den milden Mainachmittag, erfreute sich an dem Blick in das saftige Frühlingsgrün der hohen Bäume, die links und rechts von der Spielbahn prachtvoll aufragten. Die neugierigen und teils kritischen Blicke vom Nebentisch störten sie dabei nicht. Sie würde ihrer Arbeit gleich nachgehen, anders als die Herren dort, von denen einige gerade im rechten Alter waren, um zu dieser frühen Nachmittagsstunde hinter einem Schreibtisch zu sitzen, an einer steilen Karriere zu basteln und das Bruttosozialprodukt ihres Vaterlandes zu steigern.

Schöner Tag zum Sterben, dachte sie, war aber Geschmacksache – manche zogen vielleicht einen düsteren Novembertag vor, um sich von der Welt zu verabschieden. Dieser Maitag war auf jeden Fall wundervoll, die Sonne gab wärmende Strahlen ab, und auf der südwestlich gelegenen Terrasse war es fast ein wenig zu heiß. Am frühen Abend würde es wahrscheinlich gerade angenehm sein, und deshalb wollte sie die Sache möglichst zügig hinter sich bringen, um diesen Tag auf ihrem Dachgarten ausklingen zu lassen. Sie ging zurück zum Caddie-Master.

»Können wir?«

»Ich schließe nur eben ab. Der Wagen steht gleich hier vor der Tür.«

Sie bestiegen ein kleines zweisitziges und nach allen Seiten offenes Gefährt, das über die gepflegten Fairways fahren durfte, erklärte ihr Herr Hauser.

»Wir sind gleich da«, beruhigte er die Kommissarin. »Ist nur ein Neun-Löcher-Platz, der ist in der Größe überschaubar.«

»Wohin geht's?«

»Loch vier – sie liegt tot an der Fahne«, antwortete der Caddie-Master, und Theresa meinte zu sehen, dass dabei ein kaum merkliches Lächeln seine Lippen umspielte. Vielleicht hatte sie sich aber auch getäuscht.

»Wer hat sie gefunden?«

»Die drei Herren vom ersten Flight. Sind unsere besten Spieler«, erklärte Hauser, während er das wendige Fahrzeug geschickt an einem Sandbunker vorbeisteuerte.

»Flight?«, fragte die Kommissarin, etwas genervt darüber, dass sie es hier mit einer Szene zu tun hatte, von der sie nichts verstand, nicht einmal die Ausdrücke.

»Entschuldigung, ist Golfsprache. Ich meine die erste Gruppe, die im heutigen Wettspiel gestartet ist.«

Der Caddie-Master wurde ihr immer sympathischer. Seine Antworten waren kurz und präzise. Er war jetzt freundlich, aber nicht anbiedernd. Ein straighter Typ. Sie würde mit ihm zurechtkommen. Sie fuhren das erste Fairway bis zur Hälfte hinunter, bogen nach links ab, kreuzten einen Weg, fuhren an einer Baumreihe vorbei, hinter der sich ein fast rundes Grün im Halbschatten der Bäume ausbreitete.

Im ersten Augenblick glaubte Theresa, es handele sich bei der Toten um ein junges Mädchen, so zart und dünn wirkte der Körper, der dort direkt neben der Fahne lag, in seitlicher Position, wie Theresa selbst abends gern einschlief. Die blonden, etwa schulterlangen Haare der Frau bedeckten das Gesicht.

Die Kommissarin begrüßte die Kollegen, die dabei waren, den Tatort abzusperren. Sie nahm ein paar dünne Gummihandschuhe entgegen und näherte sich der Toten. Ihr schmaler Oberkörper war mit einem eng anliegenden rosafarbenen Poloshirt bekleidet; die rosa karierte, nicht ganz knielange Shorts mit einem rosa Hermes-Gürtel um die schmale Taille gehalten; die Beine, mädchenhaft und eher zu dünn, steckten in rot-weißen Golfschuhen.

»Hinten Lyzeum, vorne Museum«, dieser spöttische Spruch ihrer Mutter kam ihr in den Sinn, als sie auf das faltige Gesicht einer fast Achtzigjährigen blickte, sobald sie das blondierte Haar der am Boden liegenden Toten vorsichtig zurückstreifte.

»Sie kennen die Dame?«, fragte Theresa den Caddie-Master, der respektvoll oder eher verschreckt vom Tod, der in diese Idylle geplatzt war, auf Abstand blieb. Ohne näher zu treten, nickte er mit dem Kopf.

»Frau Wallmann.«

»Das können Sie sagen – so aus der Entfernung?«

»Ich bin hier seit über 20 Jahren angestellt, ich erkenne jeden von Weitem: Kleidung, Figur, Gang ...«, erklärte er etwas stockend.

»Mmh, wo hat sie ihre Golfausrüstung?«

Er schaute verwirrt, ließ seinen Blick schweifen.

»Keine Ahnung – einen Putter hat sie auch nicht dabei – komisch.«

»Müsste sie auf jeden Fall einen dabeihaben?«

»Eigentlich ja ...« Wieder schaute er sich suchend um.

»Was heißt eigentlich?«

»Mit irgendetwas muss sie den Ball ja einlochen, aber vielleicht wollte sie auf das Putten verzichten oder hat ein Hole-in-one geschlagen, das halte ich in diesem Fall für ausgeschlossen.«

»Warum? Verzeihen Sie – können Sie das einer Nichtgolferin erklären?«, bat die Kommissarin.

»Ganz einfach. Das Loch ist vom Damenabschlag ungefähr 140 Meter entfernt. Frau Wallmann kommt, wenn sie richtig einen raushaut, vielleicht gerade hundert Meter weit, ergo, kein Hole-in-one!«

»Klar – das kapiere ich. War sie vielleicht verwirrt – ich meine, sie ist nicht mehr die Jüngste?«

»Nein – nicht, dass ich wüsste. Sie war eine ganz besonders muntere und liebenswerte alte Dame«, erklärte der Caddie-Master, »doch fragen Sie da besser ihre Mitspielerinnen.«

»Ich lass Sie ein bisschen allein, damit Sie den herrlichen Tag im Grünen genießen können«, verabschiedete sich Theresa von dem Team, das gerade begann, den Tatort, wenn es denn überhaupt einer war, weiträumig zu inspizieren. »Und schauen Sie doch, ob Sie etwas finden, was ähnlich wie ein Schläger aussieht«, bat sie.

»Macht doch gar keinen Sinn – Golferin ohne Schläger auf dem Platz«, murmelte sie kopfschüttelnd vor sich hin, während sie das Gefährt bestieg, um sich vom Caddie-Master zurück zum Clubhaus fahren zu lassen.

»Ich komme später noch einmal!«, rief sie den Kollegen zu und schenkte ihnen zum Abschied ein majestätisches Winken. »Mamamobil!«, sagte sie lächelnd und deutete auf das Fahrzeug, das tatsächlich wie eine Miniaturausgabe der Papstkarosse wirkte.

»War Frau Wallmann verheiratet?«, fragte sie den Caddie-Master.

»Ich glaube schon«, antwortete er zögernd. »Sie erwähnte mal einen Ehemann.«

»Aber er ist nicht Mitglied im Club, das wüssten Sie wohl?«

»Natürlich.«

»Sonstige Angehörige, die hier Mitglieder sind – Kinder, Enkel?«

Er schüttelte den Kopf. »Ich glaube, sie war ein bisschen einsam. Sie unterhielt sich oft mit mir, als wollte sie noch nicht nach Hause. Dem Ehemann ging es nicht gut, geistig, glaube ich, das erzählte sie mal. Sie war wohl froh, wenn sie etwas Abwechslung hatte, deswegen kam sie so gern auf den Golfplatz, obwohl sie schlecht spielte.«

»Gut, geben Sie mir doch bitte ihre Anschrift und Telefonnummer – ich informiere die Angehörigen«, versprach die Kommissarin.

3. KAPITEL

Die Herrengolfer hatten den ersten Schock gut überwunden, als Theresa Rosenthal erneut die Terrasse betrat. Auf dem Tisch standen mehrere Flaschen Wein, und die Stimmung in der Runde war munter. Das war nichts Ungewöhnliches; die direkte Begegnung mit dem Tod verstärkt den Wunsch zu leben und führt oft zu unerwarteter Heiterkeit, ähnlich wie beim Leichenschmaus. Das Auftauchen der Kommissarin ließ den Stimmungspegel kaum merklich absinken.

»Ich muss Ihre fröhliche Runde leider unterbrechen. Ich würde gern mit den drei Herren sprechen, die die Tote auf dem Grün gefunden haben – wer von Ihnen …?«

Am Tisch kehrte daraufhin ein wenig Ruhe ein, und einige der Herren machten betretene Gesichter. Drei von ihnen meldeten sich und standen auf.

»Ich würde gern einzeln mit Ihnen sprechen. Einer von Ihnen ist Arzt, wenn ich das richtig verstanden habe.«

»Das bin ich – Dr. Paul Rasmussen.« Ein mittelgroßer, drahtiger Mann, im Alter von vielleicht Anfang 60 kam der Kommissarin mit ausgestreckter Hand entgegen; das war eine Arztangewohnheit. Sie hasste es, Hände zu schütteln. Es blieb ihr aber nichts anderes übrig, als ihm ihre hinzuhalten, die er mit festem Druck ein wenig zu lange in der seinen hielt. Fehlte nur, dass er fragte: »Wie geht es uns denn heute?«

Theresa übte Wirkung auf Männer aus. Mit einer Körpergröße von 1,75 Meter stand sie den meisten auf Augenhöhe gegenüber, zumal sie gern hohe Absätze trug, wenn ihr Job sie nicht gerade in Wälder und Wiesen trieb. Ihre Größe setzte sie hin und wieder gezielt ein, wissend, dass sie bestimmte Leute damit einschüchterte. Das war manchmal hilfreich. Eine klassische Schönheit war sie nicht, aber eine auffallende Erscheinung: Ihre blauen Augen strahlten Humor und eine gewisse Spottlust aus; die nicht ganz gleichmäßigen Gesichtszüge verrieten Klasse; die hohe Stirn und die gerade lange Nase, gepaart mit einem entschlossenen Zug um den Mund, ließen auf einen Herrschaftsanspruch schließen, der sich in der ungefähr 800-jährigen Geschichte ihrer Familie herausgebildet hatte. Mit der glorreichen Vergangenheit kokettierte sie allerdings nie, da ihr das Traditionsbewusstsein ihrer Familienmitglieder lange genug auf den Wecker gegangen war. Die Rückbesinnung auf die Vergangenheit hatte in den Jahrzehnten in dem Maße zugenommen, wie die Besitztümer ihrer adligen Familie dahingeschmolzen waren. Die meisten in ihrem Umfeld ahnten nichts von ihrer Familiengeschichte, vor allem nicht ihre

Mitarbeiter. Im Umgang mit Leuten wie diesen hier half es ihr manchmal zu wissen, dass ihre Familie länger verarmt war, als die meisten in dieser Runde ihren Wohlstand genossen. Neureiche entlockten ihr nur ein müdes Lächeln. Sic transit gloria mundi – so vergeht der Ruhm der Welt, nicht nur bei Päpsten, auch bei Königen, Fürsten und eben Familien wie der ihren. Sie wusste, dass das wehtat, aber es half nicht, sein Leben mit Jammern zu verschwenden. Theresa hatte mit Anfang 20 in erster Ehe, vielleicht aus Protest gegen ihr Elternhaus, einen Bürgerlichen geheiratet, nicht standesgemäß, befanden Vater und Mutter. Vielleicht hätten sie ein Auge zugedrückt, wenn der Schwiegersohn wenigstens Reichtümer in die verarmte Familie eingebracht hätte, hatte er jedoch nicht. Um die Meckerei über diese Mesalliance nicht länger anhören zu müssen, hatte Theresa ihrer Familie weitestgehend den Rücken gekehrt – und dabei blieb es, auch als sie in zweiter Ehe einen steinreichen Textilfabrikanten heiratete, den ihre Eltern freudig willkommen hießen, bis sie den jüdischen Background von Friedrich Rosenthal entdeckten. Was hatten sie gedacht? – Dass es sich bei dem Namen Rosenthal um ein ostpreußisches Adelsgeschlecht handelte?

»Wieder eine morganatische Eheschließung«, kommentierte Theresas Mutter mit einem verächtlichen Zug um den Mund. Ob ihr klar war, dass 99 Prozent der deutschen Bevölkerung nicht mal ahnte, worum es sich bei diesem Überbleibsel aus feudalistischen Zeiten handelte. Natürlich zeigte niemand ihrer edlen Ahnen offene Antipathie, doch Theresa kannte ihre Mischpoke, wie sie die Mitglieder der Familie bei den seltenen Treffen betitelte, um sie ein wenig zu ärgern. Theresa behielt den Namen Rosenthal nach der dritten Eheschließung bei, weil sie gern weiterhin wie ihre beiden Söhne heißen wollte.

Das Gespräch mit dem Arzt verlief freundlich, mit einem Versuch seinerseits zu flirten, den er vorsichtshalber ironisch verpackte. Typisch Mann – im Fall einer Niederlage sah es aus, als sei alles nur eine kleine Spielerei gewesen. Mit Ende 40 war einem das alles schon begegnet, die Durchschaubarkeit der Menschen fing an, Theresa zu langweilen. Sie musste achtgeben, dass die Langeweile nicht in Verachtung umschlug.

Sah man von den eingestreuten Komplimenten ab, gab Dr. Rasmussen präzise Auskünfte über die entscheidenden Minuten an diesem Nachmittag.

»Wir sind um zwei Uhr auf die Runde gegangen, erster Flight – sind Sie Golferin? Flight nennt man …«

»Ich weiß«, unterbrach sie ihn, »erzählen Sie weiter!«

»Vor uns ist keiner gestartet. Ich stand mindestens zehn Minuten auf dem Übungsgrün, ich hätte gesehen, wenn Frau Wallmann vor uns losgegangen wäre. Es ist auch unwahrscheinlich, dass wir zu dritt auf einen Einzelspieler auflaufen.«

»Spielte sie manchmal allein?«

»Da fragen Sie mich was – doch, kann sein, aber hören Sie sich besser bei den Damen um. Morgen ist Damentag, da sind viele hier.«

»Also gut – Loch vier«, kürzte Theresa das Gespräch ab. »Als Sie abschlugen, stand sie nicht auf dem Grün?«

»Vom Abschlag kann man das Grün nicht einsehen, ein sogenanntes ›Blind Hole‹. Geht der Spieler vom Grün rüber zum nächsten Abschlag, läutet er die Glocke, die dort hängt, um den Nachkommenden zu signalisieren, dass das Grün frei ist.«

»Und – läutete die Glocke?«

»Nein – es hatte die ganze Zeit keiner vor uns gespielt, also konnte keiner läuten.«

»Leuchtet ein, aber ist das nicht gefährlich?«

»Es ist nie etwas passiert. Auf jeden Fall machte mein Mitspieler, Dr. Spethmann ...«

»Noch ein Arzt?«

»Dr. Spethmann ist Jurist, er machte auf jeden Fall einen Klasseschlag, der – wie es aussah – gut unterwegs zum Grün war.«

»Und Ihr Ball?«

»Upps – touché! Treffen Sie die Männer immer an Ihren Schwachpunkten?« Seine dunkelbraunen Augen versuchten ihre zu fixieren.

Guter Versuch, dachte sie und konterte kühl. »Es war eigentlich nur die Frage nach einem Golfschlag.«

»Eben«, antwortete er mit gespielter Zerknirschung. »Meiner war ein furchtbarer Slice, endete irgendwo rechts zwischen den Bäumen, müsste da noch liegen, den haben wir gar nicht mehr gesucht, wegen der ...«

»Klar – und der dritte Ball?«

»In dem Bunker links vorm Grün – den müssten wir dort finden.«

»Ach, ich dachte, Sie wären gute Spieler mit niedrigen Handicaps?«

»Ist auch so, wir sind alle einstellig«, sagte er mit einem gewissen Stolz. »Die Frage ist doch, was man aus der misslichen Lage macht – wie im Leben«, ergänzte er mit seinem ironischen Lächeln.

»Zweiter Versuch«, notierte sie und ließ sich davon nicht aus der Ruhe bringen. Er erzählte weiter, wie sie die Tote gefunden hatten. Er habe als Arzt natürlich direkt den Tod feststellen können, und daraufhin hätten sie den Abbruch des Spiels organisiert und die Benachrichtigung der Polizei veranlasst, weil sie sich nicht sicher waren, ob nun der Ball oder was immer für ihren Tod verantwortlich war. Die Umstände seien ein wenig merkwürdig.

»Obwohl – ist gar nicht schlecht, so tot an der Fahne.« Wieder meinte sie bei dieser Erwähnung ein kleines Lächeln zu entdecken. Das sei der Dame im Leben selten vergönnt gewesen, fügte er mit einem Augenzwinkern hinzu.

»Wie bitte?« Theresa hatte wohl ziemlich verdutzt geschaut, denn nun lächelte er offensichtlich, was ihn ziemlich sympathisch machte.

»›Tot an der Fahne‹ ist auch ein Golfbegriff – meint, dass der Ball dicht neben der Fahne liegen bleibt. Das ist der Traum eines jeden Spielers. Wegen der Doppeldeutigkeit gibt es darüber natürlich eine Menge Witze.«

Die Trauer um die Dame schien bei Dr. Rasmussen nicht gerade überwältigend, aber das allein machte ihn nicht zum Verdächtigen. Außerdem war ihm als Arzt der Tod nichts Fremdes; die meisten Ärzte legten sich einen gewissen Panzer zu, um das Elend nicht zu nah an sich heranzulassen. Theresa merkte, dass sie versuchte, ihn zu entschuldigen, was für eine untersuchende Kommissarin keine gute Idee war.

»Also – tot an der Fahne – war ihr nicht vergönnt. War sie also eine eher schlechte Golferin?« Theresa wollte möglichst viel von dem Spiel verstehen, um bei den nächsten Gesprächen nicht andauernd nachfragen zu müssen.

»Schlechte Golferin? Das ist untertrieben; das, was sie da spielte, konnte man kaum Golf nennen – ist nichts Besonderes, da gibt es einige hier im Club. Haben Sie Lust, es zu probieren? Ich nehme Sie gern mit auf die Driving Range«, bot er ihr an.

»Vielleicht«, antwortete sie.

Als sie zum Herrentisch zurückkehrten, wurde dort gerade heiß debattiert, ob Rudolf Spethmann nun ein nach den Regeln gültiges Hole-in-one geschlagen hatte oder nicht. Da in der Zwischenzeit weiterer Alkohol geflossen war, wurde die Diskussion entsprechend laut und erregt geführt. Ein Herr blätterte in einem Büchlein und triumphierte:

»Hab ich's doch gesagt! Regel 19, wenn er sie getroffen hat – Bahnzufall. Hier, hört mal alle zu: Wird der Ball in Bewegung zufällig durch etwas abgelenkt oder aufgehalten, das nicht zum Spiel gehört, gilt dies als Spielzufall und ist straflos. Der Ball muss gespielt werden, wie er liegt. As it lies«, fügte er in schlechtem Englisch hinzu.

»Nicht zum Spiel gehörig, da kann man in diesem Fall mit Fug und Recht von ausgehen, aber lasst doch den Herren-Captain zu Wort kommen!«, grölte einer vom Ende des Tisches und deutete auf Rasmussen.

»Können wir das vielleicht später besprechen, Jungs. Die Kommissarin möchte jetzt mit dir sprechen, Rudolf.«

Rasmussen stellte ihr seinen Mitspieler, den Juristen, vor, nicht ohne Theresa nochmals augenzwinkernd zuzulächeln. Mit demselben flirtiven Unterton, den er fast das ganze Gespräch beibehalten hatte, fragte er dann: »Bin ich aus der Inquisition entlassen? War mir eine Freude. Und mein Angebot gilt – ein kleiner Schnellkurs, jederzeit gern.«

»Wir warten hier auf dich, Rudolf!«, rief ein Herr mit schwerer Zunge dem Juristen hinterher. »Dein erstes Hole-in-one, und diese Wallmann bringt dich um die

Siegesfeier. Die Drinks musst du trotzdem ausgeben. Da kommst du nicht drum herum.«

Das Gespräch mit Dr. Spethmann verlief nüchtern und kurz. Er bestätigte alles, was der Arzt berichtet hatte und fügte nur hinzu, dass sein Ball im Loch gelegen habe und er im Übrigen nicht wissen könne, ob er Frau Wallmann getroffen habe oder nicht.

»Das wird die Gerichtsmedizin feststellen, Herr Dr. Spethmann«, konstatierte Theresa und wollte von ihm noch wissen, woher er überzeugt sein könne, dass es sein Ball war, der da im Loch lag.

»Beim Beginn der Runde geben wir alle an, welchen Ball wir spielen werden. Man muss in der Lage sein, auf dem Platz seinen eigenen Ball zu identifizieren, und die Mitspieler müssen das natürlich kontrollieren können.«

»Wo ist Ihr Ball?«

»Wie bitte?«

»Na, Ihr Ball, der im Loch lag?«

»Ach so, den habe ich mitgenommen. Ein Hole-in-one-Ball ist eine Trophäe, die lasse ich mir auf ein Silberpodest montieren.« Ein kurzes trockenes Lachen folgte auf diese Bemerkung. Bisher war Theresa nie klar gewesen, was die Leute meinten, wenn sie von einem trockenen Lachen sprachen. Als sie Spethmann hörte, wurde es ihr schlagartig bewusst. Wie konnte ein Lachen humorlos sein, und doch war es so: unsympathisch und humorlos. Ein unangenehmer Mann.

»Gut, gut, aber dieser ist auch ein Beweisstück, das sollten Sie als Jurist doch wissen, vielleicht sind Spuren daran« – Sie Blödmann, ergänzte Theresa still für sich.

Er schaute sie ziemlich betroffen an.

»Meinen Sie wirklich, dass ich sie getroffen habe?«

»Ist doch schön, dass sich hier endlich ein Lebewesen um die arme Frau da draußen Sorgen macht.« Theresa merkte, wie der ganze Verein sie allmählich ankotzte.

»Kann ich den Ball jetzt haben?«, fragte die Kommissarin, sich nur mühsam beherrschend. Als er das Corpus Delicti aus seiner Tasche zog, rollte sie mit den Augen.

»Das zum Thema Spuren.«

Sie zog einen Handschuh an, nahm den Ball entgegen und ließ ihn in eine Plastiktüte fallen.

»Und ja«, kam sie ihm zuvor, »Sie können den Ball später wiederbekommen.«

Der dritte Herr aus dem Flight erregte schon bei den ersten Begrüßungsworten Theresas Missfallen. Er benutzte den lokalen Dialekt auf merkwürdig gedrechselte Weise. Es sollte vornehm klingen. In Hamburg ging das, in München mit dem bayerischen Dialekt zur Not auch – in Köln war es peinlich, eben ein Kölscher, der in dem Umfeld des feinen Golfclubs seine Herkunft zu kaschieren versuchte. Die hiesige Mundart, die auf dem Markt in Nippes fröhlich und natürlich klang, verlor, derartig gequält, ihren Charme.

»Willi Wirtz«, stellte der dritte Golfspieler sich vor.

Theresa überlegte angestrengt, wo sie den Namen schon einmal gehört oder gelesen hatte. Im Zusammenhang mit Baukorruption oder irgendeinem politischen Skandal im allgegenwärtigen Kölner Klüngel? Oder hatte Wirtz einfach nur die Schlachterei im Veedel? Wieso nur klang in dieser Stadt alles ein bisschen wie im Hänneschen Theater? Selbst eine Straftat wie Korruption bekam den niedlichen Klüngel-Anstrich verpasst. Und Herr Wirtz fügte sich nahtlos in diese Szene ein. Zwei Kölsch zu viel, und der Typ krakeelte laut herum, wurde derb und anzüglich, was für ein Arschloch, schätzte Theresa und sah im Geiste ihre Mutter, wie sie verzweifelt die Augen verdrehte. Die Arroganz, die ihre Mamá dem Rest der Menschheit entgegenbrachte, hatte im Alter ein unerträgliches Ausmaß angenommen. Es blieb kaum ein Lebewesen übrig, das sie für wert erachtete, mit ihr zu verkehren, abgesehen von ihrer rachitischen englischen Bulldogge. Theresa erwischte sich neuerdings bei einer ähnlichen Haltung. »Die Spiegelneuronen explodieren«, ermahnte sie sich in Erinnerung an ihr Psychologiestudium. Das Vorbild der Eltern schlägt eben doch brutal durch.

»War'n astreiner Schlag vom Rudolf – supa Golfer«, ging es bei Wirtz im kölschen Singsang weiter. Seine geölte und auf der Sonnenbank gebräunte Haut verbarg nicht, dass der Mann zu viel Alkohol trank. Seine Jugendjahre befanden sich weit hinter ihm, auch wenn er es nicht wahrhaben wollte. Die zu langen und mit Gel bearbeiten Haare täuschten kaum darüber hinweg, dass sein Alter jenseits der 50 lag.

»Blind Hole – kamma nix machen, keine Glocke jehört! Jesehen hamma se auch nich. Feine Frau, aber Jolf, da hatte die keinen Schimmer von, nö, nette Frau sonst, kamma nix sagen. Traurig – so'n schöner Tach, und dann liegt se da plötzlisch tot an der Fahne. Is'n Schock für uns jewesen. Fröhliche Herrenrunde und plötzlisch so wat.«

Ohne dass die Kommissarin eine Frage an ihn gerichtet hatte, sendete Herr Wirtz pausenlos weiter. Mal schauen, dachte Theresa und hoffte, dass vielleicht irgendetwas Interessantes herauskäme, ihm ein Detail entschlüpfte, das sie nicht kannte. Die Hoffnung wurde enttäuscht.

Sie bezweifelte, dass Wirtz in seinem Leben überhaupt je etwas Interessantes gesagt hatte.

»Is'n schöner Sport sonst«, sprudelte es weiter aus ihm heraus, »und haben wir immer viel Spass hier, is ne nette Runde, alles janz feine Herren, kann man nix sagen. Is'n doller Club hier, kost auch einiges, Mitgliedschaft und auch sonst, muss man immer mal einladen, hamma alle Spass dran, jeden Mittwoch und Donnerstag dann die Frauen, meine Frau spielt hier auch mit und mein Sohn, is'n feiner Golfer, einstellig, hören Se mal, die Jungs nee, bei denen jeht dat wie nix, hat den Papa überholt, is man ja stolz drauf.«

Wie Theresa vermutet hatte, der Mann würde bis Sonnenuntergang weiter schwafeln, ohne etwas von Bedeutung von sich zu geben. Sie brach das Gespräch ab, ging noch einmal zum Herrentisch, dankte dort für die Unterstützung und bat um eine Liste aller Herren, die heute beim Spiel dabei gewesen waren.

»Kein Problem«, sagte der Arzt-Doktor, sprang auf und bot sich an, sie zum Caddie-Master zu begleiten. »Sie bekommen unsere Startliste mit allen Namen. Kann ich Ihnen sonst behilflich sein?«

Er drückte ihr seine Visitenkarte in die Hand.

»Alles klar – Sprechstunden, immer außer am Mittwochnachmittag«, scherzte Theresa und wunderte sich, warum sie auf seine Anmache überhaupt einging.

»Ich würde Sie auf Herz und Nieren untersuchen, besonders auf Herz, das ist mein Spezialgebiet«, antwortete er und, sie fragte sich, wie oft er den Spruch schon gebracht hatte, verkniff sich aber ein Nachhaken. Darauf würde ein Wort das andere geben, und dann saßen sie plötzlich beim Abendessen. So liefen die Dinge doch, und das brauchte sie jetzt gar nicht. Zu Hause wartete ein Ehemann auf sie, immerhin Nummer drei. Am Verlust des ersten traf sie durchaus eine Mitschuld. Der zweite war sieben Jahre zuvor gestorben, und ausgerechnet er hatte perfekt zu ihr gepasst. Warum sie eine dritte Ehe eingegangen war, konnte sie sich im Grunde nicht erklären. An der Beziehung mit Georg gab es nichts auszusetzen, aber ohne Trauschein wäre es auch gegangen. Die Verbindlichkeit erschien ihr zeitweise beengend, das Leben unter einem Dach kein unbedingter Gewinn. Heute Abend zum Beispiel würde sie gern in ein nur von ihr bewohntes Haus heimkehren; sich mit einem Glas Wein und einem Stück Käse auf die Terrasse setzen; den Tag, den heutigen Fall Revue passieren lassen; vor allem keine Fragen beantworten müssen; lesen, wenn ihr danach war; vielleicht »Tatort« gucken. Manche der Kommissare mochte sie wirklich gern, und es machte Spaß, sie bei Fehlern zu erwischen, die nur ein Insider entdecken konnte. Georg verstand nicht, warum sie nach ihrem Job Krimis anschaute. Sie wusste das selbst nicht genau, wollte es auch gar nicht erklären müssen. Theresa wunderte sich, warum sie gerade in diesem Moment ihre Beziehung in Frage stellte. Vielleicht wäre sie tatsächlich gern mit Rasmussen essen gegangen. Irgendetwas reizte sie an dem Mann, war wahrscheinlich nur eine Augenblickssache.

Sie fuhr erneut zu dem Grün, auf dem die tote Frau lag. Diesmal steuerte sie den Elektrowagen selbst; den Weg hatte sie sich gemerkt. Auf dem vierten Grün lief die normale Routine: Spurensicherung und erste Untersuchung der Toten. Tatsächlich hatte Frau Wallmann seitlich am Kopf ein Hämatom, das von den Haaren verdeckt wurde.

»Über die Ursache kann ich jetzt nichts sagen«, erklärte der Gerichtsmediziner.

»Wie wär' es damit?« Theresa reichte ihm die Plastiktüte mit dem Golfball, den sie sichergestellt hatte.

»Kann sein«, antwortete er knapp. Dr. Mario Bellutt hasste es zu spekulieren. »Ja, und ich weiß, so schnell wie möglich«, ergänzte er mit einem Augenrollen.

»Hab doch gar nichts gesagt«, protestierte Theresa. »Ich glaube nicht an ein Gewaltverbrechen. Vielleicht, weil es ein zu schöner Tag ist und ich nach Hause will.«

»Nach meiner Erfahrung spielt das Wetter keine große Rolle, gemordet wird bei Regen und bei Sonnenschein.« Wie Bellutt das sagte, klang es fast fröhlich.

Die Spurensicherung hatte ebenfalls nichts Besonderes ergeben. Eine zurückgelassene Golfausrüstung hatten sie in der Umgebung nicht entdecken können. Theresa fuhr zurück zum Caddie-Master und fragte, wo Schläger und Taschen untergebracht seien.

»Im Caddiehaus.«

»Können Sie überprüfen, ob die Sachen von Frau Wallmann dort sind?«

»Selbstverständlich – ich habe einen Generalschlüssel.«

Er kehrte nach ein paar Minuten zurück und berichtete, dass Golftasche und -wagen im Schrank eingeschlossen seien.

»Merkwürdig«, fügte er hinzu, »was hat sie nur auf dem Platz gesucht ohne Ausrüstung.«

4. KAPITEL

Der Fund einer weiteren Toten auf dem Golfplatz überraschte die Kommissarin, da sie bei dem Fall vom Vortag nicht von einer Gewalttat ausgegangen war. Mit der zweiten Toten auf dem Gelände des Clubs musste sie diese Annahme wohl korrigieren. Zwei Unfälle oder zwei natürliche Tode an zwei aufeinanderfolgenden Tagen erschienen ihr eher unwahrscheinlich, ausschließen konnte man diesen Zufall nicht. Sie hatte dem Caddie-Master am Mittwoch ihre Visitenkarte gegeben, also hatte er sie direkt auf ihrem Handy angerufen. Auf dem Weg zum Golfplatz hoffte sie auf das Wunder – aus reiner Selbstsucht. Tote, wenn sie nicht auf natürliche Weise gestorben waren, bedeuteten Arbeit. Diesmal zur frühen Nachmittagsstunde, was ihr immerhin Aussicht auf einen freien Abend gab, der allerdings nicht sommerlich wie der vorherige sein würde. Es war noch immer recht warm, bei bedecktem Himmel. Aus den Wolken waren vormittags ein paar Regentropfen gefallen.

Sie traf gegen Viertel vor drei auf dem Golfplatzgelände ein. Auf dem Parkplatz bemerkte die Kommissarin einen Krankenwagen. Zielstrebig ging sie zum Büro. Hinter der Fensterscheibe entdeckte sie den Caddie-Master. Ein bisschen wie im Zoo, dachte Theresa, als sie ihn in seiner zu zwei Seiten verglasten Hütte sitzen sah. Fehlt nur noch das Schild – »Bitte nicht füttern!«

Herr Hauser begrüßte sie fast wie eine alte Bekannte; er wirkte dabei sichtlich verstört. Die Tote war von zwei

Herren kurz nach 14 Uhr entdeckt worden. An den Donnerstagen gehörte der Platz ab 13.30 Uhr den Damen, deshalb waren die beiden Spieler davor gestartet, um ihre Runde zu beenden, ohne den Frauen ins Gehege zu kommen. Das gab sonst schon mal Ärger.

»An derselben Stelle?«, fragte die Kommissarin den Caddie-Master.

Er schüttelte den Kopf. »Nein, an Loch sechs. Ich kann Sie bringen. Ein Arzt ist auch schon dort. Ich habe als Erstes 112 angerufen.«

Sie benutzten wieder den Elektrowagen und fuhren in entgegengesetzter Richtung als am Vortag. Die Schilder zeigten an, dass sie sich auf dem Weg zur Driving Range befanden.

»So geht es am schnellsten«, erläuterte der Caddie-Master.

»Sie wissen, wer die Tote ist?«

»Julia Buenlago, ist schon lange Mitglied im Club.«

»Auch eine ältere Dame?«

»Nein, ich meine, nicht im Alter von Frau Wallmann. Frau Buenlago ist eher Mitte 40.«

Hauser konzentrierte sich auf das Umfahren der Schlaglöcher und war dabei nicht sehr gesprächig. In dem schmalen Fahrzeug saßen sie auf Tuchfühlung, was Theresa eher etwas zu intim fand. Sie versuchte das mit einem munteren Ton zu übergehen.

»Spielen Sie auch Golf, Herr Hauser?«, fragte sie.

»Um Gottes willen«, brach es aus ihm heraus. »Dieses Theater um einen kleinen weißen Ball! Ist nichts für mich.«

Die Heftigkeit seiner Reaktion überraschte sie ein wenig. Trotz seiner Ablehnung musste er sich täglich mit dem Wohl und Wehe der Golfer auseinandersetzen.

Ein Mann mit einem Arztkoffer in der Hand kam ihnen zu Fuß entgegen. Sie hielten an.

»Zu spät!«, sagte er. »Ich konnte nichts mehr für sie tun.«

Der Caddie-Master verlangsamte die Fahrt, als sie sich der Driving Range näherten. Auf zwei Ebenen konnten Golfspieler hier ihre Schläge üben, und sie wollten natürlich nicht in einen Bällehagel hineingeraten oder von einem Querschläger getroffen werden.

»In den beiden Boxen geben unsere Trainer Unterricht«, erklärte der Caddie-Master. »Der dort ist Padraig, bei ihm hat Frau Wallmann wöchentlich Stunde gehabt.«

»Ich würde später gern mit ihm sprechen.«

»Kein Problem, er ist den ganzen Tag auf dem Gelände. Unten sind die überdachten Boxen, bei schönem Wetter können die Spieler auch von hier oben schlagen. Ist allerdings nur den Geübten erlaubt«, kommentierte Thomas Hauser. »Wir haben die Driving Range übrigens nicht gesperrt, war das in Ordnung?«

Sie nickte.

Ob sich ein Spieler in den unteren Boxen befand, konnte sie nicht sehen; oben übte nur ein einzelner Herr. Beim Näherkommen erkannte sie Dr. Rasmussen.

»Ah, Frau Kommissarin, kommen Sie zu Ihrer Trainerstunde?«, rief der Arzt ihr fröhlich entgegen. Vielleicht hatte er von dem neuen Todesfall noch gar nichts gehört – vielleicht. Sie machte einen Vermerk im virtuellen Notizbuch.

»Ich bin bei der Arbeit – und Sie? Praxis geschlossen?«

»Mittagspause. Ein paar Golfschläge machen den Kopf frei. Meine Praxis ist gleich um die Ecke. Sehr praktisch.«

»Und seit wann stehen Sie hier?«

»Halbe Stunde vielleicht. Ist das ein Verhör?«

»Wenn Sie so wollen?«

»Gut, dann gestehe ich, dass ich vorher eine halbe Stunde auf dem Übungsgrün war, danach habe ich im Clubhaus gegessen, dazwischen hätte ich eventuell ein paar Minuten Zeit gehabt, jemanden umzubringen.«

»Ich werde darauf zurückkommen.«

Sie bat den Caddie-Master weiterzufahren und sah aus dem Augenwinkel, dass der Arzt ihnen verwirrt hinterherschaute.

Am Ende der Range kreuzten sie eine Baumreihe, bogen nach rechts, fuhren eine Art Böschung hinunter, sodass die Kommissarin einen Augenblick fürchtete, der Wagen könne umkippen. Der Caddie-Master steuerte das Gefährt sehr geschickt durch das hügelige Gelände, bis sie sich wieder auf ebenem Boden bewegten. Sie fuhren etwa 50 Meter an der Baumreihe entlang, links von ihnen war das Fairway mit dem säuberlich, kurz geschorenen Rasen, der wie ein grüner Teppich aussah.

Sie war vor der Spurensicherung am Tatort, so konnte die Kommissarin in aller Ruhe und ohne die störende Betriebsamkeit der Kollegen die Szene auf sich wirken lassen. Der Mörder hatte sich keine Mühe gegeben, sein Opfer zu verstecken. Es handelte sich um Julia Buenlago, so viel wusste die Kommissarin bereits. Die tote Golferin lag zwischen hohen Tannen, die weit auseinanderstanden, sodass man den Körper bereits aus einiger Entfernung erblickte: beige Hose, hellblauer langärmeliger Pullover mit einem Emblem versehen, wahrscheinlich das Clubabzeichen, was der Caddie-Master bestätigte.

»Mannschaftskleidung«, kommentierte er aus respektvoller Entfernung. Man sah ihm die Erschütterung über diesen zweiten Todesfall auf dem Gelände an.

Julia Buenlago lag auf dem Rücken. Die Frage, ob es sich in diesem Fall um ein Gewaltverbrechen handelte, kam gar nicht erst auf. Der Golfball, den ihr der Täter zwischen die Zähne geschoben hatte, ließ keinen Zweifel aufkommen: An einem plötzlichen Herzinfarkt war Frau Buenlago sicher nicht gestorben. Trotz dieser brutalen Geste war da noch etwas anderes, was die Kommissarin nicht gleich benennen konnte. Sie trat ein paar Schritte zurück und versuchte, sich ein Bild zu machen. Die Art, wie die Tote dort gebettet lag, hatte etwas Fürsorgliches. Vielleicht war es Zufall, aber der Kopf des Opfers ruhte auf einem Häuflein trockener Blätter, als ob eine liebevolle Hand sie dort zusammengeschoben hatte, fast wie ein Kissen. Dann musste jemand der Toten die Haare zärtlich aus dem Gesicht gestrichen haben. Allerdings hatte dieser Jemand den Kopf seines Opfers sehr heftig auf einen Stein geschlagen, der sich unter den Blättern verbarg. Theresa Rosenthal machte ein paar Fotos mit ihrer Handykamera.

Sie konnte sich täuschen, aber die Kommissarin hatte den Eindruck, als sei das Verbrechen nicht geplant worden. Sie vermutete eher, dass der Täter die Gelegenheit eines unbeobachteten Moments genutzt oder im Affekt gehandelt hatte. Ihr Blick scannte die Umgebung, zog dabei immer weitere Kreise. Etwas Auffälliges konnte sie nicht entdecken. Mit ein wenig Abstand ließ sie die Szenerie erneut auf sich wirken und versuchte, sich einen Tathergang vorzustellen. Mann oder Frau, überlegte sie, wer mordete auf diese Art? Bei einem Verbrechen, das mit körperlicher Gewalt einherging, ist der erste Impuls immer, an einen Mann zu denken. Aus Erfahrung wusste sie, dass auch Frauen dazu in der Lage waren, obwohl es seltener vorkam. Rein körperlich waren Frauen zu Gewaltakten eher nicht in der Lage. Und was sollte die Sache mit dem Golfball im Mund, ein gelber Ball, markiert mit zwei schwarzen Linien? Es lagen mehrere gleich aussehende um die Tote herum. Kampfspuren entdeckte sie bei der ersten Begutachtung nicht. Die Kleidung der Toten machte, bis auf ein paar Schmutzflecken an der Hose, einen unversehrten Eindruck, sodass eine Vergewaltigung nicht in Frage kam.

Die Kommissarin durchsuchte vorsichtig die Hosentaschen der Toten: Sie fand nur ein paar Tees und einen Ball, auch ein Handy. Mit der Auswertung würden sich die Kollegen beschäftigen.

»Komisch«, murmelte sie mit Blick auf die zahlreichen gelben Bälle, die am Rande des Fairways lagen. »Sind das die Übungsbälle von der Driving Range?«, wandte sie sich an den Caddie-Master.

Hauser hatte sich ein weiteres Stück vom Tatort zurückgezogen. Er nickte. »Sind Querschläger von da oben, das passiert immer mal.« Er blickte verstört zu dem Ball im Mund der Toten.

Das wäre quasi erneut ein Hole-in-one, dachte Theresa und konnte sich ein Grinsen gerade noch verkneifen. Umgehend ärgerte sie sich über die eigene Abgebrühtheit, die sich nach den vielen Jahren im Job eingeschlichen hatte. Als Theresa das Gelände sichtete, wurde ihr klar, dass die Stelle nicht schlecht ausgewählt war. Vielleicht doch ein geplanter Mord, überlegte sie. Obwohl nahe an der Driving Range, konnte man den Tatort von den Abschlagplätzen oben nicht einsehen. Er lag zu nah an dem Abhang und war zudem durch die Wand der hintersten Box vor Einblicken geschützt. Sie würde das von allen Driving-Range-Plätzen aus kontrollieren. Das Fairway machte einen Knick, ein sogenanntes Dogleg, lernte sie von Herrn Hauser. Von hinten kommende Spieler hatten ebenfalls keine Sicht auf die Stelle, an der das Gewaltverbrechen allem Anschein nach verübt worden war. Schleifspuren konnte sie nicht entdecken. Falls der Täter schnell gearbeitet hatte, war er vor Entdeckung sicher gewesen.

»Ist der Golfplatz eigentlich eingezäunt?«, fragte die Kommissarin.

Der Caddie-Master schüttelte den Kopf. »Leider nicht, wir hatten deshalb schon Ärger mit nächtlichem Vandalismus am Clubhaus. Dort haben wir eine Alarmanlage, aber den ganzen Platz können wir natürlich nicht schützen. Im Grunde kann man von allen Seiten eindringen.«

»Der Täter könnte also aus dem Club oder auch von außen gekommen sein«, überlegte die Kommissarin laut und ahnte, dass die Suche nach dem Mörder dauern würde, weil praktisch eine unbegrenzte Zahl an Menschen in Frage kam – das war schlecht. Sie musste sich zuerst auf die Mitglieder konzentrieren, Motive suchen, Hintergründe beleuchten. Das konnte dauern.

»Die Spurensicherung ist unterwegs, würden Sie mich bitte zurück zur Driving Range fahren«, bat sie den Caddie-Master. »Ich würde gern mit dem Trainer sprechen – wie hieß er gleich?«

»Padraig.«

»Sie können mich bei ihm absetzen, ich komme zu Fuß zum Clubhaus. Und, Herr Hauser, sprechen Sie nicht über das, was Sie eben gesehen haben. Ich meine, die Situation da vor Ort, vor allem erwähnen Sie nirgends die Sache mit dem Ball im Mund«, bat die Kommissarin. »Noch eine Frage, Herr Hauser, haben Sie gesehen, wann Frau Buenlago ihre Runde gestartet hat?«

»Nein, ich versuche natürlich immer ein Auge darauf zu haben, wer abschlägt, aber ich bin nicht immer an meinem Platz.«

»Und heute, waren Sie zwischendurch unterwegs?«

»Bestimmt zwei- oder dreimal: im Restaurant, Kaffee holen; später habe ich mir was zu essen besorgt.«

»Sie haben den Parkplatz im Blick, haben Sie Frau Buenlagos Auto ankommen sehen?«

Er überlegte. Die Antwort kam zögernd. »Ich glaube, nein. Wenn ich in meinem Caddiehaus sitze, müssen alle auf dem Weg zum ersten Abschlag an mir vorbei. Frau Buenlago winkt mir immer kurz zu. Heute nicht, daran könnte ich mich erinnern.«

»Was fährt sie für einen Wagen?«

»Einen schwarzen Golf.«

»Würden Sie mir den bitte später zeigen?«

Hauser nickte nur stumm und wirkte verstört, sodass die Kommissarin ihm tröstend den Arm tätschelte.

»Gönnen Sie sich einen Kaffee, Herr Hauser. Sie haben in den zwei Tagen einiges durchgemacht. Zwei Tote in zwei Tagen …«

Als sie erneut die Driving Range kreuzten, stand Rasmussen nicht mehr auf seinem Platz. Sie hätte ihn gern gefragt, ob er in der fraglichen Zeit etwas beobachtet hatte. Das würde sie nachholen.

5. KAPITEL

Der englische Golfprofessional war als Typ nicht gerade der Traum schlafloser Frauennächte. Außerdem sei er nicht Engländer, sondern Ire, motzte er mit wütendem Blick. Das zu verwechseln war eine Todsünde. Die Kommissarin wusste das und versuchte erst gar nicht, ihn freundlicher zu stimmen, es wäre zwecklos gewesen. Padraig machte aus seinem Hass auf Frauen im Allgemeinen und insbesondere auf unbegabte Golfspielerinnen keinen Hehl. Er würde gern jede einzelne der talentlosen Damen umbringen, maulte er, als die Kommissarin ihn auf Frau Wallmann ansprach. Sein Deutsch hatte eine stark britische oder, für den Kenner, tatsächlich irische Färbung. Theresa gewann im Laufe des Gesprächs den Eindruck, dass er zwischen Englisch und Deutsch switchte und seinen Akzent liebevoll pflegte, weil das seinem Image als Golfprofessional gut bekam. Great Britain ist die Heimat des Golfsports, und deshalb traute man den britischen Trainern mehr zu, erklärte er der Kommissarin.

»Horrible Golfspielerinnen hier. Could kill them all with an iron seven or eight – maybe. Haha, alter Golf joke«, grinste er. »Fragt der Richter den Ehemann, der seine Frau beim Golfspiel erschlagen hat – ›Angeklagter, welchen Schläger haben Sie denn genommen?‹ ›Eisen fünf, Herr Richter.‹ Der Richter überlegt einen Moment und sagt: ›So would I‹!« Padraig lachte, und dabei blitzte in seinen Augen nun etwas vom bekannten irischen Humor auf. Theresa fand den Witz auch komisch. Immerhin bot sich hier einer offen als Mörder an, weshalb sie ihn nicht unbedingt von der Liste der Verdächtigen streichen durfte. Es fiel ihr schwer, sich den Mann als Massenmörder vorzustellen, aber das Leben war voller Überraschungen. Sie informierte den Trainer über den zweiten Todesfall. Er schien geschockt.

»Sorry, wegen des Jokes«, stotterte er. »Ich wusste ja nicht …«

»Haben Sie beiden Damen Unterricht gegeben?«, fragte Theresa.

»Schön wär's! Mir teilen sie doch nur the untalented elderly Ladies zu. Frau Wallman – yes, Frau Buenlago – no. Das Golfspiel wird hier gerade neu erfunden vom jungen Herrn Holzer, reißt alles an sich. Der hat hier jetzt das Sagen. Holt sich die jungen Talente und die hübschen Ladies in die Box, die left overs bekomme ich.«

»Wo ist eigentlich dieser Herr Holzer? Den habe ich in den zwei Tagen nicht gesehen.«

»Kein Wunder, ist mit der Mädchenmannschaft im Trainingslager – und jetzt raten Sie, wo.«

»Malediven, Karibik, Florida?«

»So ähnlich, Marbella.«

»Auch schön. Und Sie dürfen sich mit den älteren Damen vergnügen. Können Sie denen denn etwas beibringen?«, fragte Theresa und ahnte die Antwort.

»No, definitely not! Sie zahlen dafür, dass ich ihnen ein wenig Hoffnung gebe.« Er grinste und strich sich eine Strähne seines spärlichen blonden oder eher rötlichen Haars nach hinten. Vereint mit den anderen Haaren und einer Portion Gel sollte sie den kahler werdenden Schädel verdecken. Das gelang nur dürftig.

Padraig machte nicht den Eindruck, als sei Vermittlung von Hoffnung seine hervorragende Fähigkeit, aber vielleicht schlummerte da ein Talent in ihm, das erst während seiner Arbeit als Golflehrer erwachte.

Sie stellte sich neben ihn in die für die Trainer reservierte Box. Von der auf einem kleinen Hügel gelegenen Stelle konnte man das Gelände gut überblicken. Wie sie vermutet hatte, blieb der Tatort dem Auge von hier aus verborgen. Man sah aber durch die lichte Baumreihe Teile des sechsten Fairways. Mit einer halbwegs passablen Sehschärfe würde man einen Spieler, der dort unten lief, identifizieren können.

»Waren Sie in den letzten zwei Stunden hier in der Trainerhütte?«

»Yes, habe durchgehend Stunden gegeben. Zwölf Uhr – Frau Rasmussen, ein Uhr – Frau Wirtz, zwei Uhr – Frau Berkhoff.«

»Frau Rasmussen – ist das die Frau von Herrn Rasmussen?«

»Ja.«

»Wann ist sie gegangen?«

»Die Stunde dauert nur 50 Minuten, also kurz vor zwei. Sie wollte das Damengolf mitspielen.«

»Ich dachte, dass das um halb zwei startet?«

»Kein Kanonenstart heute. Ich glaube, die Damen wollten vorgabewirksam spielen.«

»Das heißt?«

»Die Flights starten hintereinander, alle vom ersten Abschlag – streng nach Handicap.«

»Und Frau Rasmussen?«

»Late start, maybe two thirty – horrible golfer.«

»Elderly Lady?«

»Sixty something.«

»Und Herr Rasmussen, wie lange war er auf der Driving Range?«

»Keine Ahnung, ich habe ihn zwar zwischendurch gesehen, aber ich stehe meist mit dem Rücken zu den anderen Abschlagplätzen.«

Theresa wunderte sich, dass sie sich an Rasmussen festbiss. Vielleicht Instinkt. Oder lag es daran, dass sie sich für den Arzt interessierte?

»Kommen Sie, Inspector«, forderte Padraig die Kommissarin auf. »Nehmen Sie einen Drink mit mir. Ich habe in der nächsten Stunde keine Schülerin. Ich erzähle Ihnen alles, was Sie über Golf wissen müssen.«

Musste sie?

»Funny sport, something for nuts and nerds«, versuchte Padraig zu überzeugen.

Theresa hatte den Eindruck, als ginge es hauptsächlich um den Drink. Wenn Golf nicht mehr die Passion des irischen Pros war, der Alkohol war es bestimmt. Das sah sie seinem ungesund geröteten Teint an, der sich durch seinen Tabakkonsum nicht verbesserte. Die Zigaretten zwischen seinen gelblichen Fingern erloschen selten. Sie irrte sich insofern, als dem Golfsport nach wie vor seine ganze Leidenschaft galt. Was den Alkoholkonsum des Iren anging, fühlte sie sich nach einem angeregten Gespräch und mehreren Kölsch, die er in der kurzen Zeit in sich hineinkippte, bestätigt.

»I really love this crazy sport, my passion since I'm thirteen«, erklärte er ihr. Theresa verstand allmählich, was für eine Qual es sein musste, plumpen unsportlichen Frauen Unterricht zu geben, wenn man selbst einmal von einer Profikarriere geträumt hatte.

»I had all the talent but no consistency – nicht in meinem Charakter«, gestand der Trainer ihr, während er ein zweites Kölsch die Kehle hinunterlaufen ließ und dabei immer mehr in seine Muttersprache verfiel, die ihm unter steigendem Alkoholeinfluss leichter über die Lippen kam. Beim dritten Glas, mittlerweile ein großes, schwelgte er bereits in Erinnerungen an seine ersten Erfolge. Auf einer fast 40 Jahre zurückliegenden Tour hatte er, nach eigenen Aussagen, mit den ganz Großen gespielt.

»Cigarette?« Padraig zog eine Packung heraus und bot der Kommissarin eine Filterlose an.

Sie schüttelte den Kopf. »Nein danke, der Kelch ist Gott sei Dank an mir vorübergegangen.«

»Darf ich?«, fragte er höflich um Erlaubnis, nachdem er sie schon während des ganzen Gesprächs zugequalmt hatte.

»Kein Problem, ich bin eine durch und durch Liberale«, lachte Theresa. »Die Käfighaltung von Rauchern, wie auf manchen Flughäfen zu besichtigen, widerstrebt mir.«

Drei Kölsch weiter näherte sich Padraigs Erzählung dem eigenen Untergang als Golfprofessional: »Frauen, Alkohol und panic, pure panic! Ich habe gezittert vor jedem Schlag. Frightened by a tiny white ball, isn't it crazy? Und nun zeige ich hässlichen alten Frauen, wie man hips and hands einsetzt, um diesen bekloppten Ball zum Fliegen zu bringen.«

»Und die Tote heute – Talent oder nicht Talent?«

»Talent – absolutely!«

»Aber nicht Ihre Schülerin?«

»Nein, oder doch, a life time ago. Sie hat gewechselt, war okay für mich. Wenn du ein Tief hast oder nicht richtig vorankommst, you try out a new Pro.«

»Also Holzer?«

»No, as far as I know, she stopped taking lessons at all.«

»Mochten Sie Frau Buenlago?«

»Yes, dear!« Seine Augen schwammen jetzt ein wenig. »Fine golf lady. Golf war ihre Passion.«

»Feinde?«

»Yep! If you are good looking, talented and a widow – hast du in solche Club wie diese hier jede Menge Feinde, das kannst du mir glauben. And in a way, she asked for it.«

»Wie das?«, wollte die Kommissarin wissen, obwohl sie ziemlich genau verstand, wie er es meinte. Ihr selbst war diese Art nicht fremd.

»She was straight, wollte nicht everybodies darling sein.«

»Hatte sie ein Verhältnis? Mit einem Mann hier im Club?«

»No idea – geguckt haben sie fast alle.«

»Sie auch?«

»I know my place!« Mit dem Satz kippte er den Rest seines Bieres hinunter. »But she was quite a looker«, murmelte er in sich hinein und verabschiedete sich mit der Bemerkung: »Next lesson.«

»Elderly lady?«, fragte die Kommissarin.

»Pretty old – yes.«

»Have fun!« Sie winkte ihm hinterher, worauf er sich noch einmal umdrehte.

»You too, sorry, doesn't fit, I know, with the dead woman in the bushes. Kommen Sie zu einer Golfstunde, you've the physical condition, good body for golf, erste Stunde ist gratis. It's fun. I promise.«

»Pass ich in Ihre Zielgruppe – altersmäßig, meine ich?«

»Sie bekommen den besten Golfpro in Deutschland – believe me, I'm still the best.« Das sagte er mit einem großen Ernst und Stolz, sodass Theresa es ihm glatt abkaufte. Das war das zweite Mal in 24 Stunden, dass sie eine Gratisstunde angeboten bekam. Vielleicht sollte sie eine der Offerten annehmen.

Sie durfte Padraig nicht unterschätzen, beschloss die Kommissarin. Er machte auf naiv, war eher lower class, aber street-smart, ein gerissener Typ. Trotzdem mochte sie ihn. Ein Mensch, für den es in diesem Umfeld nicht leicht war. Mit dem irischen Proletarier-Image hatte er sich auf seine Art durchgeschlagen. Er versuchte, sich nicht allzu stark zu verbiegen – Respekt.

6. KAPITEL

Die zwei Herren, die das Opfer gefunden hatten, warteten ungeduldig an der Bar des Clubhauses.

»Oh, Sie schon wieder«, bemerkte die Kommissarin erstaunt, als sie Dr. Spethmann erkannte.

»Ich hatte auch nicht erwartet, Sie so schnell wiederzusehen«, antwortete er mürrisch.

»Die zweite versaute Golfrunde, ich kann Ihren Ärger verstehen«, erwiderte Theresa und überließ es dem Juristen, den Sarkasmus zu entdecken.

Der andere Herr hieß Ingo Posch und gehörte um diese Uhrzeit an einen Schreibtisch, um von dort aus für die Aufstockung des deutschen Bruttosozialproduktes zu sorgen. Posch war höchstens 45 Jahre alt und, da sie ihm keine Behinderungen ansah, zweifelte sie nicht an seiner Arbeitstauglichkeit. Zugegeben, es stand ihr nicht zu, über die Arbeitsfähigkeit oder -lust ihrer Zeugen zu urteilen. Nach einer harten Woche ging es ihr aber auf die Nerven, einen kräftigen jungen Mann am Donnerstagnachmittag in Freizeitlaune zu sehen. Womöglich hatte Posch anstrengende Arbeitstage hinter sich, aber sie vermutete, dass fruchtbare Arbeit eher seitens seiner Eltern erbracht worden war.

Sie musste die beiden Herren wohl als Zeugen betrachten, denn sie gaben sich gegenseitig ein Alibi. Das wackelte nur für den Fall, dass die beiden den Mord gemeinschaftlich begangen hatten. Die zwei Golfspieler beteuerten glaubhaft, dass sie nur eine vergnügliche Runde hatten spielen wollten.

»Ich verstehe, die verdirbt man sich nicht durch einen Mord«, kommentierte die Kommissarin und erntete erstaunte Blicke. Ihr makabrer Humor war für manche nicht leicht zu ertragen.

»Wann haben Sie die Tote denn gefunden?«

»Es war auf jeden Fall nach zwei Uhr«, meldete sich Posch zu Wort. »Wir waren für halb eins verabredet und haben abgewartet, bis der Regen aufhörte. Dann sind wir gegen Viertel vor eins gestartet.«

»Du hast recht«, bestätigte Spethmann. »Es muss kurz nach zwei gewesen sein.«

»Wer hat sie entdeckt?«

»Ich«, meldete sich Posch wieder. »Rudolf, ich meine, Herr Dr. Spethmann, suchte seinen Ball auf der rechten Seite, und ich meinen auf der linken Fairwayhälfte. Ich bin nicht gerade über sie gestolpert, aber sie lag gut sichtbar da. Ich dachte erst, sie sei gestürzt und bin gleich zu ihr hin.«

»Du hast noch zu mir rübergerufen, ich solle schnell kommen, und da sah ich sie auch schon liegen. Ich war natürlich von gestern im Schock, und mir war gleich nicht wohl bei ihrem Anblick.«

»Sie sagte keinen Ton, als wir sie ansprachen«, erinnerte Posch sich.

»Erkannten Sie sie sofort? Wie lag sie da?«, wollte die Kommissarin wissen.

»Wir haben sie nicht angerührt. Ich habe sie sofort erkannt, sie hat auf dem Rücken gelegen.«

»Übrigens, sind Sie auf Ihrer Runde anderen Spielern begegnet?«, erkundigte sich die Kommissarin bei den beiden Herren.

»Nein«, antwortete Spethmann. »Oder Ingo? Das Wetter war vormittags ziemlich eklig, und da hatte bestimmt keiner Lust zu spielen. Wir waren halt verabredet und mussten vor den Damen starten, also sind wir los, aber wie gesagt, das Wetter war nicht gerade vergnügungssteuerpflichtig.«

»Fragen Sie doch den Hauser, meistens sieht er vom Caddiehaus aus, wer an der eins startet«, ergänzte Posch.

»Gehen denn alle immer vom ersten Abschlag los?«

»Mmh, da haben Sie einen Punkt«, korrigierte sich Posch. »Wenn ein Spieler von der Driving Range kommt und es ist sonst gerade keiner auf der Sechs oder auf der Acht, kann er sich ruhig einfädeln. Bei dem Deckswetter heute wäre das kein Problem gewesen.«

»Was glauben Sie«, wollte die Kommissarin wissen, »warum bringt hier jemand Ihre Clubkameradinnen um?« Sie stellte die Frage absichtlich offen.

»Gestern hätte ich gesagt, wegen schlechten Golfspiels«, meldete sich Posch mit schwarzem Humor zu Wort und erntete dafür einen strafenden Blick von Dr. Spethmann. »Das Motiv ist nach dem heutigen Todesfall nicht mehr aktuell. Julia ist eine erstklassige Golferin – gewesen. Ich habe sie übrigens auch sonst sehr geschätzt. Topspielerin und eine Klassefrau.«

»Irgendwelche Ideen Ihrerseits?«, wandte die Kommissarin sich an Spethmann, der nur mit dem Kopf schüttelte und nach einiger Bedenkzeit nüchtern hinzufügte: »Was soll das für einen Sinn machen? Die beiden Frauen haben gar nichts gemeinsam.«

»Nein, weiß Gott nicht. Julia werde ich vermissen, wirklich sehr vermissen«, betonte Posch mit Bedauern in der Stimme. Er sah in dem Moment wirklich traurig aus, sodass die Kommissarin ihm sein Mitgefühl glaubte. Sie blickte schnell zu Spethmann hinüber und konnte in seinen Gesichtszügen nichts dergleichen bemerken. Auch ein Abgeblitzter, notierte sie bei sich. Dr. Spethmann spürte, dass er keine sehr gute Figur machte, und fügte nun an, dass er den Tod von Frau Buenlago natürlich ebenfalls beklage. Das trug er so steif vor, dass Theresa ihm wenig Glauben schenkte. Es blieb die Tatsache, dass die beiden Herren ein Alibi hatten, Posch tatsächlich zerknirscht schien und ein Idiot wäre, wenn er Spethmann ein falsches Alibi verschaffte. Das alles waren nur Gedankenspielereien, mit denen sie die Umstände auslotete.

7. KAPITEL

Die Damen hatten nach dem vorzeitigen Turnierabbruch im Restaurant des Clubhauses Platz genommen. Dort fand die Kommissarin sie bei Kaffee und Kuchen, einige tranken ein Glas Wein, aber es ging nicht hoch her wie bei den Herren am Vortag. Die Stimmung war offensichtlich gedrückt.

Wenn es einen Herren-Captain gab, hatten die Damen wahrscheinlich auch eine Kapitänin, vermutete Theresa. Sie ließ den Blick über die Köpfe der versammelten Frauen schweifen. Mit dem hier angesammelten Botox hätte man glatt eine mittelgroße Stadt auslöschen können. Das ein oder andere Jahreseinkommen lokaler Mittelständler war an Schönheitschirurgen gegangen, mit der Folge, dass mehrere der operierten Damen wie Schwestern aussahen: hohe Wangenknochen, kleines schmales Näschen, Lippen wie Fahrradschläuche. Ob das Katalogware war? Der Jugendwahn breitete sich aus und nahm groteske Züge an. So hatten Regisseure angeblich Probleme Großmütter-Rollen zu besetzen, da faltige Gesichter dank der Kunst der Schönheitschirurgie nicht mehr im Angebot waren. Der Kampf gegen das Alter, den man früher oder später sowieso verlor, wurde von den Damen hier tapfer aufgenommen. Good luck! Dabei fand Theresa Rosenthal, dass die Gesellschaft weniger Faceliftings benötigte und viel mehr Hirnliftings. Ein umfassendes geistiges Lifting würde der gesamten Menschheit guttun, das war ihre persönliche Meinung. Die Kommissarin nannte ihren Namen und fragte nach der Ladies-Kapitänin. Eine sehr elegante Dame in den Sechzigern stand auf.

»Barbara Seidel«, stellte sie sich vor. Man merkte Frau Seidel die Bestürzung an, aber sie zeigte dabei eine sehr angenehme Gefasstheit: keine Anzeichen von Hysterie oder übertriebener Trauer. Theresa mochte diese Art, es erleichterte ihr das Geschäft, die Fragen zu stellen, die gestellt werden mussten.

Barbara Seidel führte die Kommissarin in einen angrenzenden kleineren Raum, in dem drei Bridgetische standen.

»Hier haben wir Ruhe«, sagte die Kapitänin und schloss die Tür mit einer eleganten Bewegung. »Oder wollen Sie mit allen sprechen?«

»Nein, es wäre schön, wenn Sie mir erst ein paar Informationen geben könnten. Sie sind Ladies-Captain – was heißt das, organisieren Sie das Damengolf?«

»Ich kümmere mich um die Wettspiele, mache die Startlisten und so weiter.«

»Wie ich hörte, starten Sie immer um halb zwei, was machte Frau Buenlago um zwei Uhr auf dem sechsten Loch?«

»Sie war heute gar nicht gemeldet, gestern am Telefon hat sie mir mitgeteilt, dass sie nachmittags einen anderen Termin hat. Dass sie vormittags spielen wollte, erwähnte sie nicht.« Etwas zögernd fuhr Frau Seidel fort: »Das hat sie wahrscheinlich kurzfristig entschieden.«

»Machte sie das öfters?«

»Ja, selbstverständlich.«

»Sind Sie mit ihr befreundet?«

»Wir sind Golffreundinnen, deshalb verbringen wir eine Menge Zeit auf dem Platz miteinander. Darüber hinaus haben wir uns nicht sehr viel gesehen.« Frau Seidel hielt ihre Antworten kurz, sicher war ihre gedrückte Stimmung daran schuld.

Theresa beließ es dabei und bohrte vorerst nicht nach, warum sie privat nicht miteinander verkehrten. Sie wollte nur noch wissen, ob eine der anderen Damen Julia Buenlago nahestand.

»Wissen Sie, es gibt hier eine eingeschworene Truppe, einige nennen uns ›The Fancy Five‹, obwohl noch drei, vier weitere Frauen dazugehören. Wir haben alle gute Handicaps, spielen für die Mannschaft und verabreden uns am Wochenende oder wann immer das Wetter uns lockt, und dann wird gezockt. Uns verbindet eine wirkliche Golfleidenschaft, da wird richtig erstklassiges Golf gespielt.« Jetzt wurde die Kapitänin doch noch gesprächig. »Und obwohl jeder natürlich gewinnen will, bleiben wir alle entspannt, es gibt immer reichlich zu lachen. Meist geht es um die Drinks, und die gibt es hinterher im Clubhaus. Da redet man natürlich auch Privates, und insofern kennen wir uns doch ganz gut.«

»Ich frage noch mal, stand eine der Damen Frau Buenlago näher?«

Das Mobiltelefon der Kommissarin klingelte. Es war Mario Bellutt. Der Pathologe war schon auf dem Gelände, wollte sie aber vor allem über den Todesfall vom Vortag informieren.

»Natürlicher Tod – Herzinfarkt«, berichtete er kurz angebunden.

»Keine Zweifel?«

»Keine Zweifel!«

»Und die Prellung am Kopf?«

»Ist ein, zwei Tage alt gewesen – Tür, Tischkante, irgendetwas in der Art. Bei dem neuen Todesfall liegt die Sache natürlich anders.«

»Ach was«, bemerkte Theresa sarkastisch.

Bellutt legte auf. Die Kommissarin beschloss, diese Neuigkeit vorerst für sich zu behalten. Irgendein Gefühl sagte ihr, dass zwischen den zwei unterschiedlichen Todesfällen doch ein Zusammenhang bestand.

»Entschuldigen Sie, wo waren wir stehen geblieben«, wandte sie sich an die wartende Frau Seidel. »Engere Freundschaften von Frau Buenlago?«

»Mmh«, Barbara Seidel zögerte, »dieses Köln ist merkwürdig, der Kölner an sich fühlt sich eigentlich nur wohl in Gegenwart von Leuten, mit denen er in der Sandkiste gespielt hat. Julia ist ein Global Player. Das irritiert die Eingeborenen, da bekommen sie gleich Minderwertigkeitskomplexe. Am liebsten ist es ihnen, wenn jeder weiß, wer sie sind und was sie haben.«

»Da ist was dran«, bestätigte die Kommissarin. »Also eher keine engen Freundinnen?«

»Vielleicht Maja, Maja Sonntag. Sie ist Halbmexikanerin und eine total Verrückte. Die beiden hatten so etwas miteinander. Ein Lehrer in der Schule hätte gesagt: Euch muss man auseinandersetzen. Die zwei zusammen waren Dynamit. Die anderen drei Mitglieder der ›Fancy Five‹ zählen auch zu den Freundinnen. Sie sind, glaube ich, alle zurzeit auf Reisen.«

»Feinde?«

Ein trauriges Lächeln ging über das Gesicht von Barbara Seidel. »Jede Menge – Julia liebte es, sich Feinde zu machen.«

Merkwürdig – normalerweise schwören die Leute, wenn sie nach Feinden eines gerade Verstorbenen gefragt werden, dass der Verblichene allseits beliebt gewesen sei. Theresa hatte zweimal die Frage gestellt, und beide Male kam wie aus der Pistole geschossen die unerwartete Bestätigung, dass Julia Buenlago sozusagen umringt von Feinden gelebt hatte. Die Verblichene hatte da offensichtlich ein Talent gehabt.

Theresa horchte bei der Damenkapitänin nicht nach, ob die Ermordete Verhältnisse mit Männern im Club gehabt hatte. Die Frage sparte sie sich für die Mexikanerin auf. Sie bat Frau Seidel um eine Liste aller Damen im Club und fragte, ob Maja Sonntag anwesend sei.

»Soll ich sie hereinbitten?«

»Das wäre nett. Noch eine Frage: Frau Sonntag gehört also auch zu den ›Fancy Five‹?«

»Sie ist sozusagen die Erfinderin.« Ein wehmütiges Lächeln huschte über das Gesicht von Barbara Seidel.

Maja Sonntag hatte einen Auftritt, das musste man ihr lassen. Männer bezeichneten sie wahrscheinlich als einen Kracher. Selbst mit flachen Golfschuhen war sie so groß wie die Kommissarin. Sie war schlank, in der etwas üppigeren Variante mit einem kräftigen Busen, den sie durch ein eng anliegendes pinkes Poloshirt gut zur Geltung brachte. Beim Hereinkommen schüttelte sie ihre blonde Mähne. Man sah ihr an, dass sie geweint hatte, und als die Kommissarin sie bat, ihr Verhältnis zu der Verstorbenen zu beschreiben, flossen gleich wieder Tränen aus ihren dunklen Augen.

»Ich weiß gar nicht, ob ich sagen kann, dass wir dicke Freundinnen sind, aber ich liebe Julia. Wir sind die zwei Exoten im Club. Ohne uns würden die hier doch vor Langeweile sterben. Wir beide hatten immer Spaß miteinander – manchmal sehr exzessiv. Ich glaube, Julia und ich haben etwas Subversives.« Ein trauriges Lächeln flog über ihr hübsches, puttenhaftes Gesicht.

»Wie war Frau Buenlago? Beschreiben Sie mir Ihre Freundin.«

»Julia – wie soll ich das sagen – sie ist, sie war eine interessante Frau. Immer mit irgendeinem Thema beschäftigt – Politik, Religion, Weltanschauung, Zeitgeist – irgendetwas ging ihr immer durch den Kopf. Sie wollte diskutieren, sich auseinandersetzen, aber versuchen Sie mal mit den konservativen Schmalspurdenkern in dieser Stadt ein vernünftiges Gespräch zu führen, hoffnungslos! Die meisten Leute langweilten Julia unheimlich. Daraus machte sie kein Geheimnis. Und da war noch ihre andere Seite ...« Es traten ihr erneut Tränen in die Augen. Maja Sonntag zog ein Taschentuch hervor und bedeckte damit die Augen. »Sie ging immer in die Vollen. Aus dem Nichts krachte mit ihr plötzlich eine Party los, und sie ruhte nicht, bis sie den höchsten Punkt im Raum gefunden hatte. Da tanzte sie dann die ganze Nacht und ich mit ihr, mit großem Vergnügen. Sie konnte alle mitreißen, aber sie konnte auch unheimlich verletzen.«

»Auf die Art macht man sich nicht gerade beliebt?«

»In der Tat. Das interessierte Julia aber nicht – ich meine beliebt sein – das war ihr einfach total egal.«

»Gab es richtige Feinde?«

»Feinde, das klingt dramatisch. Julia liebte man oder man hasste sie, wobei hassen zu viel gesagt ist. Es gab einige, die sie einfach nicht leiden konnten, aus Neid oder vielleicht spürten sie, dass Julia sie ein wenig verachtete. Sie konnte ein wahnsinniger Snob sein.« Frau Sonntag war sichtlich bemüht, den Charakter ihrer Freundin zu erklären. »Julia hatte eine intellektuelle Ungeduld; Plattitüden ertrug sie nicht, bei einer gewissen Anhäufung kam es zur Explosion. Ich schaute sie an und wusste, gleich schlägt sie los. Sie konnte sehr beleidigend werden. Wissen Sie«, fügte sie mit einer bestechenden Offenheit hinzu, »ich bin auch keine große Leuchte. Nur verzieh sie mir alles, weil ich sie zum Lachen brachte. Ein humorvoller Mensch eroberte ihr Herz im Sturm.«

»Und die Männer hier? Frau Buenlago war Witwe, wenn ich das richtig verstanden habe, sie sah gut aus, hatte sie einen Liebhaber – hier im Club, irgendein Verhältnis?«

»Julia, mit diesen Spießern – ausgeschlossen.«

»Hätte sie es Ihnen erzählt?«

»Mmh, eher nicht, sie hielt sich, was ihr Privatleben anging, sehr zurück. Sie war mit einem wahnsinnigen Schandmaul zur Welt gekommen, und für die Männer im Club hatte sie nur Spott übrig, für die meisten.«

»Vielleicht hat sie damit etwas verborgen.«

»Möglich wär's, aber eher unwahrscheinlich. Sie hätten sie hören müssen.«

»Seit wann war sie denn verwitwet?«

»Sechs, sieben Jahre.«

»Woran starb ihr Mann?«, hakte Theresa nach.

»Herzinfarkt. Das kam wie aus heiterem Himmel. Sie lebten damals in Italien, Milano. Frederico war im Vorstand eines italienischen Lebensmittelkonzerns, reiste dreimal im Monat rund um die Welt und brannte an allen Enden, leider hat er das nicht ausgehalten. Julia saß mit zwei pubertierenden Kindern da. Sie kam deshalb zurück nach Deutschland, ihre Eltern leben hier irgendwo in der Nähe. Ich glaube, sie hat zwei Jahre gebraucht, um sich Stück für Stück wieder zusammenzusetzen, aber sie ist stark – und ein Optimist. Nein, das stimmt gar nicht, ein Pessimist mit dieser Fröhlichkeit, die Pessimisten oft haben, wahrscheinlich, weil sie nichts mehr erschüttern kann und mein Gott, sie war seit einigen Jahren wieder richtig lebenslustig.«

Maja Sonntag wollte reden, wie es unter Schock oft vorkommt, je nach Typ, Frau Sonntag war der Redetyp, und Theresa nutzte das aus.

»Lebenslustig, das klingt doch nach Männerbeziehungen, ich muss da nachfragen.«

»Sie lebte auf jeden Fall mit keinem Mann zusammen, vielleicht Flirts oder so«, überlegte Maja Sonntag.

»Umgekehrt gefragt. Die Männer hier im Club, waren da welche an ihr interessiert?«

»Was glauben Sie? Julia war nicht die Frau, an der Männer achtlos vorbeigingen.«

»Und – da war keiner, der mehr wollte?«, wunderte sich die Kommissarin.

»Doch schon, aber …«

»Irgendein Name?«

»Ich möchte niemandem hier schaden«, wurde Maja Sonntag nun vorsichtig. »Es ist nichts dabei, eine attraktive Frau zu bewundern oder zu verehren. Das genießen wir doch alle.«

»Frau Sonntag, Ihre Freundin ist ermordet worden. Es scheint, dass niemand den Täter oder die Täterin gesehen hat, also muss ich Nachforschungen anstellen. Dabei werde ich mit allen Informationen sehr diskret umgehen, aber ich brauche Informationen – das verstehen Sie?« Bei diesem Satz fixierte die Kommissarin ihr Gegenüber, sodass Maja Sonntag ihr nicht ausweichen konnte.

»Es gab ein paar, die mehr als nur interessiert waren.«

»Verheiratete Männer?«

»Die Männer hier sind doch alle verheiratet, fast alle. Alleinstehende Frauen gibt es dagegen wie Sand am Meer:

geschieden, verwitwet, verlassen. Die Frauen bleiben allein zurück. Wie lange ist ein Mann denn im Schnitt allein? So hässlich und blöd kann ein Mann gar nicht sein, dass sich nicht irgendeine Schnepfe für ihn interessiert. Wenn ich heute tot umfalle, stehen mindestens drei Weiber am Friedhofstor, um meinen Mann zu trösten. Und ich weiß ziemlich genau, welche Damen ihm dort auflauern werden.«

Maja Sonntag hatte Temperament und war sichtlich verzweifelt über den Tod ihrer Freundin. Sie ließ es raus und würde auch Namen herausrücken, davon war Theresa überzeugt. Es brauchte noch einen winzigen Anstoß, und die sympathische Frau würde ihr Herz ausschütten.

»Es ist wirklich merkwürdig«, unterstützte die Kommissarin die Sicht der Befragten. »Frauen können besser allein leben, manche Männer wollen das nicht akzeptieren. Eine alleinstehende Frau ist eine Art Freiwild. Oder sehe ich das falsch?«

»Da ist was dran«, stimmte Frau Sonntag zu.

»Gab es im Club Männer, die Julia Buenlagos Unabhängigkeit nicht akzeptieren wollten? Wurde sie von einem der Herren bedrängt?«

»Abgesehen von Willi Wirtz, der sich jede Frau schnappt, die nicht bei drei auf dem Baum ist? Furchtbarer Typ – und seine Frau Katja schaut sich den Scheiß, den er ihr bietet, seit Jahren an. Ein liebes dummes Schaf. Leidet und bewundert ihn sogar. Hat sie gar nicht nötig, da sie selbst eine richtig gute Ärztin ist. Julia kotzte schon, wenn sie das kölsche Gebabbel von diesem Wirtz hörte.«

»Hat sie ihn beleidigt?«

»Ich glaube nicht, dass man den überhaupt beleidigen kann. Den schmeißt du zur Vordertür raus, und fünf

Minuten später steht er am Hintereingang.« Maja zögerte, und die Kommissarin ließ ihr Zeit. »Ernster stand es da um Norman Kreke. Ich glaube, ihn hat es ernsthaft erwischt, er ist alles andere als ein Windhund, steht treu zu seiner Ehe, obwohl die seit Jahren im Eimer ist. Julia löste gerade in solchen Männern etwas aus – ihre Lebendigkeit weckte Hoffnung, tja worauf eigentlich? Vielleicht, dass man kurz bevor man uralt und klapperig wird, noch einmal eine Leidenschaft erlebt – oder so was in der Art. Der Kreke strahlte immer über das ganze Gesicht, wenn er Julia nur von Weitem erblickte, ist im Grunde ein netter Mann.«

»Und Ihre Freundin – wie reagierte sie darauf?«

»Sie war sehr freundlich zu ihm. Ich glaube, seine Verehrung hat sie gerührt. Und er verhielt sich immer sehr anständig, das ist kein fieser Baggertyp wie der Wirtz.«

»Wo sind die Kinder von Frau Buenlago?«, wollte die Kommissarin wissen.

»Beide im Ausland, im Studium, die Tochter in Barcelona, der Sohn in Amerika. Oh dio, die armen, die beiden haben keine Ahnung, oder? Man sollte erst Julias Eltern informieren, die können es den Kindern …« Bei der Erwähnung der Kinder fing Maja Sonntag wieder an zu weinen.

Theresa gab ihr eine kleine Verschnaufpause, bevor sie mit der Befragung fortfuhr. »War Frau Buenlago berufstätig?«

»Julia arbeitete als freie Journalistin für verschiedene Medien.«

»Musste sie Geld verdienen?«

»Julia?« Die Art, wie Maja Sonntag den Namen der Freundin ausrief, machte klar, wie absurd diese Vorstellung war.

Eine schöne, reiche und interessante Frau war ermordet worden – wie schade um sie. Irgendeinem Menschen schien sie im Wege gewesen zu sein. Anlass dazu hatte sie offensichtlich genug gegeben. Wenn nicht plötzlich ein Augenzeuge auftauchte, dann würde die Suche nicht einfach werden, ahnte die Kommissarin. Sie befragte noch die anderen Spielerinnen, unter anderem Frau Rasmussen, eine leicht verbitterte Dame im Alter knapp jenseits der 60. Da sie um zwölf Uhr eine Stunde bei dem Trainer gehabt hatte, war es immerhin möglich, dass sie dem Mörder begegnet war, was sie verneinte. Über den Tod von Julia Buenlago schien sie keine allzu große Trauer zu empfinden, es sei denn, sie verbarg diesen Kummer gut.

»Als Sie von der Driving Range zurück ins Clubhaus gingen, ist Ihnen denn da nicht Frau Wirtz begegnet?« Die Kommissarin schaute kurz in ihr Notizbuch. »Die hatte doch die Stunde nach Ihnen.«

»Ach so – das könnte sein«, stotterte Frau Rasmussen.

»Das ist doch erst ein paar Stunden her, da müssten Sie sich doch erinnern?«

»Es ist nur so viel heute passiert, doch, sie ist mir begegnet«, bestätigte die Befragte nun hastig. »Entschuldigen Sie, ich hatte das einfach vergessen.«

»Kann passieren«, die Kommissarin lächelte ihr beruhigend zu. »Wo ist Frau Wirtz eigentlich, wollte sie heute nicht mitspielen?«

»Doch, doch, sie bekam einen Anruf und ist ziemlich eilig aufgebrochen.«

Obwohl sie den Nachmittag doch für das Spiel freigehalten hatte, überlegte die Kommissarin und notierte das in ihrem Notizbuch.

Frau Berkhoff, der 14-Uhr-Termin bei Padraig, spielte das Damengolf gar nicht mehr mit. Wegen allzu hohen Alters, erklärte die quicklebendige ältere Dame, die die 80 um einiges überschritten hatte.

»Ich nehme trotzdem Trainerstunden, um nicht völlig einzurosten. Hin und wieder spiele ich sogar neun Löcher«, sagte sie stolz. Ansonsten bestätigte sie die Aussagen von Padraig. Die Donnerstagsstunden seien fest gebucht, und sie sehe ihre Clubkameradinnen eigentlich jedes Mal. Ihre Stunde folge auf die von Frau Wirtz.

»Und Sie sind ihr heute begegnet?«, hakte die Kommissarin nach.

»Heute? Nein, heute nicht. Frau Wirtz hatte es wohl eilig, um pünktlich am Abschlag zu sein.«

8. KAPITEL

Kinder sollten nicht vor ihren Eltern sterben dürfen. Theresa ertrug mit den Jahren immer weniger das Leid, das sie als Überbringerin einer Todesnachricht auslöste. Am schlimmsten war es, wenn man Eltern den Tod eines Kindes mitteilen musste.

Der Gang zu Herrn Wallmann, dessen Ehefrau tot an der Fahne gefunden wurde, war dagegen ein Spaziergang gewesen. Als die Kommissarin an der Tür einer hübschen Villa im Kölner Stadtteil Lindenthal klingelte, hatte ihr eine adrette 40-Jährige geöffnet. Mit polnischem Akzent erklärte die Frau, dass sie die Pflegerin von Herrn Wallmann sei. Herr Wallmann war in fortgeschrittenem Zustand dement und hatte offensichtlich vor längerer Zeit vergessen, dass es so etwas wie eine Ehefrau in seinem Leben gegeben hatte. Das Verschwinden seiner Pflegerin, die sich sehr liebevoll um ihn bemühte, hätte ihn härter getroffen als die Nachricht vom Tod der Gemahlin. Zumindest zeigte er keine größere Regung, als die Kommissarin die Botschaft überbrachte. Vielleicht lag es daran, dass er seine ganze Konzentration dafür aufwendete, einen Fussel von seiner Hose zu entfernen.

Der Besuch bei den Eltern von Julia Buenlago fiel der Kommissarin ungleich schwerer. Vater und Mutter der Ermordeten waren Mitte 70, und die Kommissarin fürchtete, dass die alten Herrschaften diesen Schlag nicht verkraften würden. Statt Trost zu spenden, musste sie den Kummer der Eltern vergrößern, indem sie ihnen berichtete, dass die Tochter Opfer eines Gewaltverbrechens geworden war.

Sie warf nur die Fragen auf, die sie unbedingt klären musste, und bot an, alles Weitere am nächsten Tag zu besprechen.

»In das Haus Ihrer Tochter müsste ich aber möglichst heute noch, falls es dort wichtigen Unterlagen gibt«, erklärte die Kommissarin. »Ich möchte dem Täter so wenig Zeit wie möglich lassen, dort etwas zu entfernen.«

»Am liebsten würde ich Sie begleiten, aber ich kann meine Frau jetzt nicht allein lassen«, bedauerte Herr Bethmann. »Ich werde versuchen, Julias Haushälterin zu erreichen. Ihr Name ist Kresse, ich glaube Petra Kresse. Sie wohnt in einer Einliegerwohnung. Meine Tochter ist sehr viel verreist, seit die Kinder nicht mehr im Haus sind.«

Bei der Erwähnung ihrer Enkel ging ein Zittern durch den Körper der alten Dame, das in einem Schluchzen endete. Erst langsam begriff sie das Ausmaß des Unglücks und ahnte, was alles auf sie zukam.

Das Haus von Julia Buenlago lag im selben Viertel, in dem Rasmussen wohnte. Hier hatten im 19. und Anfang des 20. Jahrhunderts betuchte Kölner, die es in der Altstadt zu beengt fanden, ihre Residenzen erbaut. Eine ruhige und wohlhabende Atmosphäre lag über der Gegend. Die 1970er- und 80er-Jahre hatten in dem schönen alten Stadtteil jedoch mehr Schaden angerichtet als der Zweite Weltkrieg. Durch den Krieg entstandene Baulücken hatte man mit Appartementhäusern geschlossen, die den Charme von Drei-Sterne-Hotels besaßen. Das Haus von Julia Buenlago war modern und wahrscheinlich erst im neuen Jahrtausend errichtet worden. Die Bauherrin hatte sich einen hervorragenden Architekten geleistet.

Die Kommissarin wurde von der Haushälterin eingelassen. Der jungen Frau stand das Entsetzen über die Nachricht, die sie gerade ein paar Minuten zuvor erhalten hatte, ins Gesicht geschrieben. Sie war geistesgegenwärtig genug, der Kommissarin einen Kaffee anzubieten, was die ablehnte. Sie wolle sich nur schnell umschauen, vor allem im Büro oder wo immer Frau Buenlago ihren Schreibtisch gehabt habe.

Theresa Rosenthal verliebte sich sofort in das Haus der Ermordeten. Es war von Licht durchflutet. In den großzügig geschnittenen Räumen luden Nischen und stilistisch sehr unterschiedlich gestaltete Nebenräume zum Verweilen ein. Eine halbe Glaswand schaffte etwas Ruhe für den Arbeitsbereich. An den Wänden hingen Fotoarbeiten von exquisiter Qualität, das beurteilte die Kommissarin mit Kennerblick. Theresa selbst sammelte Kunst, tummelte sich allerdings auf anderem Gebiet. Sie schätzte vor allem Skulpturen und hängte dazu monochrome Bilder an die Wände. Mit dem geübten Auge der Sammlerin erkannte sie einige der Künstler: eine große Innenraum-Fotografie von Candida Höfer, Struth, Ruff und viele Arbeiten, die Theresa nicht identifizieren konnte.

Man sah den Räumen an, dass sie ständig gepflegt wurden, obwohl keine sterile Ordnung herrschte. Der Besucher spürte, dass hier ein vielseitig interessierter Mensch lebte. Auf dem Tisch lag ein Stapel Bücher, obenauf eine Lektüre über das Thema Wiedervereinigung; ein Lesezeichen markierte die Seite, auf der sich die Leserin gerade befand. Ein weiteres Buch wartete auf seine Verpackung; es war halb in Geschenkpapier gewickelt, daneben eine mit dem Namen Julia Buenlago bedruckte Karte, die offensichtlich geschrieben und beigelegt werden sollte.

Der Schreibtisch war aufgeräumt und übersichtlich. In der Mitte stand der Laptop, links und rechts stapelten sich säuberlich übereinander geschichtete Unterlagen. Auf einem Sideboard lagen nach Datum geordnete Einladungen und Tickets. Wie Maja Sonntag gesagt hatte: Julia war ein Global Player. Das erkannte man bereits bei der flüchtigen Durchsicht dieser Abteilung: Einladung zu einem Abendessen in Paris, Flugticket schon gebucht und daneben platziert; Einladung zu einem Podiumsgespräch bei der Atlantikbrücke in Hamburg, Ticket bereits gebucht; zwei Karten für die Oper in Mailand mit Flugtickets, für wen mochte die zweite Karte reserviert sein;

Ausstellungseröffnung in New York und so ging es weiter. Offensichtlich Verdächtiges befand sich darunter nicht. Die Kommissarin hoffte inständig, dass der Mörder sich im Umkreis des Golfclubs finden würde; wenn nicht, müsste sie ein weltweites Beziehungsnetz beackern. Ein Gefühl sagte der Kommissarin, dass der Täter aus dem Kölner Umfeld stammte, und sie hatte gelernt, auf solche Eingebungen zu achten. Sie kamen meist nicht aus heiterem Himmel, sondern waren durch ihre Recherchen begründet. Das traf auch in diesem Fall zu. Nach den vielen Gesprächen hatte sie ein Gespür für die Frau bekommen, die in diesem Fall zum Opfer geworden war. Julia Buenlago hatte es durch unglückliche Umstände nach Köln verschlagen, doch diese Welt war viel zu klein für sie gewesen, hier hatte sie nicht hineingepasst. Das internationale Parkett war ihr Zuhause, da hatte sie sich selbstverständlich bewegt und dazugehört. Die Kommissarin überlegte, ob die Beurteilungen freundlicher ausgefallen wären, hätte sie in New York oder Mailand Erkundigungen über die Ermordete eingeholt. Wahrscheinlich. Für die kleine Kölner Welt war Julia Buenlago ein Problem, ein Störfaktor gewesen.

Auf einem weiteren Stapel häufte sich die Post, alles ordentlich sortiert: Rechnungen; Danksagungen, unter anderem für ein Abendessen, das Julia in ihrem Haus gegeben hatte; zwei lustige Karten mit witzigen Sprüchen darauf und kurzen handschriftlichen Grüßen; zwei frankierte Briefe, die die Eigentümerin dieses Büros noch nicht abgeschickt hatte: Sie enthielten wiederum nur Danksagungen für Abendessen, zu denen Julia geladen gewesen war. Die Adressaten konnten sie befragen, aber vorerst klang das alles sehr harmlos. Spuren eines bewegten gesellschaftlichen Lebens, das Theresa nicht fremd war. Sie selbst hatte diese Art von Leben lange hinter sich gelassen und ging nur zu Einladungen, wenn sie sich davon irgendeine geistige Bereicherung versprach. Ansonsten bevorzugte sie es, Zeit mit ihren Kindern und Freunden zu verbringen. Bei der eigenen Familie hielt sie sich rar und traf gern nur einen ausgeflippten Cousin, der Schauspieler war, und eine Cousine, die in den Augen der Großfamilie den Makel trug, lesbische Beziehungen zu pflegen. Theresas fünf Jahre zuvor verstorbener Vater hatte sich bis zu seinem Tod an ein altes Weltbild geklammert, nicht an das nationalsozialistische, Gott behüte, er hielt fest an monarchistischen Ideen. Als guter bayerischer Landsmann fühlte er sich nur den Wittelsbachern verpflichtet und dem katholischen Glauben. Das hielt ihn nicht davon ab, neben seiner Ehe, Beziehungen zu anderen Frauen zu unterhalten; zumindest mit einer davon hatte er ein Kind gezeugt, einen netten Sohn, zu dem Theresa als Einzige in der Familie Kontakt hielt. In grauer Vorzeit hatte sie ihren Vater gefragt, wie er eigentlich mit diesen Fehltritten leben könne, wo er doch selbst strenge Regeln predige. Er hatte mit einem Zitat des Philosophen Max Scheler geantwortet: »Haben Sie schon einmal einen Wegweiser gesehen, der selbst den Weg gegangen ist, den er weist?« So einfach war das also! Daraufhin hatte sie sich als Tochter nie wieder verpflichtet gefühlt, irgendeine seiner Anweisungen zu beachten. Theresas Mutter lebte noch gerade und hielt in ihrem leicht dementen 87-jährigen Zustand tapfer an einem konservativen Weltbild fest, das außer für Kaiser und Papst wenig Raum ließ. Das machte den Umgang mit ihr nicht gerade leicht.

Nachdem sie die Einladungskarten durchgesehen hatte, stöberte die Kommissarin weiter auf dem Schreibtisch und wurde fündig unter Papieren, die dort eindeutig zur Verarbeitung in einem Artikel lagen. An ein paar DIN-A4-Seiten heftete ein kleiner Zettel mit der handschriftlichen Notiz:

›Jetzt wollen sie alle in der 1. Liga mitspielen.

Von mir kommt das nicht

L.G.

K.D.‹

Bei flüchtiger Durchsicht der Unterlagen wurde der Kommissarin klar, dass es sich um brandheißes Material handelte und dass Julia Buenlago an der Aufdeckung eines Korruptionsskandals gearbeitet hatte, dessen Ursprung in der Stadt zu finden war, aber viel weitere Kreise zog. Sie drückte die On-Taste des Laptops, der ein Passwort von ihr forderte, was sie nicht wunderte. Sie erklärte der Haushälterin, dass sie das Gerät mitnehmen müsse. Die Techniker der KTU würden an das Material herankommen, da machte sie sich keine Sorgen. Ein Handy hatten sie bereits auf dem Golfplatz sichergestellt, um die letzten Telefonverbindungen des Opfers zu checken. Ein paar hatten sie identifiziert: Maja Sonntag; Barbara Seidel; auch Katja Wirtz war dabei; ebenso Rasmussen, der am Mittwoch einige Minuten mit Julia Buenlago telefonisch verbunden war; die Nummer des Trainers Padraig tauchte auf; außerdem Willi Wirtz und einige Kontakte, die sie nicht sofort zuordnen konnten.

9. KAPITEL

Auf dem Weg zum Kommissariat rief Theresa ihren Kollegen Marco Bär an, der sich mit krächzender Stimme meldete.

»Marco, komm aus den Federn! Erkältungen sind keine Krankheit, du benötigst dringend frische Luft. Ich hole dich in zehn Minuten ab. Ich brauche dich für ein paar Recherchen.«

Marco lebte in der Südstadt, wo alle seine »Spielkameraden« um ihn herum wohnten. Theresa klingelte Sturm. Immerhin betätigte er den Türöffner und ließ sie nach oben kommen. Der arme Junge stand im Pyjama in der Tür: rotes Näschen, dicker Schal um den Hals, keuchend, als sei er im Endstadium einer tödlichen Lungenentzündung. Seine Muskelpakete hingen wie schlaffe Luftballons an ihm herunter, so wirkte es auf jeden Fall. Darum machte sie sich keine Sorgen, die würde er im Fitnessstudio demnächst wieder aufpumpen.

»Mann Theresa, du bist echt brutal!«

»Zieh dich an, ich mache dir jetzt einen feinen Fencheltee mit Honig, und danach geht es hinaus in die frische Frühlingsluft«, munterte sie den Kollegen auf. »Lass mich bitte vorher kurz deine Toilette benutzen.«

Marcos Badezimmer sah aus wie ein dm-Markt: Die Pflegeprodukte standen dicht an dicht in den Regalen und gehörten bestimmt keiner Freundin. Auf allen Fläschchen und Döschen stand »for men«. Theresa verwendete einen Bruchteil an Kosmetik; wozu Marco das ganze Zeug brauchte, wollte sie lieber nicht wissen. Sie hatte den Verdacht, dass er sich die Brust und wer weiß welche Körperteile sonst noch enthaarte. Aus seinen offen stehenden Hemden schaute auf jeden Fall die haarlose Brust eines Vorpubertierenden hervor. Wie es schien, benutzte er all die Cremes, Puder und Sprays, denn als sie ihm das Bad überließ, dauerte es länger als eine halbe Stunde, bevor er rasiert und geleckt wieder auftauchte. Sie nutzte die Wartezeit für ein paar Telefonate. Als sie endlich das Haus verließen, trug Marco ein wärmendes Stirnband, das er über die Ohren gezogen hatte. In der Generation, zu der Theresa sich zugehörig fühlte, hätte ein Mann sich selbst an der Ostfront lieber den Erfrierungstod geholt, als so ein Ding zu tragen.

Sie brauchte Marco dringend für ein paar Nachforschungen. Da war die Liste von Damen und Herren, die im Club spielten, beginnend natürlich mit denen, die sich an den beiden Tagen auf dem Platz getummelt hatten.

Marco musste den Rechner durchforsten, denn auf dem Gebiet war er richtig gut. Er gehörte eben der Generation Cyberspace an, die mit Computern aufgewachsen war und keine Berührungsängste kannte. Theresa hegte ein tiefsitzendes Misstrauen gegen sich anhäufende Datenberge. Ein paar Wochen zuvor hatte sie unter dem Titel »Big data« den Vortrag des Oxford-Professors Viktor Mayer-Schönberger gehört, der sie tief beunruhigt hatte. Theresa staunte nur noch darüber, was Spezialisten mit Daten alles machen konnten: zum Beispiel Profile erstellen, die voraussagen, dass da irgendwo im Land ein Mensch sitzt, der mit großer Wahrscheinlichkeit ein Verbrechen begehen wird. Die Justiz würde in Zukunft den Verbrecher also aus dem Verkehr ziehen, bevor er eine Tat begangen hatte. Der Gedanke gruselte sie. Was war zum Beispiel mit einem Schriftsteller, der für seine Arbeit an einem Kriminalroman im Internet recherchiert, oder der Journalist, der Informationen über Terrorismus sammelt? Hinterlassen die nicht eine Datenspur, die der eines Täters fatal gleicht? Und wie verteidigt sich ein Mensch und beweist, dass er das Verbrechen gar nicht ausgeführt hätte?

Dass Daten zum Beispiel auch Ort und Zeitpunkt der nächsten Grippewelle voraussagen können, mochte ein großer Fortschritt sein. Aber wollte sie wirklich in einer Welt leben, in der die Überwachung weit über die Orwell'schen Vorausahnungen hinausgeht? Und man musste das weiterdenken: Der Bürger in einer solchen Welt wird verängstigt darauf bedacht sein, in vorauseilendem Gehorsam den Datensammlern möglichst wenig Material in die Hand zu spielen. Würde das nicht jede Kreativität unterbinden? Keine frei handelnden und denkenden Menschen mehr, sondern eine Gesellschaft von Duckmäusern. Das mochte der Traum eines jeden Diktators sein, zur Idee der Demokratie, des Liberalismus, der Menschenrechte passte das nicht. Was die Datensammelwut anging, glaubte Theresa an nichts Gutes, auch in den Demokratien. Die regierende Klasse bestand nicht gerade aus Persönlichkeiten. Der ängstliche Politiker würde immer bedacht sein, Fehler zu vermeiden, und es herrschte nun mal die Meinung, dass mit Vorratsdatenspeicherung Verbrechen verhindert werden. Also hockten in den Ministerien und Behörden kleine Beamte, die fleißig alles archivieren. Das war nicht Zukunftsmusik, sondern Stand der Dinge. Theresa machte das Angst.

»Gleich die Namen von der Liste mit unseren Dateien ab, Marco. Das strengt meinen erkälteten Bub doch nicht zu sehr an, oder?«, neckte die Kommissarin den Kollegen, als sie zusammen im Büro saßen. »Fang mit Willi Wirtz, Paul Rasmussen und Spethmann an, und bei den Damen arbeite die Liste von oben runter, ich habe da eine gewisse Rangordnung reingebracht.«

Während Marco seinen Auftrag anging, nahm die Kommissarin sich den von Maja Sonntag genannten Norman Kreke vor, der eine heimliche Liebe zu der Ermordeten gehegt hatte. Ein kurzer Anruf bei ihm zu Hause klärte sie darüber auf, dass Kreke seit drei Tagen verreist war, ohne die Begleitung seiner Gemahlin.

»Eine Golfreise nach Österreich«, erzählte die Ehefrau bereitwillig und wollte wissen, worum es ging. Nur eine Routinebefragung, erklärte die Kommissarin und berichtete von dem Todesfall im Golfclub.

»Ich stelle Nachforschungen bei allen Mitgliedern an. Sind Sie auch im Club?«, wollte die Kommissarin wissen und bekam daraufhin ein entschiedenes und kurz angebundenes »Nein« als Antwort. Norman Kreke konnte sie vorerst von der Liste der Verdächtigen streichen, vorausgesetzt er würde Zeugen für seinen Österreichaufenthalt benennen.

Bei Wirtz wurde Marco sofort fündig. Der Mann hatte an die 20 Verkehrsdelikte auf dem Buckel, keine Radarfalle in der Stadt ausgelassen, was nicht nur auf Rücksichtslosigkeit, sondern auf Dummheit schließen ließ. Darüber hinaus: Alkohol am Steuer, Überfahren von roten Ampeln und so weiter.

»Ach, was haben wir denn da Hübsches?«, hörte sie Marco plötzlich triumphieren. »Steuerhinterziehung. Der Junge hat eine kleine Baufirma und tummelt sich wahrscheinlich im Kölner Klüngel. Verdacht auf Korruption – die ganze Palette.«

Die Nachfrage beim Betrugsdezernat brachte einen Strauß von Verdachtsermittlungen zu Tage. Vor drei Jahren war Wirtz' Firma fast pleitegegangen, aber dann gelang ihm auf wundersame Weise ein Deal. Kauf eines Grundstückes und Abriss der darauf stehenden Gebäude, und zu seinem großen Glück hatte die Stadt das Grundstück dringend gebraucht, um dort ein Bezirksrathaus zu erbauen. An dem Geschäft hatte Wirtz als Zwischenhändler schlappe acht Millionen verdient. Dass er sich mit ein paar städtischen Beamten des Baudezernats in einem Karnevalsverein tummelte, hatte in diesem Fall nicht geschadet. Wenn Theresa nur Karnevalsverein hörte, sah sie rot. Alte und mittelalte Männer, die in adretten Uniformen den Stippeföttche-Tanz aufführten, bei dem sie Hintern an Hintern herumwibbelten, gab es etwas Peinlicheres? Wie viele gemeinsame Leichen die Herren in ihren Kellern verbargen, konnte man nur ahnen. Der Direktor der örtlichen Sparkasse spielte bei den Deals ebenfalls eine Rolle. Dass die Sparkasse auch einen luxuriösen Golfplatz besaß, der Millionen verschlang, war da nur ein Nebenkriegsschauplatz. Auch da hatte Wirtz seine Finger drin gehabt. Das Clubhaus war mit seiner Hilfe errichtet worden; zum Dank erhielt er eine Mitgliedschaft. Wie praktisch – so konnten die Beteiligten ihre schmutzigen Geschäftchen beim Golfspiel erledigen. Der Steuerzahler lud ein!

»Schau doch mal, was in der lokalen Presse über die Sache zu finden ist?«, bat Theresa ihren Kollegen.

Marco fand mehrere Artikel im »Kölner Stadtanzeiger« und zwei in der überregionalen Wirtschaftspresse, von einer Redakteurin mit dem Namen Julia Bethmann verfasst. Es kostete Marco einen Anruf, um herauszufinden, dass Julia Buenlago unter ihrem Mädchennamen

Bethmann schrieb. Sie hatte offensichtlich eine Menge Informationen aus erster Hand verarbeitet. Man konnte sich vorstellen, wie Willi Wirtz sich darüber gefreut hatte.

»Das wär' doch ein feines Mordmotiv«, überlegte Marco Bär. »Mit ihrer Korruptionsscheiße sind solche Typen nie zu fassen, deshalb packe ich mir das Arschloch jetzt in dieser Sache. Soll er doch ein bisschen schwitzen, dafür dass er von meinen Steuergeldern in Saus und Braus lebt.«

»Ach Marco, alles von deinen Steuergeldern, und du kannst dir nicht einmal ein neues Skateboard leisten«, hänselte sie ihn. »Übrigens wirst du deine Freude an dem Kerl haben. Wahrscheinlich bietet er dir gleich ein paar Karten für den 1. FC an oder Eishockey, um dich milde zu stimmen«, lachte Theresa. »Lass dich nicht erwischen! Ich passe auf, dass er dich nicht um den Finger wickelt. Und frisch deinen heimatlichen Kölner Dialekt auf, der Typ spricht, als ob er auf dem Großmarkt Schweinehälften verkauft.«

»Sollen wir ihn vorladen?«

»Ne, wir rücken ihm zu Hause auf die Pelle, dann bekommen wir gleich einen Eindruck, wie er lebt von deinen Steuergeldern. Wir machen das auf jeden Fall zusammen. Wer weiß, wie der reagiert.«

»Ach ja, irgendetwas mit Körperverletzung stand auch noch in seiner dicken Akte. Ich brauche dich also dringend als Zeuge, falls ich ihm was aufs Maul geben muss.«

»Marco, sei ein lieber Junge und mach keinen Ärger«, bat Theresa. »Weißt du, was ich glaube? Das ist alles nur die Spitze des Eisberges. Julia Buenlago oder Bethmann war an etwas viel Größerem dran. Sie hatte einen Tipp bekommen. Den Informanten müssen wir finden, das wird uns ein Stück weiterbringen. Ein Zettelchen mit ›K.D.‹ unterschrieben gibt wenig Anhaltspunkte, aber wir werden ihn oder sie aufstöbern.«

»Der Tippgeber kommt auf jeden Fall aus dem engsten Umfeld der Seilschaft.« Marco Bär schaute sich das Material an. »E-Mails, Kopien von handschriftlichen Notizen, Gesprächsaufzeichnungen, Telefonate, die zitiert werden.«

»Vielleicht jemand, der mit von der Partie ist und findet, dass er nicht genug vom Kuchen abbekommt. So läuft das doch meistens – einer, der den Hals nicht vollkriegt, wird zum Denunzianten«, spann Theresa den Faden weiter.

Marco nahm sich noch einmal den Zettel vor, der an die Unterlagen geheftet war. »›L.G. – K.D.‹ Liebe Grüße – klingt eher nach einer Frau«, vermutete er. Marco machte ein paar Kopien und verteilte sie an einige Kollegen, die er bei der Untersuchung einspannen konnte.

»Jetzt spiel hier nicht den Macho! In einer Welt der Androgynisierung, wenn es den Ausdruck denn überhaupt gibt, kann ich mir eine Menge Männer vorstellen, die ›Liebe Grüße‹ schicken und ›Bussi, Bussi‹, und vor euren Umarmungen ist man auch nirgends mehr sicher. Diese neue Körperlichkeit, die da unter deutschen Männern grassiert, ist kaum mehr auszuhalten. Bei jeder Begrüßung umschlingen sich jetzt die Kerle und klopfen sich die Rücken gegenseitig wund – was ist bloß los mit euch?«

»Wie bist du denn heute drauf?«, wunderte sich Marco. »Um wieder auf unser Thema zu kommen: Ob unsere Kollegen vom Betrugsdezernat mehr wissen und nicht damit rausrücken?«

»Vielleicht ermitteln sie bereits und wollen keine schlafenden Hunde wecken«, überlegte Theresa. »Da müssen wir dranbleiben, aber hilf mir bitte erst, den Ablauf der heutigen Mittagsstunden zu rekonstruieren. Ich möchte aus den verschiedenen Zeitangaben ein Bild erstellen, das mir eine Vorstellung gibt, was zur ungefähren Tatzeit geschehen ist und wer sich wo aufgehalten hat.«

Theresa nahm einen Filzstift und begann ihre Fleißarbeit auf einem großen Zeichenbrett.

»Zuerst einmal das Opfer – der Caddie-Master hat nicht gesehen, wann und wo sie abgeschlagen hat, da tappen wir völlig im Dunklen. Die beiden Herren, die sie gefunden haben, Herr Dr. Spethmann und Herr Posch«, sie schrieb alle Namen und Daten sorgfältig nebeneinander. »Sie geben an, dass sie um circa 12.45 Uhr am ersten Abschlag gestartet sind. Um kurz nach zwei haben sie die Tote entdeckt. In der Zeit gab der Golflehrer Padraig auf der Driving Range Unterricht: 12 Uhr, Frau Rasmussen; 13 Uhr, Frau Wirtz; 14 Uhr, Frau Berkhoff. Die Stunde dauert nur 50 Minuten, sodass Padraig zwischendurch immer etwas Zeit hat, in der er heute allein auf der Driving Range blieb und nicht, wie sonst oft, zurück ins Clubhaus ging, um zu telefonieren oder was auch immer. Für diese Minuten hat er also kein Alibi, aber es handelt sich wirklich nur um Minuten. – Die drei Damen kamen alle pünktlich: Frau Rasmussen gab an, Frau Wirtz begegnet zu sein. Frau Berkhoff ist Frau Wirtz nicht begegnet. – Auf der Driving Range übte Herr Rasmussen, als ich gegen drei Uhr eintraf. Er behauptete, ungefähr eine halbe Stunde zuvor begonnen zu haben, was Padraig nur halb bestätigt. Der Trainer sagt, er hat ihn zwischendurch gesehen, aber da er meist mit dem Rücken zu den anderen Abschlagplätzen steht, kann er die Aussage nicht zu hundert Prozent bestätigen. Rasmussen war seit kurz nach eins auf dem Gelände, zuerst auf dem Übungsgrün und danach hat er im Restaurant etwas gegessen, bevor er zur Driving Range ging. Er hat auf jeden Fall Zeit gehabt, die Tat zu begehen. – Ein Problem ist, dass sich viele der Mitglieder fast täglich begegnen und die Erinnerung deshalb nicht zuverlässig ist, wer wem zu welcher Zeit in die Arme gelaufen ist. Das ist plausibel.«

10. KAPITEL

Am Freitagvormittag kamen die ersten Ergebnisse aus der Pathologie. Etwas merkwürdig war die Geschichte mit dem Fuß. Bellutt ließ sie wissen, die Tote habe einen frischen Bänderriss.

»Wir kommen zu Ihnen«, schlug die Kommissarin vor. »Das will ich genauer wissen.« Sie holte Marco Bär von seinem Computer weg, um mit ihm in die Pathologie zu gehen.

»Wie es aussieht, hatte sie mit den Bändern am Fuß schon länger Probleme. Dadurch knickte sie wahrscheinlich immer wieder um, und das tut richtig weh«, erklärte Bellutt. »Ich tippe darauf, dass sie sich die Verletzung am Donnerstag an der Stelle holte, an der sie gefunden wurde. Irgendeine Unebenheit, ein Stein, eine Bodenvertiefung, sie knickt weg, stürzt. Da bist du erst für Minuten fast ohnmächtig vor Schmerzen und selbst wenn die nachlassen, kannst du kaum auftreten. Vielleicht hat der

Mörder oder die Mörderin sie dort hilflos gefunden oder hat ihren Unfall beobachtet.«

»Also eine Tat im Affekt oder der Täter fand sie und sah seine Chance«, überlegte die Kommissarin. »Er oder sie musste nur den Kopf gegen den Stein schlagen, neben dem sie zufällig lag. Sie sagten doch, dass es keine Schleifspuren gab.«

»Keine Schleifspuren, es gab überhaupt fast keine Spuren. Das Gelände war knochentrocken. Es gab tagelang keinen Niederschlag, und das bisschen Nieselregen vom Vormittag hat den Boden gerade etwas benetzt. Fußspuren konnte man überhaupt keine finden, sagen die Kollegen von der Spurensicherung.«

»An den Kleidern waren keine Schleifspuren, aber tatsächlich gab es Dreckspuren am Knie und an den Händen, das passt zu dem Szenario mit dem Umknicken«, überlegte die Kommissarin.

»Und sie kann beim Stürzen nicht mit dem Kopf auf den Stein geschlagen sein?«, wollte Marco Bär wissen.

»Nein, unmöglich. Wenn du umknickst, fällst du seitlich oder nach vorn, auf keinen Fall nach hinten.«

»Irgendwelche Kampfspuren«, wollte die Kommissarin wissen.

»Nichts deutet auf einen Kampf hin. Da kann ich mich festlegen. Auch keine Vergewaltigung, wenn Sie das noch interessiert.«

»Da müsste sie hinterher die Hose wieder geschlossen haben, sehr unwahrscheinlich«, kommentierte Bär und erntete für die Bemerkung einen strengen Blick des Pathologen.

Bei der Todeszeit wurde Bellutt ziemlich konkret. »13.30 Uhr bis 14 Uhr, wobei ich glaube, dass der Zeitpunkt eher bei 14 Uhr liegt.«

»Haben Sie sonst irgendetwas im Körper gefunden, was da nicht hineingehört?«, hakte Bär nach.

»Alles clean. Die Frau war in Topform, keine Rückstände von Alkohol, Drogen, Tabletten, nicht mal von Zigaretten. Da könnte ich ein richtig schlechtes Gewissen bekommen«, grinste der Pathologe. »Eigentlich schade um einen so gesunden Körper.«

»Kein Neid, Herr Bellutt. Sie sind nur geschätzte zehntausend Packungen … was rauchen Sie da immer, Marlboro?«, fragte Theresa Rosenthal. Er nickte. »Also gut, zehntausend Packungen Marlboro entfernt von so einem Körper in Topform.«

»Sie haben ein bisschen was Gemeines im Charakter«, beschwerte sich der Pathologe.

»Eigentlich nur vor neun Uhr morgens. Um die Zeit jetzt bin ich die Liebenswürdigkeit in Person.«

»Wenn das liebenswürdig ist, möchte ich nicht wissen, wie Sie vor neun sind. Ihr armer Ehemann! Kann ich sonst etwas für Sie tun?«

»Sagen Sie mir, wer die Frau umgebracht hat.«

»Das ist Ihr Job.«

»Im Ernst, was glauben Sie, eher ein weiblicher oder eher ein männlicher Täter, rein gefühlsmäßig?«

Der Pathologe schien unentschlossen. »Ich würde sagen, etwas dazwischen«, antwortete er schließlich sibyllinisch.

»Ein Transsexueller also. Super – das schränkt den Täterkreis enorm ein«, begeisterte sich Marco Bär voller Ironie und rieb die Hände. »Machen wir uns gleich an die Arbeit.«

Theresa Rosenthal verstand, was Bellutt meinte. Ihr erging es genauso; sie schwankte ebenfalls immer wieder zwischen den beiden Vorstellungen.

»Mann oder Frau, wer weiß es genau? Danke, Herr Bellutt, Sie haben mir sehr geholfen.« Als sie Bellutts beleidigten Blick sah, fügte sie schnell hinzu: »Wirklich, das meine ich aufrichtig, ich habe nämlich dasselbe Problem. Können Sie mir etwas zu dem Ball im Mund des Opfers sagen?«

»Den hat da jemand ziemlich heftig hineingepresst«, erklärte Bellutt. »Der Ball ist zwar nicht groß, so einfach kann man ihn trotzdem nicht zwischen die Zähne schieben, versuchen Sie es selbst. Da muss ordentlich Druck dahinter sitzen.«

»Irgendwelche Spuren an dem Ball?«, wollte Bär wissen.

»Nichts Brauchbares.«

»Kein Wunder«, meinte die Kommissarin, »das ist ein Driving Range Ball, den fassen viele Leute an, hauen ihn in die Gegend, und abends werden die alle wieder von der großen Wiese aufgesammelt und kommen in die Waschmaschine. Bleibt nur, den Ball als Symbol zu deuten. Merkwürdig, die Geste hat etwas Wütendes?«

»Stimmt, wütend, und es sieht aus, als ob jemand ein Zeichen setzen wollte. – Macht nicht den Eindruck eines geplanten Mordes, oder?«, gab Marco Bär eine vorsichtige erste Einschätzung.

»Vielleicht lauerte ihr jemand dort auf«, überlegte Bellutt, »ob mit der Absicht, sie zu töten, kann ich natürlich nicht sagen. Ist euer Job.«

»Da sind wir wieder bei meinem Lieblingsthema: dem Unterschied, den das Gesetz zwischen Mord und Totschlag macht.«

Seit Jahren haderte die Kommissarin mit dem Mordparagrafen, der nicht die Tat definiert, sondern die Motive des Täters. Mörder ist, wer aus Habgier oder sonst aus niedrigen Beweggründen, heimtückisch oder grausam einen Menschen tötet. Es liegt an den Ermittlungsbehörden oder am Richter, die Beweggründe des Täters herauszufinden. Wie soll das objektiv geschehen? Was ist ein niedriger Beweggrund? Hass, Gier, Eifersucht, Wut? Theresa Rosenthal selbst hatte eine Frau überführt, die ihren Mann vergiftet hatte. Geplant? Bestimmt. Heimtückisch? Körperlich war sie ihrem Mann unterlegen gewesen, also hatte sie im Giftmord ihren letzten Ausweg gesehen, nach einem jahrelangen Ehemartyrium. Sie wurde zu lebenslanger Freiheitsstrafe verurteilt. Ein Mann, der seine Frau mit dem Baseballschläger niederstreckt, kommt wegen Totschlags mit einigen Jahren im Gefängnis davon. Ist das gerecht?

Aus ihrer langjährigen Erfahrung konnte Theresa Rosenthal einer gequälten Ehefrau nur empfehlen, ihren Peiniger »ganz spontan« vor den Zug zu stoßen oder mit einer gefrorenen Lammkeule zu erschlagen, wie es der wunderbare Autor Roald Dahl in einer seiner Geschichten mit schwarzem Humor beschreibt.

Seit Jahrzehnten wurde der Mordparagraf als unzulänglich kritisiert, zumal er von den Nationalsozialisten 1941 eingeführt und von ihrem Denken bestimmt wurde. Der Präsident des Volksgerichtshofs, Roland Freisler, gehörte zu den Autoren des Gesetzes und begründete ihn mit dem Satz: »Der Gesetzgeber hat ihn ganz einfach hingestellt. Damit der Richter ihn ansehen und sagen kann: Das Subjekt verdient den Strang.«

Die Todesstrafe ist zwar mittlerweile abgeschafft, aber mit dem Rest des Paragrafen schlagen sich die Gerichte weiterhin herum. In letzter Zeit war wieder etwas Bewegung in das Thema gekommen, worüber Theresa froh war. Der Deutsche Anwaltsverein hatte kürzlich vorgeschlagen, die Mord- und Totschlagparagrafen abzuschaffen und durch einen einheitlichen Tötungsparagrafen zu ersetzen mit einer Strafandrohung zwischen fünf und 15 Jahren oder lebenslanger Freiheitsstrafe. Aber das war der Job der Juristen. Sie und ihr Team mussten Beweise finden und den Gerichten einen Tatverdächtigen liefern.

»Wenn ich etwas Brauchbares finde, melde ich mich«, versprach der Pathologe.

»Wie wäre es mit einer sauberen DNA-Spur des Mörders?«, schlug Bär vor.

»Sonst noch Wünsche?«, grinste Bellutt. »Wenn nicht, kann ich hier nämlich weitermachen.«

11. KAPITEL

Theresa hatte beschlossen, das Angebot von Padraig anzunehmen. Irgendetwas gab ihr das Gefühl, dass sie die Faszination des Golfspiels verstehen musste, um den Schlüssel zu diesem Mord zu finden. Außerdem hatte sie tatsächlich Lust bekommen, es auszuprobieren. Sie erreichte den Golfpro am Freitagabend und verabredete sich für den nächsten Tag zur Mittagszeit.

»I skip lunch – dann haben wir eine gute Stunde Zeit.« Padraig war äußerst freundlich, fast überschwänglich, was sie auf den Konsum von ein paar Kölsch zurückführte.

Theresa hatte in ihrem Leben einige Sportarten angefangen. Alles, was sie als Kind spielerisch begonnen hatte, fiel ihr auch heute noch leicht: Sie lief Ski rückwärts fast so gut wie vorwärts und spielte exzellent Tennis. Auf ein Pferd war sie nur ihrem zweiten Mann zuliebe gestiegen und machte darauf eine Figur wie ein weiblicher Sancho Panza. Kampfsportarten gehörten zum Beruf und machten ihr Spaß. Nun also Golf.

Padraig drückte ihr ein Eisen sieben in die Hand, zeigte ein paar Lockerungsübungen, gab einige wenige Instruktionen und ließ sie einfach zehn Bälle hintereinander von einer Matte schlagen. Der erste Ball flitschte im Tiefflug nach rechts weg, der zweite ebenso, einige zischten nach links. Manche begaben sich immerhin auf etwas, das wie eine Flugbahn aussah, die am Höhepunkt aber leider bananenförmig nach unten abbog. Zweimal haute sie einfach am Ball vorbei, ein Luftschlag. Nach einem weit ausladenden Rückschwung wirkt es besonders lächerlich, wenn der Schläger danach nur die Erde umgräbt, ohne den Ball überhaupt zu berühren. Nach jedem Versuch blickte sie verzweifelt und Hilfe suchend zum Pro hinüber.

»Okay, have a break.« Er duzte sie, wenn er Instruktionen gab, verfiel aber sofort ins ›Sie‹, wenn er sie als Kommissarin ansprach. »Erste Lektion: Golf macht dich demütig.«

»Das kannst du laut sagen«, bestätigte sie verzweifelt.

»Zweite Lektion.« Er packte sie bei den Schultern und drückte ihren Oberkörper in die Haltung, die er sehen wollte. »Oben drehst du, unten bleibst du stabil.«

Sie wechselten die Position, und er zeigte ihr ein paar Schwünge, holte sich lässig mit dem Schläger einen Ball heran, schlug ihn locker und schnurgerade ungefähr 150 Meter weit.

»Toll!« Theresas Bewunderung kam von Herzen. Es machte ihr immer Freude, einem Könner zuzuschauen, und sie lernte visuell. Seinen eleganten Schwung zu sehen, half ihr, die Bewegung bei sich einzuspeichern. Ihre nächsten Schläge waren gar nicht so schlecht. Padraig gab ihr ein paar Hilfestellungen an die Hand, überfrachtete sie jedoch nicht mit zu vielen Einzelheiten. Er wollte, dass sie locker blieb. Und plötzlich war er da: der Schlag, mit dem sie den Ball im Sweet Spot traf. Leicht fühlte sich das an: Der Ball verließ die Matte im richtigen Winkel und flog gerade auf die Hundertmetermarkierung zu. Für einen Moment fühlte Theresa sich glücklich, als sei ihr etwas Besonderes gelungen, und plötzlich verstand sie, was diesen Sport attraktiv und aufregend machte. Dieses Glücksgefühl immer wieder erleben, darum ging es, die Bewegung zu verinnerlichen und zu wiederholen. Warum nur funktionierte das nicht bei jedem Versuch? Wenn eine Winzigkeit in der Bewegung nicht stimmte, trafen der kleine Ball und die relativ kleine Schlägerfläche eben nicht im Idealpunkt zusammen. Den Rhythmus zu finden, der den Ball in diese wunderschöne Flugbahn brachte, danach strebte der begeisterte Golfer bei jedem Schlag neu.

»Wissen Sie mehr in dem Mordfall?«, fragte Padraig die Kommissarin ganz nebenbei.

Sie unterbrach ihre Schwungarbeit, stützte sich auf den Schläger und musterte ihn. Wollte er, dass sie eine Pause bei den Übungen machte, oder versuchte er sie auszuhorchen?

»Wir arbeiten uns voran«, antwortete sie kryptisch.

»Gibt es denn einen Verdacht?«

»Ich persönlich glaube, dass es ein Golfprofessional war, der aus Hass auf seine unbegabten Schülerinnen beschlossen hat, eine nach der anderen umzubringen.«

»Möglich wär's«, antwortete er trocken.

»Befinde ich mich in Gefahr?«, wollte Theresa wissen.

»Five more balls and I tell you.«

»Was wird denn geredet im Club? Wir sind mit den Befragungen nicht durch und hoffen immer noch, dass einem der Mitglieder etwas aufgefallen ist an dem Tag, als Frau Buenlago ermordet wurde.«

»War halt ein regnerischer Tag, vormittags jedenfalls, da waren nicht viele Leute unterwegs«, gab der Trainer zu bedenken und legte ihr den nächsten Ball auf der Matte zurecht.

Die letzten drei Bälle traf sie wirklich gut. Sie hatte den Eindruck, dass er es mit der kurzen Pause darauf abgezielt hatte, sie gedanklich vom Spiel wegzubringen. Im Laufe der Stunde kam sie zu der Überzeugung, dass Padraig ein sehr guter Lehrer war.

»That's it for today«, sagte er. »Und – was denken Sie? More lessons?«

»Ich glaube, es hat mich gepackt. Sie sind gerade Zeuge bei der Geburt einer neuen Golfspielerin geworden.«

»With some talent«, sagte er und ahnte gar nicht – oder vielleicht doch –, wie sehr er sie damit beglückte. »Ich denke, Sie haben eine kleine Idee bekommen, warum so viele Menschen sich für diesen Sport begeistern«, fügte er hinzu. »Wenn Sie nicht aufpassen, kann dieses Spiel Sie völlig vereinnahmen. It's crazy. Ich fühle mich manchmal wie ein Beichtvater. Wenn jemand eine schlechte Runde gespielt hat, möchte er mir am liebsten jeden Schlag genau beschreiben; warum er sich für welchen Schläger entschieden und welche Flugbahn der Ball genommen hat und wie dieser dumme Ball unglücklicherweise einen Baum traf and so on. Es gibt Leute, die treffen ein, zwei Jahre lang keinen Ball mehr richtig; die sind fertig mit den Nerven, was das Problem natürlich vergrößert. Ich habe einen Schüler, der spielt wirklich ein Supergolf …«

»Ach, ich dachte, Sie unterrichten nur die untalentierten elderly ladies?«

»Ich habe etwas übertrieben. Zurück zu dem wirklich guten Spieler: Er verliert regelmäßig auf den letzten Löchern die Nerven; schiebt 30-Zentimeter-Putts am Loch vorbei. Daraufhin schläft er eine ganze Nacht nicht, wiederholt im Halbschlaf immer wieder und wieder den Putt, als ob er das Geschehene korrigieren könnte. Sie müssen verstehen, dass Golf mehr als ein Spiel ist. Vielleicht ist es wichtig für die Aufklärung der Tat – and if not – auch gut.«

»Thank you! Haben Sie Zeit für einen Drink; ich würde Sie gern einladen.«

»Sorry, next lesson, die Gelegenheit wird kommen, Frau Kommissarin. Wenn Sie eine weitere Stunde haben wollen, tragen Sie sich einfach in meinen Kalender ein, liegt beim Caddie-Master.«

Sie bedankte sich und sichtete auf dem Rückweg noch einmal das Gelände. Der Täter hatte jede Menge Möglichkeiten gehabt, ungesehen zum Tatort zu kommen. Von der Driving Range hätte er in Richtung Clubhaus gehen können, um zum Beispiel im großen Bogen über das Loch sieben wieder zurück zum sechsten Loch zu gelangen, aber was hatte ihn dazu veranlasst?

Padraig kämpfte sich, ohne einen Drink im Clubhaus zu nehmen, durch vier weitere Trainerstunden hindurch. Früher hatte er eine Flasche Whiskey in seinem Unterstand versteckt gehalten, um sich zwischen zwei Stunden zu stärken. Vor zwei Jahren hatte er das aufgehört, weil er merkte, wie unangenehm den Schülern seine Fahne war, und mit einem Rest von Selbstachtung hatte er deshalb das Trinken zwischen den Stunden aufgegeben. Gegen sechs Uhr genehmigte er sich ein Kölsch auf der Clubhausterrasse und fuhr heimwärts. Seit 20 Jahren bewohnte er eine eineinhalb Zimmerwohnung in einem Dorf, das nur zwei Kilometer entfernt vom Golfplatz lag. Seine Versuche, diesem traurigen Junggesellendasein zu entfliehen, waren an seinen Qualitätsansprüchen gescheitert. Zweite-Klasse-Frauen waren sein Schicksal: Auf dem Golfplatz ertrug er sie so gerade, im Leben nicht. Er hatte durchaus einen Blick und Sinn für die First-Class-Ladies, aber sie interessierten sich nicht für ihn, also zog er es vor, sich mit einem Whiskey in der Hand in die Literatur zu vertiefen. Das Jahrhundertwerk »Ulysses« seines Landsmannes James Joyce hatte er fünf Mal gelesen und entdeckte immer wieder Stellen, die er mit neuem Blick betrachtete und die Erinnerungen an seine eigene Odyssee erweckten. Gedanken an die Kommissarin ließ er nicht zu.

12. KAPITEL

Nach ihrer Golfstunde fuhr Theresa Rosenthal bei Dr. Rasmussen vorbei. Sie hatte ihn telefonisch erreicht und er war tatsächlich zu Hause, nicht auf dem Golfplatz, wo sie ihn eher vermutet hätte, denn das Wetter an diesem Samstag war trocken mit teils sonnigen Abschnitten. Das Haus der Rasmussens lag in einer ruhigen, von Kastanien gesäumten Villenstraße, die an den Golfplatz angrenzte. Die Rasmussens lebten in einer großen zweistöckigen Villa, in der er auch seine Praxis untergebracht hatte. Das verriet ein Schild am Eingang: Dr. Paul Rasmussen, Internist und Kardiologe. Als Rasmussen ihr öffnete, versuchte er gleichzeitig, sich eine blau-weiß-gestreifte Schürze abzunehmen. Danach hielt er ihr zum Gruß wieder seine Hand entgegen. Diesmal übersah Theresa diese Geste. Ihre Weigerung, Hände zu schütteln war genetisch angelegt, ein Rest aus Herrschaftszeiten und eine respektvolle Verbeugung vor ihrem Großvater. Als Kind hatte sie oft beobachtet, wie er ihm dargebotene Hände ignorierte. Seine Arme hinter dem Rücken verschränkend, hatte er »Pratzen weg!« geknurrt, laut genug, dass das gepeinigte Gegenüber es hören konnte. Selbst Theresas eigener Sohn schien genetisch vorbelastet. Schon als Vierjähriger weigerte er sich, seiner Kindergärtnerin die Hand zu reichen. Ähnlich wie sein Urgroßvater versteckte er die Hände hinter dem Rücken und sagte »Bitte, lassen Sie das, meine Dame.« Das war vergleichsweise höflich ausgedrückt, aber zwang die arme Frau ihren Arm schlaff fallen zu lassen. Es hatte ihren Sohn nicht gerade zum Liebling der Kindergärtnerin gemacht.

Rasmussen blieb nichts anderes übrig, als seine Hand in großem Bogen an den Kopf zu führen, um sich in einer gekonnten Übersprunghandlung am Ohr zu kratzen. »Sorry, ich koche gerade für ein paar Gäste, die heute Abend bei uns sind«, sagte er etwas verlegen.

Rasmussen führte sie durch einen geräumigen Eingangsbereich in eine überdimensionierte Küche, die mit allen nur vorstellbaren technischen Geräten ausgestattet war. Typisch Mann, dachte Theresa lächelnd. Wenn sie kochen, nur mit der Turbo-Hightech-Ausstattung. Für jeden Handgriff gibt es die perfekte Maschine, nur nicht für die Reinigung der Küche, die die kochenden Herren meist wie ein Schlachtfeld hinterlassen.

»Espresso, Cappuccino?«, wollte Rasmussen wissen.

»Gern, wenn Sie dafür nicht einen Großraumrechner hochfahren müssen.«

Er lachte. »Ich weiß, Männer und ihre Spielzeuge.«

»Besser Küchengeräte als Panzer und Maschinengewehre«, bemerkte Theresa trocken.

»Also was nun – Espresso?«

»Espresso macchiato – wenn es geht?«

»Lassen Sie mich nur schnell dieses Fleisch in den Ofen schieben. Rinderfilet, drei Stunden bei Niedrigtemperatur – das wird ein Traum.« Fast zärtlich strich er mit den Händen eine Marinade über das Fleisch und stellte es in den Backofen.

»Anche questa è fatta. Jetzt der Espresso.« Er bewegte sich geschickt und lässig in seiner Küche, in der er offensichtlich ganz zu Hause war.

»Und nun müssen Sie an diesem schönen Maiwochenende Ihrem traurigen Beruf nachgehen? Warum tun Sie sich das an, Frau Kommissarin?«

»Warum tun Sie sich Ihren Beruf an?«

»Er bringt mir eine Menge Geld ein«, war die nüchterne Antwort.

»Und das ist alles?«

»Nach fast 40 Jahren – was erwarten Sie?«

»Vielleicht ein bisschen Idealismus, insbesondere von einem Mann, der früher für ›Ärzte ohne Grenzen‹ unterwegs war.«

»Ein Hoch auf Google! Okay, das ist alles lange her. Und wie steht es um Ihren Idealismus? Immer noch die Hoffnung, das Böse zu besiegen?«

»Das ist ein weites Feld, Luise. Was ist böse? Die Kategorien Gut und Böse sind ein rein menschliches Konstrukt. Wahrscheinlich entspringt es dem subjektiven Empfinden von Leid und Freude, wobei Freude mit gut und Leid mit böse identifiziert wird. Vielleicht also will ich nur das Leid ein wenig verringern, wenn ich gegen das sogenannte Böse angehe.«

»Es ist doch ein rein menschliches Bedürfnis, im Leiden einen Sinn zu finden«, nahm Rasmussen den Faden auf. »Daher die menschliche Idee, es müsse einen Gott geben, der allmächtig und gut ist und dem Leiden – je nach Religion – einen Sinn verleiht. Diese Erklärungsversuche führen zu keinem Erkenntnisgewinn, weil die Trennung von Gut und Böse auf der absoluten Erkenntnisebene wahrscheinlich keine Rolle spielt. Gut und Böse gehören zu einem Ganzen, das vielleicht nicht mal einer Erklärung bedarf – es *ist* einfach. Pech für uns, dass wir das Leid so real und schmerzlich empfinden. – Die Freude dafür auch! Vielleicht ist Gott darauf sogar eifersüchtig.«

»Ist das jetzt der Versuch, mich von meiner Suche nach dem Mörder in Ihrem Golfclub abzuhalten?«

Rasmussen gab auf ihre Frage keine direkte Antwort, nahm nur das Wort »Mörder« auf. »Merkwürdig, wenn jemand in seinem Leben einen Mord oder Totschlag begangen hat, vielleicht in einem wahnsinnigen oder verzweifelten Moment, ist er für den Rest seines Lebens nur ›der Mörder‹. Dabei ist er doch weiterhin der treusorgende Vater, der liebevolle Ehemann, der leidenschaftliche Liebhaber, der fähige Arzt.«

»Und der gute Golfspieler«, ergänzte Theresa.

»Und der gute Golfspieler«, bestätigte er lachend. »Ist dieses Verengen auf eine einzige, wenn auch schreckliche Tat, nicht eine merkwürdige Sichtweise der Menschen. Das ist eine unglaubliche Vereinfachung, aber dazu neigt der Mensch ohnehin.«

Hielt hier jemand ein Plädoyer in eigener Sache? Doch gab sie Dr. Rasmussen recht. Theresa selbst beschäftigte dieser Gedanke schon lange. Das lag nahe, weil sie oft mit Straffälligen zu tun hatte, die doch immer auch eine andere Seite hatten. Er riss sie aus ihren Gedanken.

»Noch einen Espresso?«

»Ja, bitte.«

»Solche Gespräche konnte ich übrigens wunderbar mit Julia führen«, erzählte Rasmussen. »Sie hatte eine unheimliche Wachheit und ließ sich mit einer Offenheit auf Diskussionen ein, wie man das selten bei Leuten findet«, schwärmte der Arzt. »Es ging ihr nie darum, recht zu behalten. Sie wollte, dass alle in einer Auseinandersetzung voneinander lernten. Wenn die Meinungen zu hitzig aufeinanderprallten, reichte oft eine witzige Bemerkung von ihr, um die Wogen zu glätten. Sie war ein Menschenfänger, aber auch ein unheimlicher Snob – je nach Laune, verdammt launisch war sie.«

»Waren Sie in sie verliebt, Dr. Rasmussen?« Theresa erinnerte sich daran, wieso sie den Arzt aufgesucht hatte.

Die Frage riss ihn aus einer Art Versunkenheit. Er schaute die Kommissarin verdutzt an, als habe er vergessen, dass sie ihm gegenübersaß. Sie ließ ihm Zeit für seine Antwort, mit der er sich offensichtlich nicht leichttat.

»Wie soll ich das sagen, wir hatten eine Art Verbundenheit …«, sagte er stockend.

»Hatten Sie ein Verhältnis mit ihr?«

»Nein, nein«, wehrte er entschieden ab. »Es war …«

»Verbundenheit. Was für eine Art Verbundenheit, Dr. Rasmussen?« Es tat Theresa leid, sie musste den Druck erhöhen.

»Geistig«, antwortete er zögernd und fast fragend.

»Dr. Rasmussen, Julia Buenlago war eine attraktive Frau, lebenslustig, wie ich hörte, und Sie machen mir nicht gerade den Eindruck, als seien Sie ein Kostverächter.«

»Trotzdem.« Er wirkte jetzt verstockt.

»Wo waren Sie am Donnerstag zwischen ein und zwei Uhr? Ich muss das fragen«, ergänzte die Kommissarin.

»Im Golfclub. Das wissen Sie doch. Auf der Driving Range, da haben wir uns doch gesehen.«

»Genau, da haben wir uns gesehen, und das war kurz nach dem Mord, der ganz in der Nähe verübt wurde.«

»Ich war die ganze Zeit auf der Range. Padraig, der Pro, hat mich gesehen.«

»Stimmt, er konnte mir nur nicht bestätigen, dass Sie sich durchgehend dort aufgehalten haben.«

»Nein?« Der Arzt wirkte erstaunt, schien aber nicht sehr interessiert, weitere Zeugen zu benennen. »Warum machen Sie diesen Job?«, fragte er noch einmal nach.

»Man muss von etwas leben«, antwortete die Kommissarin lapidar.

Jetzt lachte er laut heraus. »Von einem Beamtengehalt? Sie doch nicht, Frau Rosenthal. Rosenthal Textilwerke – ich benutze Google auch.«

»Gehört der Familie meines Mannes.«

»Ihres verstorbenen Mannes. Er wird Sie nicht mittellos hinterlassen haben.«

Sie hatte kein Interesse, in dieses Thema einzusteigen. »Was macht Ihr Braten?«, fragte sie deshalb.

»Der kommt jetzt ohne mich aus. Ich werde ein paar Bälle schlagen gehen.«

»Habe ich heute auch schon gemacht«, sagte sie stolz.

»Ach, mit wem? Mein Angebot wollten Sie nicht annehmen, schade!«, konstatierte er etwas beleidigt.

»Ich hatte ein besseres – Padraig. Haben Sie eigentlich häufiger mit Frau Buenlago Golf gespielt?«

»Manchmal, meist Wettspiele am Wochenende. Da werden die Flights aber nicht von mir zusammengestellt – wenn Sie das meinen.«

»Wie war sie so – als Golfspielerin?«

»Sie spielte sehr gut.«

»Das meine ich nicht, wie verhielt sie sich?«

»Ach so. Gute Golfer legen oft eine gewisse Überlegenheit an den Tag. Gutes Golf macht – ja, sagen wir mal cool, das wirkt vielleicht auf manche arrogant.«

»Kann es sein, dass Frau Buenlago nicht gerade beliebt war?«

»Sie arbeitete daran.« Er grinste. »Aber wird das nicht überschätzt – ich meine, das beliebt sein?«

Er lachte wieder. Seine Offenheit hatte etwas Entwaffnendes. Trotz seiner blöden Anmache am ersten Tag gelang es Theresa nicht, ihn wirklich unsympathisch zu finden. Sie hoffte, dass Ihre Urteilskraft davon nicht beeinflusst wurde. Ein wirkliches Verdachtsmoment sah sie bei ihm vorerst nicht. Nun gut, er hatte kein wasserdichtes Alibi, aber das allein machte ihn nicht zum Tatverdächtigen.

»Haben Sie an dem Donnerstag eigentlich ihre Frau auf dem Golfplatz gesehen?«

»Nur kurz auf dem Parkplatz«, bestätigte er.

»Frau Wirtz?«

»Die ist mir, glaube ich, auf dem Weg zur Driving Range begegnet. Die arme Maus«, fügte er hinzu.

Die Kommissarin zog fragend die Augenbrauen hoch.

»Scheißgolf und Scheißmann ist ein bisschen viel, nicht?«

»Was ist mit Herrn Wirtz?«

»Mit Verlaub, Frau Kommissarin, das ist ein Arschloch. Ich weiß nicht, wieso der überhaupt im Club aufgenommen wurde.«

»Ich habe mich etwas darüber gewundert«, stimmte Theresa ihm zu.

»Bei uns ist einer der Bürgermeister Mitglied, aus taktischen Gründen, und der hat den Wirtz nachgeholt – so was kommt von sowas.«

»Trotzdem spielen Sie mit ihm zusammen?«

»Das kann ich nicht immer verhindern. Bei den vorgabewirksamen Wettspielen wird die Einteilung streng nach Handicap vorgenommen. Wenn ich ihn aus meinem Flight rauskicke, fällt das auf, ist auch etwas unsportlich, hin und wieder versuche ich es dennoch. Ich kann den Kerl kaum ertragen.«

Rasmussens Angaben stimmten weitestgehend mit den anderen Aussagen überein. Trotzdem – jeder, der sich in der fraglichen Zeit auf der Driving Range aufhielt, hatte die Gelegenheit, in einem unbeobachteten Moment auf das sechste Fairway zu gelangen und den Mord zu begehen: Padraig, der zwischen den Stunden immer eine kurze Pause einlegte, alle seine Schülerinnen, Rasmussen und eine unübersehbare Zahl von anderen Menschen.

»Genießen Sie Ihr Golf und Ihr Filet heute Abend«, verabschiedete sich die Kommissarin. »Ich verlasse Sie jetzt.«

»Sagen Sie doch so etwas Böses nicht«, nahm er den lockeren Ton auf, mit dem er sie am ersten Tag etwas genervt hatte. »Frauen können so brutal sein.«

Sie verkniff sich einen Kommentar, um nicht zu viel Persönliches in ihre Beziehung zu bringen, und wandte sich zum Gehen.

»Einen Moment«, hielt Rasmussen sie zurück. »Was ist eigentlich mit der armen Frau Wallmann, über die haben wir gar nicht mehr geredet.«

»Sie hatten das Bedürfnis, sich über Frau Buenlago zu unterhalten.« Die Kommissarin kaufte sich mit der Bemerkung etwas Zeit, um zu bedenken, ob sie mit der Wahrheit herausrücken sollte. Früher oder später musste das sowieso geschehen, also bekannte sie, dass Frau Wallmann eines natürlichen Todes gestorben war. Theresa Rosenthal hinterließ einen nachdenklichen Dr. Rasmussen, der diese Mitteilung erst verdauen musste. Sie drückte ihm im Gehen ihre Karte in die Hand.

»Für den Fall, dass Ihnen noch irgendetwas einfällt. Wenn die erste Aufregung vorbei ist, kehren plötzlich die erstaunlichsten Erinnerungen zurück.«

»Sie tappen völlig im Dunklen – oder?«

»Zu viele Motive, zu viele Verdächtige.«

»Bin ich verdächtig?«, wollte er wissen.

»Selbstverständlich, Herr Doktor, Sie waren verliebt in sie, konnten aber nicht landen.«

»Da ist was dran«, gab er mit erstaunlicher Offenheit zu.

13. KAPITEL

Theresa Rosenthal brauchte eine Auszeit. Von Rasmussens Wohnung fuhr sie direkt nach Hause. Ihr gehörte eine Dachwohnung in einem gepflegten Jugendstilhaus nahe der Innenstadt. Das Appartement bot den Vorteil einer Großzügigkeit, die sich dem Besucher nicht erschloss. Salon und Esszimmer waren mit ungefähr hundert Quadratmetern üppig geschnitten, die halb offene Küche bot Platz für Koch und Gäste, die mit dem Drink in der Hand in die Töpfe guckten, aber ein Großteil der Schlafräume, Büro und Badezimmer verbargen sich hinter einer Tür, in einer angrenzenden Wohnung, die sie dazugekauft hatte. Ein Fremder hatte dort nichts zu suchen.

Als Theresa nach Hause kam, hockte Georg in seinem Büro und arbeitete an einem Buch, dessen Titel er geheim hielt. Georg war hauptberuflich Verleger. Von Zeit zu Zeit reizte es ihn jedoch, etwas Eigenes zu schreiben.

»Weitermachen!«, rief Theresa ihm fröhlich zu, als sie auf dem Weg in ihr Schlafzimmer an seiner Tür vorbeikam. »Ich muss duschen.«

»Sag mir nicht, dass du bei diesem Pseudosport ins Schwitzen gekommen bist«, hänselte er.

»Schlag du einen Eimer voller Bälle weg«, antwortete sie ein wenig beleidigt. »Dann will ich dich sehen. Ich spüre bereits ein paar Muskeln, von deren Existenz ich bisher nichts wusste.«

Unter dem heißen Wasserstrahl fielen ihr Rasmussens Ausführungen zum Thema »Gut und Böse« ein und seine

Bemerkung, ein Mörder sei nie nur Mörder. Was war denn das gewesen – Gedankengänge eines Schuldigen? Katz-und-Maus-Spiel mit der Fahnderin? Sie hatte lange genug Psychologie studiert, um zu wissen, dass es solche Täterprofile gab. Hoffentlich gehörte Rasmussen nicht zu dieser Art von Psychopathen. Sie hoffte, er möge nicht der Gewaltverbrecher sein, den sie suchte. Warum eigentlich? Brachte sie ihm womöglich zu viel Sympathie entgegen? Mit der kalten Schwalldusche spülte sie den Gedanken schnell und gründlich hinunter.

»Essen gehen oder hier essen?«, fragte Theresa, als sie nach dem Duschen am Büro ihres Mannes vorbeikam.

»Bitte hier essen, ist viel gemütlicher«, kam die Antwort vom Schreibtisch des beschäftigten Autors.

»Und du kannst danach gleich wieder an die Arbeit gehen, stimmt's? Ich geh in die Küche und schau, was ich finde.«

»Ich komme gleich, gib mir ein paar Minuten.« Tatsächlich tauchte er wenig später auf und bot seine Hilfe an.

»Mach eine Flasche Wein auf, jeder sollte das tun, was er am besten kann«, neckte sie ihn. Wer macht was und wer hilft wem wobei, war bei ihnen kein Thema. In der Beziehung lief ihre Ehe entspannt. Über die Frage, wer den Müll mit runternahm, hatte es bei ihnen nie eine Diskussion gegeben, so wie sie nie mit ihren Kindern über nicht aufgeräumte Zimmer oder Kleidungsfragen gestritten hatte. Wenn man seine Kräfte bei diesen Kleinigkeiten verzehrte, fehlten sie später in der Auseinandersetzung bei den wirklich wichtigen Themen.

Als sie Gregor auf sein neues Buch ansprach, tat er geheimnisvoll und versprach, in ein paar Tagen mehr verraten zu können. Sie schwieg ebenfalls über ihre Begegnung mit Rasmussen und erzählte lieber ein wenig von Wirtz, weil es Spaß machte, diesen Halbwelttypen zu karikieren. Außerdem hoffte sie, dass Georg, der schon länger in Köln lebte und früher journalistisch gearbeitet hatte, ihr vielleicht ein paar Informationen zu dem Bauunternehmer geben konnte. Trotzdem war es merkwürdig, dass sie beide nicht über die Dinge sprachen, die sie zurzeit bewegten. Theresa erinnerte sich an eine Theorie, die besagte, dass Paare umso weniger voneinander wissen, je länger sie zusammenleben. Warum ist das so? Selbst in guten Beziehungen behalten die Partner viele Gedanken für sich, sie verschweigen mehr, als sie sich anvertrauen. Da kommt im Laufe eines Lebens eine Menge Verheimlichtes zusammen. Wie mochte die Bilanz bei einem Ehepaar wie den Wirtz aussehen? Er, der ihr seine kleinen Seitensprünge und wahrscheinlich auch die geschäftlichen Schweinereien vorenthielt, während sie die Kränkungen schluckte und insgeheim wer weiß welchen Hass und was für zerstörerische Gedanken gegen ihn hegte. Wie viele Morde wohl täglich in der Fantasie von Eheleuten begangen wurden? Selbst in einer gut laufenden Beziehung wie ihrer stapelten sich die Geheimnisse in den Köpfen: Ängste, wie die vor dem Altwerden, die mit der Entdeckung von Falten und Erschlaffungen einhergingen; manches lachte sie lieber mit einer Freundin weg, als es mit ihrem Mann zu besprechen, und wie war es mit sexuellen Vorlieben, Flirts mit anderen Männern oder so banalen Dingen wie dem Genießen eines Kitschfilms.

Während des Abendessens signalisierte ihr Handy, dass eine neue Nachricht eingegangen war.

»Nicht nachschauen«, befahl Georg.

»Ich bin Polizist!« Die Nachricht war von Rasmussen. Sie stand auf und ging ans Licht, um sie besser lesen zu können. Der Text lautete:

»Mir ist etwas eingefallen. Der mit Spannung erwartete erste Band der Reihe ›Wie kann ich Frauen verstehen‹ ist gerade erschienen.« Es folgte ein Bild, auf dem ein Mann in einem Buch blätterte, das ungefähr so groß wie er selbst war. Sie lachte laut auf.

»Was ist?«, fragte Georg.

»Was Komisches, zeige ich dir später.« Sie wusste, dass er es über die Arbeit an seinem Buch vergessen würde.

Als Georg lange wieder in seinem Büro saß, kam noch eine Nachricht von Rasmussen, so gegen neun, die Zeit, in der er eigentlich sein Rinderfilet auftischen musste.

Die Nachricht lautete: »Warum machen Sie diesen Job? Ich würde das wirklich gern wissen.«

Ich auch, dachte Theresa. Sie wusste, warum sie nach ihrem Studium in den Polizeidienst gegangen war, warum sie sich heute noch bei der Truppe aufhielt, konnte sie dagegen nicht genau sagen. Vielleicht die ewige Disziplin, die ihr in der Kindheit eingeimpft wurde. Disziplin an sich war ja nichts Schlechtes, sie schützte den Menschen vor Larmoyanz, dachte sie, als das Handy noch mal piepste.

Es kam eine dritte Nachricht von Rasmussen, er empfahl: »Etwas zum Einschlafen – Musik von Arvo Pärt, Spiegel im Spiegel« – dazu ein Link und die Erklärung. »Sie leiden unter Schlaflosigkeit, ich kann das sehen, ich bin Arzt.«

Und kein schlechter, dachte sie, wenn er das sehen kann.

14. KAPITEL

Die Kommissarin begleitete Marco Bär am Sonntagvormittag zu dem Termin mit Willi Wirtz. Sie überließ ihrem Kollegen den Vortritt in der Gesprächsführung; der Junge brauchte etwas Spaß und freute sich richtig darauf, den kölschen Bauunternehmer in die Zange zu nehmen. Sie einigten sich darauf, in dem bevorstehenden Gespräch nichts von ihren Kenntnissen über den neuen Korruptionsskandal preiszugeben. Die Papiere vom Schreibtisch des Opfers hatten einigen Aufschluss darüber gegeben, worum es in der Affäre ging und auf welche Behörden und Firmen sie sich ausdehnte. Bei dem Objekt der Begierde handelte es sich um eine Veranstaltungshalle, die niemand in der Stadt wirklich brauchte. Das spielte bei dem Deal auch keine große Rolle, denn vor allem wussten die Beteiligten, was sie an der Errichtung verdienen konnten. Die Absahner saßen überall: in den Landesministerien, in städtischen Betrieben, Banken und Baufirmen. Wirtz war im Beziehungsgeflecht wahrscheinlich eine kleine Nummer, aber gerade ihn mussten sie im Auge behalten, weil er die Schwachstelle im System war. Also würden sie ihn aufscheuchen und hoffen, dass er unvorsichtig wurde und sie auf eine Spur führte.

Wirtz wohnte in einem charakterlosen Wohnviertel, das in den 70er-Jahren entstanden war. Die Attraktivität bestand ausschließlich in der Größe der Grundstücke. Die Häuser lagen versteckt hinter Mauern, und was sie sahen, strahlte den Charme eines Ghettos für Neureiche aus. Sie fuhren drei Straßen nur an Zäunen, Mauern und Hecken entlang, die in großen Abständen von Einfahrten durchbrochen wurden. Über den Toren signalisierten rote Lampen, dass die Häuser alarmgesichert waren. Auf der Suche nach Wirtz' Eigenheim sahen sie im Vorbeifahren an den Türen Schilder, die bekannt gaben, dass auf den Unbefugten ein bissiger Hund warte oder eine Wachfirma in Sekundenschnelle aufkreuzen würde.

»Möchte man so leben?«, fragte Marco.

»Nicht wirklich. Vor ein paar Jahren gab es hier einige unangenehme Vorkommnisse, Überfälle, ich erinnere mich sogar an eine Entführung. Deshalb haben die Bewohner einen privaten Wachdienst beschäftigt, seither ist es ruhiger.«

»Hier gibt es nicht mal eine Eckkneipe«, beanstandete Marco, der in einem Viertel wohnte, in dem das Leben brummte. Wenn er morgens aus dem Haus kam, öffneten der türkische Gemüsehändler und der Bäcker gerade ihre Läden und kehrte er spät nachts heim, war immer noch irgendeine Bar offen, in der er einen Absacker trinken konnte.

»Stimmt«, bestätigte Theresa. »Und auch sonst gibt es hier nichts, keine Apotheke, keinen Schuster, keinen Supermarkt. Hier musst du für jedes Brötchen und jede Zeitung ins Auto steigen. Das ist das Viertel, in dem jede Mami hauptberuflich zum Chauffeur wird. Aus der Schulzeit meiner Kinder kenne ich ein paar Leute aus dieser Gegend.«

Sie erreichten ihr Ziel. Die gesuchte Hausnummer prangte als goldene Verzierung oben auf einem schmiedeeisernen Tor, das Zeugnis von der Stillosigkeit seines Eigentümers ablegte.

»Hier passt er doch gut hin, unser Herr Wirtz«, stellte Marco fest und klingelte ziemlich penetrant. Die Kommissare hatten ihren Besuch bewusst nicht angemeldet, um den Bauunternehmer zu überraschen und womöglich ein wenig zu ärgern. Aus der Gegensprechanlage bellte ihnen ein »Hallo?« entgegen. Die Kommissare meldeten sich, und nach einer kurzen Pause öffnete sich das Tor. Der Weg zum Haus führte an einem künstlich angelegten Bach entlang, der sich durch das Grundstück schlängelte.

»Hat der den Rhein umgeleitet?«, grinste Marco. »Schau, in dem Wasser schwimmen sogar Fische rum, ordentliche Brocken, da halte ich doch beim nächsten Besuch meine Angel rein – feines Abendessen.«

»Vor allem ein teures Abendessen! Sind, glaube ich, Kois.«

»Upps! Sind die denn eine besondere Delikatesse?«

»Keine Ahnung, bei ein paar Tausend Euro pro Stück ist das wahrscheinlich nicht der Punkt.«

Wirtz öffnete ihnen selbst, bat die beiden Kommissare auf seine zu kumpelhafte und übergriffige Art ins Haus und führte sie in einen mit Perserteppichen gepflasterten Wohnraum. Die gesamte Einrichtung hätte der Hamburger als Barmbeker Barock bezeichnet. Ob es in Köln dafür einen ähnlichen Ausdruck gab, wusste Theresa nicht, fand aber, dass der Mann allein für diese Geschmacksverirrung mindestens zwei Jahre Knast verdiente. Das Haus war vollgestopft mit Nippes aller Art. Die Bilder an den Wänden verfehlten das Niveau ›Röhrender Hirsch‹ nur um Haaresbreite. Mit nichts konnte man stilistisch mehr Schaden anrichten, als mit der Kombination aus viel Geld und wenig Geschmack, überlegte Theresa, die durch ihren Beruf die Gelegenheit bekam, in viele Häuser hineinzuschauen. Tatsächlich hatte sie die Erfahrung gemacht, dass die Stillosigkeit bei kleinen Spießern manchmal weniger wehtat als bei reichen Proleten.

»Wat zu trinken?«, wollte Wirtz wissen. »Zeit fürn Kölsch, oder? Drinkste eine met!« Zitierte er das kölsche Grundgesetz und lachte selbst am meisten darüber. Es fehlte nur der Tusch. So waren sie, die Kölner: Den Tusch brauchten sie, damit der Blödeste und Humorloseste in der Stadt genau wusste, wann er zu lachen hatte.

»Nein, danke«, antwortete Marco formvollendet. »Wir sind im Dienst. Wir haben nur ein paar Fragen an Sie. Von dem neuen Todesfall auf dem Golfplatz haben Sie bestimmt gehört.«

»Klar, schlimme Sache.«

»Sie kannten Frau Buenlago?«

»Sischer, nette Frau.« Wirtz zündete sich eine Zigarette an und kippte das Kölsch fast in einem Zug hinunter.

»Frau Buenlago fand Sie offensichtlich nicht so nett, und das haben Sie ihr übel genommen, wie man hört.«

»Wer sagt dat?«

»Dat sagt der ein oder andere«, äffte Marco ihn nach und erntete dafür einen strafenden Blick seiner Kollegin.

»Isch hab doch jegen die Frau nix.«

»Nix gehabt – sie ist tot, wie Sie wissen. Sie haben versucht, ich sag es vorsichtig, sich ihr zu nähern?«

»Ach wat!«

»Sie haben es nicht versucht?«

Er druckste herum und gab halb zu, dass er auf einem Clubfest Anstalten gemacht hatte, bei ihr zu landen. »Spät in der Nacht, mit nem bisschen Alkohol, Sie wissen – da kann dat schon mal passieren.«

»Und sie hat Sie abblitzen lassen?«

»Sie war so janz etepetete, so janz auf ›Rühr misch nit an.‹«

»Na klar«, mischte sich die Kommissarin nun ein. »Wenn eine Frau einen Mann nicht will, hat natürlich die Frau ein Problem. Halten wir fest: Sie hat Sie abblitzen lassen.«

»So kann man dat doch nit sagen.« Er eierte durch die deutsche Sprache. Ein Typ, so glitschig wie ein Aal – schwer zu packen.

»Sie erinnern sich aber an den Zeitungsartikel, den Frau Buenlago unter dem Namen Julia Bethmann über Sie verfasst hat?«

Wirtz lief rot an und stand kurz vor einem Wutausbruch.

»Alles Lügen!«, presste er hervor.

»Das haben Sie ihr so gesagt?«, wollte Marco wissen.

»Klar hab isch ihr dat jesagt.« Je aufgeregter er wurde, desto mehr verfiel er in den kölschen Dialekt.

»Und Sie haben sie dabei bedroht?«

»Wie bedroht? Isch hab die doch nit bedroht.«

»Sagt man aber«, bluffte der Kollege Bär.

»Wer sagt dat?«, wurde Wirtz jetzt ziemlich laut und griff in der Erregung nach einer weiteren Zigarette.

»Sie leugnen das besser nicht länger, Herr Wirtz. Auf einen Streit folgt ja nicht automatisch ein Mord, aber wenn Sie sich in Lügen verstricken, macht Sie das natürlich verdächtig.«

Wirtz gab kleinlaut zu, dass es einen Streit gegeben habe, bei dem womöglich ein paar grobe Bemerkungen gefallen seien.

»Grobe Bemerkungen Ihrerseits oder von Frau Buenlago?«

»Kann sein von mir«, gab er zu.

»Waren Sie eigentlich am Donnerstag im Golfclub?« Marco blieb dran.

»Nee, war ich nit.«

»Herr Wirtz, sind Sie sich da sicher? Hier geht es nicht um Steuerhinterziehung, hier geht es um Mord.«

»Was soll diese Andeutung, mir ist nichts nachzuweisen, bei mir is immer alles sauber jelaufen.«

»Also, waren Sie im Club am Donnerstag?«

»Wieso?«

»Sie wurden gesehen.«

»Donnerstag?«

»Am Donnerstag, Herr Wirtz.«

»Ach, da hab ich nur schnell was aus meiner Golftasche geholt.«

»Ihre Erinnerungen sind etwas, wie soll ich sagen?« Marco suchte nach dem passenden Wort.

»Etwas löcherig?«, half die Kommissarin.

»Ich bin da fast jeden Tag«, verteidigte sich der Bauunternehmer. »Da weiß man manchmal nit so jenau … Gespielt habe ich auf jeden Fall nit.«

»Zu welcher Zeit haben Sie sich denn im Club aufgehalten? Sie sollten sich Ihre Antwort jetzt gut überlegen.«

»Irjendwann mittags – so auf die Minute weiß isch dat nit.« Er fuhr sich nervös mit den Händen durch das mit Gel gestylte Haar.

»Mittags ist gut, das passt zum Todeszeitpunkt, Herr Wirtz.«

»Isch hab die doch nit …« Er war jetzt ernstlich verstört und hatte die nächste Zigarette in der Hand, obwohl eine brennend im Aschenbecher lag.

»Wie lange?«

»Wie lange wat?«

»Im Golfclub – wie lange waren Sie dort?«

»Zehn Minuten – vielleischt.«

»Länger, Herr Wirtz, länger.«

Marco Bär machte das richtig gut, die Kommissarin war stolz auf den Jungen – ihre Schule.

»Isch hab nit auf die Uhr jeguckt, vielleischt war et auch ne halbe Stunde.«

»Eine halbe Stunde also, da haben Sie lange in Ihrer Golftasche gesucht, denn deshalb waren Sie doch in den Club gefahren, oder? Eine halbe Stunde ist viel Zeit, Herr Wirtz, da hätten Sie leicht zum Tatort und zurück zum Parkplatz laufen können, wir haben das überprüft.«

Selbst die Turbobräune von der Sonnenbank konnte nicht kaschieren, dass er langsam bleich wurde und stotternd mitteilte, dass er sich wahrscheinlich mit ein, zwei Leuten unterhalten hatte.

»Wir brauchen die Namen, Herr Wirtz.«

»Mit dem Rasmussen habe ich, glaube ich, gesprochen.«

»Das werden wir nachprüfen, und jetzt würden wir gern Ihre Frau sprechen, ist sie zu Hause?«, griff nun die Kommissarin in das Gespräch ein.

»Die hat sich nur gerad aufs Ohr jehauen. Hatte den ganzen Tag schon Kopfschmerzen.«

Hätte ich auch, dachte Theresa, wenn ich seit Jahren so ein Arschloch um mich herum ertragen müsste. Laut sagte sie nur sehr höflich. »Tut mir leid, Herr Wirtz. Ich konnte Ihre Frau leider im Golfclub am Donnerstag nicht befragen, sie ist frühzeitig gegangen. Ich brauche ein paar Informationen von ihr.«

Ob das denn so wichtig sei, fragte Wirtz unwirsch, er wolle seine Frau nur ungern wecken.

»Dann müssten wir sie in unsere Dienststelle bitten, vielleicht ist es einfacher für sie, wenn wir es schnell hier erledigen.«

Er verschwand ins obere Stockwerk, von wo die Kommissare nach einiger Zeit aufgeregte Stimmen hörten. Ungefähr fünf Minuten später tauchte Frau Wirtz auf, die tatsächlich aus dem Bett zu kommen schien. Es sah aus, als habe sich die Hausherrin in aller Schnelle die Haare gekämmt und ein paar Kleider übergeworfen. Sie wirkte nicht ganz wach, so als habe sie sich nicht Kopfschmerztabletten, sondern Schlaf- oder Beruhigungsmittel eingeworfen. Den Kommissaren kam es so vor, als müsse sich Frau Wirtz anstrengen, um die gestellten Fragen zu begreifen. Katja Wirtz war keine hässliche Frau, aber sie wirkte ein wenig verhärmt, was unter den gegebenen Lebensumständen verständlich war. Komisch, dass sie keine gute Golferin ist, dachte die Kommissarin. Frau Wirtz war groß gewachsen und wirkte eher kräftig, fast ein bisschen grobschlächtig. Ihr Gesicht stand im Gegensatz zu diesem physischen Eindruck. In ihren feinen Gesichtszügen entdeckten die beiden Polizeibeamten Sensibilität und Verletzlichkeit. Was bloß hatte dieses Ehepaar zusammengebracht, und was hielt Katja Wirtz an der Seite dieses schrecklichen Mannes, der seine Frau schlecht behandelte und, nach Aussagen von Maja Sonntag, zu allem Überfluss nach Strich und Faden betrog?

In dem Gespräch mit Frau Wirtz übernahm die Kommissarin die Federführung. »Danke, dass Sie trotz Ihrer Kopfschmerzen hinuntergekommen sind. Sie waren am Donnerstag so schnell verschwunden. Ich würde Ihnen gern ein paar Fragen stellen.«

»Ich kann wenig sagen«, stotterte die Befragte, noch immer ziemlich benommen.

»Sie waren auf der Driving Range in der Zeit, als der Mord an Frau Buenlago passierte? Haben Sie jemanden gesehen, sind Sie jemandem begegnet?«

Frau Wirtz schüttelte den Kopf.

»Was war mit Ihrem Mann, der war doch auch im Club?«

»Ach ja?« Sie schaute ehrlich erstaunt.

»Und Frau Rasmussen, Frau Berkhoff?«

»Natürlich, die habe ich beide gesehen, aber das war nicht ungewöhnlich.«

»Wir brauchen alle Informationen, ob gewöhnlich oder ungewöhnlich«, bat Theresa freundlich. Da die Frau ihr eher leidtat, schlug sie einen fast sanften Ton in der Befragung an, registrierte aber, dass Frau Berkhoff ausgesagt hatte, sie sei Frau Wirtz nicht begegnet. Diese Nichtübereinstimmung schrieb sie vorerst dem benebelten Zustand von Frau Wirtz zu, nahm sich jedoch vor, das bei späterer Gelegenheit nachzuprüfen.

»Ich würde gern wissen, wie Sie zu Frau Buenlago standen.« Die Kommissarin behielt Herrn Wirtz im Auge und beobachtete, wie er angespannt auf die Antworten seiner Frau lauerte.

»Ach, Herr Wirtz, hätten Sie vielleicht netterweise ein Glas Wasser für mich? Ich muss ein Medikament nehmen.« Für solche Gelegenheiten hatte Theresa immer ein paar Placebos in einer kleinen Silberbox bei sich, in diesem Fall waren es Tic Tacs. Sie sah, wie Marco, der den Trick kannte, in sich hinein grinste. Das Glas Wasser konnte ihr Wirtz nicht verweigern, und sie war ihn für einen Moment los.

»Also, Frau Wirtz, können Sie uns sagen, wie Sie zu Frau Buenlago standen?«, wiederholte die Kommissarin ihre Frage.

»Ich mochte sie«, antwortete Frau Wirtz schlicht.

»Waren Sie befreundet?«

»Ich weiß nicht, nein, befreundet kann ich nicht sagen. Julia war nicht so …«, sie zögerte.

»Ja«, ermunterte sie die Kommissarin.

»Nicht so der Typ für – Nähe ist vielleicht das richtige Wort.«

»Und Ihr Mann, wie stand er zu der Ermordeten?«

»Ich weiß nicht, wir haben darüber nicht gesprochen«, sagte sie plötzlich erstaunlich bestimmt, dafür, dass sie gerade halb benommen aus dem Bett gestiegen war. Ihr Blick ging dabei besorgt zur Küche, aus der Wirtz gerade mit dem Glas Wasser zurückkehrte. In seiner Gegenwart würden sie nichts mehr aus ihr herausbekommen. Theresa Rosenthal bedankte sich für das Wasser, nahm ihr Tic Tac und spülte es mit der Flüssigkeit hinunter. »Kopfschmerzwetter heute, nicht wahr?«, wandte sie sich im Gehen an Frau Wirtz. »Sie sind Ärztin?«

»Praktische Ärztin, auch Naturheilkunde.«

»Wo sind Sie tätig?«

»Ich habe meine Praxis in der Südstadt.«

Sie waren kaum aus der Tür, da platzte Marco Bär der Kragen. »Was für ein ordinäres Schwein! Lass mich bloß nie allein mit dem Kerl! Wenn der die kleinste Aggression zeigt, pack ich mir den.«

»Ganz cool, Marco, du hast das doch wunderbar gemacht«, beruhigte seine Kollegin ihn. »So wie du den in die Enge getrieben hast, schmerzt ihn das viel mehr als ein Fausthieb. Glaub mir, auf den kommen ein paar schlechte Tage zu. Hoffentlich lässt er seine miese Laune nicht an der armen Frau aus.«

»Die stand doch voll unter Droge.«

»Zumindest unter starken Schlafmitteln«, bestätigte Theresa. »Was glaubst du, deckt sie ihn? Weiß sie etwas, was sie uns nicht gesagt hat?«

»Könnte sein, vielleicht versuchst du, sie noch einmal ohne den sauberen Herrn Gemahl zu verhören«, schlug Marco vor. »Und was stammelte der rum, als ich ihn fragte, ob er Donnerstag im Club war. Da war doch irgendetwas faul. Der lügt, wenn er nur das Maul aufmacht.«

»Da hast du recht. Während du ihn in die Zange genommen hast, konnte ich ihn in aller Ruhe studieren. Er lügt, aber ich glaube, dass er das selbst nicht wirklich merkt. Meine Diagnose ist: ›narzisstische Persönlichkeitsstörung‹.«

»Was heißt das?«

»Ein Mensch mit einer narzisstischen Persönlichkeitsstörung hat einen unheimlichen Bedarf an Anerkennung.«

»Haben wir das nicht alle?«, bemerkte Marco und deutete auf seinen prächtigen Bizeps.

»Wenn du deinen Minderwertigkeitskomplex mit Muskelpaketen kompensierst, ist das okay. Aber es gibt eben auch krankhafte Ausprägungen. Der Wirtz ist wahrscheinlich extrem unsicher. Um sein Selbstwertgefühl zu stärken, braucht er ständig neue Bestätigung. Da wird die Wirklichkeit gern so hingebogen, dass die Persönlichkeit nicht allzu sehr leidet.« Die Kommissarin grub weiter in ihrer Erinnerung, um die Diagnose zu vervollständigen. »Die Dinge werden geschönt oder verfälscht, alles mit dem Ziel, mehr Anerkennung zu bekommen. Aus der Perspektive der Mitmenschen sieht das natürlich schlicht wie Lüge aus und ist es im Prinzip auch, aber es ist eben darüber hinaus eine Krankheit. Häufig schwimmt der Kranke in

Selbstmitleid und arbeitet mit Jammern und Flehen, um das Mitgefühl der Menschen zu wecken.«

»Danke, Frau Dr. Freud«, grinste Marco. »Klingt plausibel im Fall von Wirtz. Und die Frau scheint auf die Taktik immer noch hereinzufallen.«

»Auf jeden Fall haben wir ihn aufgescheucht. Eine Telefonüberwachung werden wir nicht durchkriegen, dafür reichen die Beweise nicht«, überlegte die Kommissarin.

»Wie wär's, wenn wir ihn ein bisschen im Auge behalten. Vielleicht kann Oliver das machen«, schlug Marco vor. »Der kommt gerade aus den Ferien und sollte gut ausgeruht und fit für den Job sein.«

»Du hast recht, ich würde einfach gern wissen, ob Wirtz nervös geworden ist und Kontakt mit seinen Mitstreitern aufnimmt.«

»Lass uns doch einen Augenblick vor dem Haus warten«, schlug Marco vor. »Vielleicht haben wir den Burschen so beunruhigt, dass er sofort agiert.«

»Das glaube ich eher nicht, heute ist Sonntag. Das ist übrigens eine Nummer in den Fernsehkrimis, die mich unheimlich aufregt – wenn die Tatverdächtigen nach einem Verhör immer gleich wie blöde aus dem Haus stürzen. Denk nach, du musst deine Gesprächspartner erst telefonisch erreichen, und die müssen Zeit haben und so weiter. Trotzdem können wir gern ein paar Minuten warten.«

Sie standen etwa eine halbe Stunde vor Wirtz' Haus, ohne dass sich etwas bewegte. Danach übernahm der Kollege Oliver Korte.

15. KAPITEL

Wirtz war ein ziemlich primitiver Prolet, ein totaler Dummkopf war er nicht. Er besaß eine Art Bauernschläue, mit der er sich nicht ungeschickt durch das Leben manövrierte. Als die Kommissare sein Haus verließen, wäre er am liebsten direkt ans Telefon gestürzt, um Kontakt zu seinen Geschäftspartnern aufzunehmen. Er gab diesem Impuls nicht nach, weil er fürchtete, dass die Polizei sein Telefon abhörte. Möglich war es, und vielleicht standen sie vor seinem Haus, weshalb er dem Drang, sich mit den Partnern oder zumindest mit seinem Anwalt umgehend zu treffen, nicht folgte.

Ruhig Blut, ermahnte er sich. Die Kommissare hatten ihn aufgescheucht, keine Frage, nur war ihm im Gespräch nicht klar geworden, wie viel sie wussten und ob sie nicht ein bisschen geblufft hatten.

Schlimm war die Geschichte mit der Buenlago. Sie hatte etwas gegen ihn in der Hand, das wusste er, weil sie ihn einige Tage zuvor direkt darauf angesprochen hatte. Es bestand natürlich jetzt die Gefahr, dass die Polizei an ihre Unterlagen herankam, das war sogar ziemlich wahrscheinlich und dagegen konnte er nichts ausrichten. – Es sei denn, er setzte sich mit dem Mann in Verbindung, der die Strippen zog. Das war nicht ohne Risiko. Darüber musste er nachdenken. Wenn die dumme Zicke mit ihrem Hiwi jetzt da draußen saß, sollten sie sich was abfrieren, er würde sich in den nächsten Stunden nicht von der Stelle bewegen.

Dann war da noch Katja – ein echter Wackelkandidat in seiner jetzigen Situation. Sie wusste nicht alles über seine Geschäfte, bekam als Ehefrau aber das ein oder andere mit. Davon abgesehen hatte er ihr in einer schwachen Minute von dem dicken Deal erzählt, nicht alles, doch sie wusste von ein paar Tricksereien, mit denen er geprahlt hatte. Ohne Schmiermittel lief doch nichts in dieser Stadt.

Katja war seit dem Tod von Julia Buenlago vollkommen von der Rolle. Willi Wirtz merkte schon seit Monaten, dass seine Frau diese Journalistentussi geradezu verehrte. Ihr Faible für die Buenlago ging so weit, dass sie sich plötzlich für dieses beschissene Golf ins Zeug legte, ein Sport für den sie nun einfach null Talent besaß.

Willi Wirtz stürmte nach oben ins Schlafzimmer. Seine bessere Hälfte lag wieder im Tiefschlaf, aus dem er sie unsanft aufrüttelte. Die Rücksichtnahme, die er von den Kommissaren gefordert hatte, interessierte ihn dabei nicht die Bohne. Wenn er das Haus nicht verlassen durfte, wollte er jetzt wenigstens ein klärendes Gespräch mit Katja führen.

»Was willst du schon wieder?«, wehrte sie sich gegen seine unsanften Weckversuche.

»Hast du denen irgendetwas gesagt?« Willi Wirtz schüttelte ziemlich grob den Kopf seiner Frau, um sie aus ihrem dumpfen Schlaftablettenkoma zu reißen.

»Wem?«, lallte sie mit schwerer Zunge.

»Den Kommissaren, eben gerade?«

»Nein.« Sie entwand sich seinem Griff und drehte sich auf die Seite, um weiterzuschlafen.

»Wenn mir das Ding um die Ohren fliegt, meine Liebe, hängst du da drin. Ich kann für die Sache ins Gefängnis kommen.«

»Da muss dich dann wohl die gute Solveig besuchen«, zischte sie mit einer Boshaftigkeit, die er bei ihr gar nicht kannte.

»Und vielleicht denkst du auch mal an unseren Sohn«, brüllte er sie an.

Dieser Satz machte sie auf der Stelle hellwach. »Du sagst mir, ich solle an unseren Sohn denken. Mir sagst du das. Vielleicht hättest du an Pascal denken können, bevor du dich auf deine krummen Geschäfte eingelassen hast.«

Pascal war Willi Wirtz' weicher Punkt. Er liebte den Sohn abgöttisch, und die Vorstellung, in den Augen seines einzigen Kindes als Verbrecher dazustehen, ertrug er nicht einen Moment. Es machte ihn wütend, dass Katja diesen wunden Punkt getroffen hatte. Voller Zorn stieß er sie zurück in die Kissen, rannte aus dem Schlafzimmer und knallte die Tür hinter sich zu.

16. KAPITEL

Das Sonntagswettspiel im Golfclub wurde vom Präsidenten Simon Petri persönlich abgesagt. Er fand es nach den zwei Todesfällen in der Woche pietätlos, ein fröhliches Turnier abzuhalten. Der Parkplatz des Clubs war trotzdem brechend voll. Viele Mitglieder standen im Gespräch beieinander, manche spielten eine kleine Privatrunde, die meisten saßen auf der Terrasse oder im Clubhaus, aßen etwas und redeten über die Geschehnisse der vergangenen Woche. Die Damen und Herren spürten verständlicherweise das Bedürfnis, sich über das Vorgefallene auszutauschen. Darauf hatte die Kommissarin gehofft, als sie sich gegen Mittag aufmachte, um erneut einige der Damen- und Herrengolfer zu befragen.

Viele Mitglieder nutzten das schöne Wetter, um draußen ein Mittagessen einzunehmen. Fast alle Stühle waren besetzt. Einige teilten sich den Tisch mit befreundeten Ehepaaren, an anderen hockten Grüppchen von Männern oder Frauen, die die Köpfe zusammensteckten. Theresa Rosenthal entdeckte die Damenkapitänin Barbara Seidel, von der sie sich weitere Informationen erhoffte. Sie ergatterten zwei Stühle an der Ecke eines langen Tisches, und Frau Seidel fragte die Kommissarin auf ihre sehr unaufdringliche und elegante Art, auf was sie sie einladen dürfe.

»Wie ist die Atmosphäre hier nach den zwei Todesfällen?«, fragte Theresa Rosenthal.

»Alle sind nach wie vor sehr aufgeregt, und es wird natürlich wild herumspekuliert.«

»Das kann ich mir denken«, sagte Theresa verständnisvoll. »Ein paar Dinge würde ich gern noch klären. Herr Wirtz gibt an, dass er am Donnerstagmittag kurz im Club gewesen sei.« Bei der Nennung des Namens bekam das Gesicht der Kapitänin einen unübersehbar angewiderten Ausdruck. »Können Sie das bestätigen?«

»Ich habe donnerstags natürlich immer viel mit den Vorbereitungen für das Damengolf um die Ohren, deswegen kann ich keinen Eid darauf leisten. Ich glaube aber, dass ich ihn kurz gesehen habe.«

»Wissen Sie, wo und wann?«

Frau Seidel schüttelte den Kopf, und die Kommissarin merkte, dass die Kapitänin sich weder an Klatsch noch an Spekulationen beteiligen wollte. Daraufhin hielt sich Theresa an Maja Sonntag, von deren offener und temperamentvoller Art sie sich mehr versprach. Die Erfinderin der »Fancy Five« trug eine hellgrüne Hose und ein wiederum eng sitzendes Poloshirt in knalligem Lila: eine gewagte, sehr schicke Farbkombination, die ihr viel Aufmerksamkeit verschaffte. Frau Sonntag bestätigte, Willi Wirtz gesehen zu haben und wusste genau, wo.

»Im Caddiehaus, hinten in der Ecke.« Sie schaute sich verstohlen um und fuhr in leiserem Ton fort: »Er redete auf die gute Solveig ein wie auf ein lahmes Pferd.«

»Sorry, ist das eine der Damen, die es bei drei nicht auf den Baum geschafft hat?«

»Genau die! Sie versucht es aber immer wieder.«

»Auf den Baum zu kommen?«

»Klar, sie wird's schon schaffen«, lachte Maja Sonntag und ließ ihren Blick schweifen. »Stehen ja genug hier herum«, grinste sie verschmitzt. »Manche sind allerdings schon besetzt. Der blöde Wirtz versucht's doch bei allen.«

»Und der Name ist?« Die Kommissarin zückte ihren Block.

»Sie meinen die Derzeitige? Solveig Laumann.«

»Haben Sie denn gesehen, wann Herr Wirtz den Club wieder verlassen hat?«

»Nein, wir sind um halb zwei gestartet, und vorher war ich auf dem Übungsgrün. Wird Wirtz denn verdächtigt?« Die vor Leben strotzende Frau konnte ihre Begeisterung kaum verbergen. »Ich meine, dem Typen traue ich jede Schweinerei zu. – Sorry, hab ich nie gesagt.« Sie lachte wieder, hob die Augen zum Himmel und setzte eine Unschuldsmiene auf.

»Wir müssen die Alibis alle überprüfen. Ist Frau Wirtz heute im Club?«, wollte die Kommissarin wissen.

»Ich habe sie bisher nicht gesehen. Sie verraten ihr doch hoffentlich nichts von dem, was ich Ihnen gerade erzählt habe?«, bat Maja Sonntag besorgt. »Katja hat genug zu leiden.«

»Warum erträgt sie das alles, haben Sie dafür eine Erklärung?«

»Ich glaube, dass sie sehr jung war, als sie ihren Mann kennenlernte. Für mich macht es den Eindruck, als sei sie ihm fast hörig. Obwohl – in letzter Zeit war sie verändert. Sie schien für ihre Verhältnisse fast aufmüpfig gegen ihn.«

»Wissen Sie warum?«

»Kann sein, dass das Julias Schuld oder besser gesagt Verdienst war. Sie hat Katja den Rücken gestärkt.«

Das Telefon der Kommissarin signalisierte den Empfang einer SMS. Sie kam von Rasmussen: »Ich bin auch ein guter Golflehrer. Wollen Sie es versuchen? Bin gleich auf der Driving Range.«

Theresa schaute sich um und sah den Arzt auf dem Übungsgrün Bälle einlochen. Er stand mit dem Rücken zu ihr. Sie ignorierte die SMS und ging zu Dr. Spethmann, der mit ein paar Leuten an einem Tisch auf der Terrasse saß. Mittlerweile hatte die Kommissarin bekannt gegeben, dass Frau Wallmann auf natürliche Weise gestorben war, aber sie wollte es dem Hole-in-one-Spieler persönlich mitteilen. Er zeigte sich dankbar, indem er der Kommissarin sein etwas verquältes Lächeln schenkte.

»Den Ball können Sie jetzt natürlich wiederhaben«, versprach sie ihm. »Soll ich ihn schicken lassen?«

»Das wäre sehr freundlich«, antwortete er steif. »Merkwürdig, ich werde nie erfahren, ob der Ball sie berührt hat und danach erst ins Loch gefallen ist.«

»Dann hätte die Wallmann ihr Golferleben zum Schluss noch mit einem Erfolg gekrönt«, sagte mit trockenem Humor einer der Herren.

»Sie hatte einen gewissen Witz; vielleicht hat sie den Ball mit letzter Kraft ins Loch geschubst«, bemerkte ein anderer. »Rudolf, damit musst du nun leben. Dein erstes Hole-in-one, und du weißt nicht, ob du das allein hingekriegt hast.«

»Der Zweifel wird bis zu deinem Lebensende an dir nagen«, spottete ein dritter Herr.

Theresas Handy meldete sich erneut: »Wieder keine Antwort?«, lautete eine Anfrage von Rasmussen.

Sie wandte sich an Spethmann und fragte eher nebenbei: »Vertreten Sie eigentlich Clubmitglieder in Rechtsfragen?«

»Selten«, war seine knappe Antwort.

»Herrn Wirtz?«

»Kann sein, dass meine Kanzlei etwas für ihn gemacht hat.« Es war ihm sichtlich unangenehm, das in Gegenwart der anderen Clubmitglieder zugeben zu müssen.

Die Kommissarin ging hinüber zu Rasmussen, der immer noch versuchte, aus ungefähr einem Meter Entfernung Bälle ins Loch zu schieben.

»Das hat doch eher etwas Kindisches«, sagte sie, als sie am Rand des Grüns angekommen war.

»Mag sein«, sagte er und gab einem weiteren Ball einen kleinen Stoß. Man hörte ein trockenes »Klack«, als er im Loch verschwand. Daraufhin drehte sich Rasmussen zu der Kommissarin um: »Das Spiel wird ums Grün herum gewonnen. So ein Drive ist etwas Wundervolles, das haben

Sie ja schon am eigenen Leibe erfahren, aber das kurze Spiel macht zwei Drittel aus. Das ist die Fleißarbeit.«

»Haben Sie am Donnerstag Herrn Wirtz im Golfclub gesehen?«, wechselte sie unvermittelt das Thema.

»Geben Sie mir einen Moment Zeit. Als Verdächtiger muss ich sehr vorsichtig mit meinen Aussagen sein.« Er tat so, als müsse er sich sehr konzentrieren. »Nein, ich denke nicht.«

»Wenn Sie mit ihm gesprochen hätten, würden Sie sich doch daran erinnern.«

»Natürlich!«

»Wussten Sie eigentlich von den Korruptionsvorwürfen gegen Wirtz?«

»Davon weiß doch jeder hier, aber so etwas wird in Köln gern unter den Teppich gekehrt. Läuft unter dem niedlichen Begriff ›Kölner Klüngel‹. Obwohl ich gerechterweise sagen muss, dass nicht alle hier den Vorgang verharmlosen.«

»Sie sind nicht aus Köln, oder?«

»Ich komme aus der Gegend, wo die Leute Rasmussen heißen«, lautete seine indirekte Antwort.

»Das ist wahrscheinlich nördlich der Elbe.«

Er nickte und bestätigte das mit einem kurzen »Jo!«

»Danke. Auf Wiedersehen, Herr Rasmussen.«

»Und unsere Golfstunde?«

»Daraus wird heute nichts. Wie ist Ihr Filet denn gestern gelungen?«

»Gut. Und wie war Ihre Nacht? Haben Sie es mal mit Arvo Pärt versucht?«

»Ja!«

»Und?«

»Er war durchaus hilfreich.«

»Auf jeden Fall besser als Schlaftabletten.«

»Ich nehme keine Tabletten.«

»Gut so – was machen Sie denn?«

»Ich lese.«

»Kann ich als Arzt nur empfehlen. Ich würde Sie natürlich gern fragen, was sie wachhält, aber das ist wohl zu indiskret.«

»Das ist es«, antwortete sie knapp und fast barsch, obwohl sie es eigentlich gar nicht so meinte. Ganz im Gegenteil – sie hatte plötzlich das Gefühl, dass sie ihm gern die Gründe für ihre Schlaflosigkeit anvertraut hätte. Und zum zweiten Mal kam ihr der Gedanke, dass Rasmussen ein guter Arzt sein musste.

17. KAPITEL

Die Kommissarin schaute noch kurz bei Herrn Hauser hinein, um sich zu verabschieden. Er saß allein in seinem Caddiehaus und las.

»Worum geht's?«, fragte sie und deutete auf das Buch in seiner Hand. Er klappte den Deckel zu, und sie entzifferte: »Minima Moralia – Reflexionen aus dem beschädigten Leben«.

»Adorno, Respekt!«, meinte Theresa bewundernd. »Klingt nicht wie Unterhaltungslektüre, haben Sie hier die Ruhe für so schwere Kost?«

»An manchen Tagen ist nicht viel los, zum Beispiel bei Regen oder im Winter.«

Die Kommissarin staunte mal wieder, welche Überraschungen Menschen bereithielten: philosophierende Taxifahrer, Putzfrauen, die eigentlich Schauspielerinnen waren, jazzende Vorstandsvorsitzende und nun der Caddie-Master, der sich mit Philosophie beschäftigte. Das lehrte einen, die Menschen nicht voreilig in Schubladen zu stecken.

Auf dem Weg zum Auto lief ihr der Golftrainer über den Weg.

»Ich habe ein bisschen Zeit, wollen Sie ein paar Bälle spielen?«, schlug er vor.

»Ich bin eigentlich auf dem Heimweg, aber das Angebot lockt mich. Ab heute bin ich natürlich zahlender Kunde.«

»Also los, haben Sie ein Paar Turnschuhe mit?«

»Immer dabei.« Sie öffnete den Kofferraum ihres Wagens. »Und sehen Sie, ich habe mir sogar einen Handschuh gekauft. Das lässt doch auf meine ernsten Absichten schließen, was das Golfspiel angeht.«

»Ich hole die Bälle.«

Als sie Padraig am Ballautomaten traf, sprach er mit einer brünetten, zarten Frau, die mit Händen und Füßen auf ihn einredete und lachend irgendeine Anekdote erzählte, wie die Kommissarin noch mitbekam.

»Das ist Frau Laumann«, stellte der Trainer die etwa 40-jährige Frau vor.

»Solveig Laumann?« Sie nickte bestätigend. »Sehr gut«, sagte die Kommissarin und bat die Frau ein paar Schritte mit ihr zu gehen, um die Diskretion zu wahren. »Das erspart mir einen Anruf. Ich muss von allen Mitgliedern des Clubs wissen, wo sie sich am Donnerstag um die Mittagszeit aufgehalten haben. Sie muss ich das auch fragen.«

»Ich war hier, ich wollte das Turnier mitspielen.«

»Haben Sie, außer Ihren Golffreundinnen, sonst jemanden gesehen oder mit jemandem gesprochen?«

»Eigentlich nicht«, gab Frau Laumann etwas zögerlich an.

»Diese Angaben sind sehr wichtig für uns. Würden Sie sich freundlicherweise genau erinnern, man vergisst in der Aufregung schnell etwas«, half ihr die Kommissarin.

Solveig Laumann schüttelte den Kopf, aber da sie den Eindruck einer sehr offenen und ehrlichen Person machte, fühlte sie sich mit ihrer Reaktion offenbar nicht wohl. Das merkte Theresa der Mittvierzigerin an, die einen Kopf kleiner als sie selbst war und das genaue Gegenteil von Frau Wirtz.

»Ich helfe Ihnen auf die Sprünge, sind Sie zum Beispiel Herrn Wirtz begegnet?«, hakte die Kommissarin nach.

»Herrn Wirtz«, sie tat so, als müsse sie überlegen, und verschaffte sich damit Bedenkzeit. »Das könnte sein, ich glaube, ich habe ihn kurz im Caddiehaus gesehen.«

»Wie kurz und wann war das?«

»Als ich meine Sachen holte, das wird so gegen eins gewesen sein, nein etwas später, ich bin erst um zwei gestartet, also vielleicht eine halbe Stunde vorher.«

»Und wie lange haben Sie miteinander gesprochen? Und bitte, Frau Laumann, versuchen Sie sich möglichst genau zu erinnern, es geht um ein Alibi.«

»Für mich?« Die Kommissarin sah der Befragten den Schock darüber an, dass sie verdächtigt wurde.

»Eher für Herrn Wirtz«, beruhigte sie die Geliebte des Bauunternehmers.

»Ach so! Wir haben uns etwas verquasselt, vielleicht eine Viertelstunde, ich musste mich ziemlich beeilen, um danach pünktlich an den Abschlag zu kommen.«

»Und Herr Wirtz, hat er Sie begleitet?«

»Ein Stück, bis zu seinem Auto.«

»Ist er dann weggefahren?«, hakte die Kommissarin nach.

Frau Laumann zögerte. »Er ist in seinen Wagen eingestiegen, aber weggefahren, nein das habe ich nicht gesehen, weil ich doch schnell zum Start musste.«

Theresa Rosenthal bedankte sich bei Frau Laumann, die sichtlich verstört darüber nachzudenken schien, ob die Kommissarin etwas von ihrem Verhältnis zu Wirtz wusste.

Auf dem Weg zur Driving Range jammerte Theresa dem Trainer über ihren Muskelkater vor. »Ich fürchte, dass ich mich nie im Leben wieder richtig drehen kann.«

Ihr erster Abschlag flog erstaunlich gerade und weit, und sie war überrascht, wie stolz sie dieser Erfolg machte.

»Haben Sie einmal ein Hole-in-one gespielt?«, fragte sie den Trainer.

»Zwei.«

»Was ist das für ein Gefühl?«

»Great!«

»Ich habe eine Frage, Padraig«, wechselte die Kommissarin das Thema. »Sie sind doch, wie Sie neulich so schön sagten, der Beichtvater Ihrer Schüler. Bezieht sich das nur auf das Golfspiel oder auch auf andere Themen?«

»Ein Beichtvater unterliegt der Schweigepflicht.«

»Ich frage trotzdem nach Katja Wirtz. ›Scheißgolf und Scheißmann‹, hat mir einer der Herren gesagt. Spricht sie mit Ihnen darüber?«

»Über Scheißgolf auf jeden Fall. Sie leidet wirklich darunter, dass sie wenig Talent besitzt und es nicht so richtig vorangehen will. Ist kein leichter Sport. Katja hat in letzter Zeit großen Ehrgeiz entwickelt, um sich zu verbessern, und arbeitet fleißig, geht ans Übungsgrün und sogar in sogenannte Golfkliniken.«

»Will sie ihrem Mann imponieren?«

»Ich glaube nicht, dass es ihr darum geht. Eher wünscht sie sich die Anerkennung der ›Fancy Five‹, das sind die Ladies …«

»Ich habe davon gehört.«

»Katja ist besessen von der Idee, da mitspielen zu dürfen.«

Aus dem Augenwinkel sah die Kommissarin Rasmussen zu den anderen Abschlägen der Driving Range gehen. Er stellte seinen Eimer mit den Bällen ab und machte ein paar Schwungübungen. Dabei entdeckte er die Kommissarin, schüttelte erstaunt den Kopf und machte mit der einen Hand eine Bewegung, als ob er sich erhänge, und gleichzeitig drückte er mit der anderen Hand seinen Zeigefinger gegen die Schläfe, um anzudeuten, dass er sich auch noch erschieße. Was für ein Kindskopf, mit über 60 Jahren, aber eben das gefiel ihr an ihm. Sie musste lachen.

»What's up?«, wollte Padraig wissen.

»Nichts. Zurück zu Frau Wirtz. Redet Sie mit Ihnen über ihren Mann? Ich brauche ein paar Informationen und verspreche hoch und heilig, dass alles, was Sie sagen, ganz diskret behandelt wird.«

»Mister asshole womanizer Wirtz«, sagte Padraig in verächtlichem Ton. »Es ist wirklich nicht leicht, was Nettes über ihn zu sagen. Katja versucht es immer wieder. Poor girl! Sie gibt sich richtig Mühe, freundlich über ihn zu reden. Obwohl …« Er überlegte.

»Ja?«, ermunterte ihn die Kommissarin.

»In letzter Zeit kam der ein oder andere kritische Satz aus ihrem Mund. Darüber musste ich mich richtig wundern.«

»Die Aussage habe ich bereits an anderer Stelle vernommen. Was sagte Frau Wirtz denn so?«

»Es war mehr die Art, wie sie über ihn redete. Weniger bewundernd.« Er zögerte. »Plötzlich war so was Abfälliges in ihrem Ton, wenn sie über ihren Mann sprach.«

»Erinnern Sie sich an eine bestimmte Formulierung, einen bestimmten Zusammenhang, in dem sie ihn erwähnte?«

Padraig dachte nach.

»Gib mir einen Moment Zeit. Hit some balls«, schlug er vor. »Du musst unten etwas stabiler bleiben«, korrigierte er, ganz der gewissenhafte Trainer. »Oben mehr drehen.«

»Och, come on, der Ball war doch sehr schön«, lachte sie.

»Was willst du? Einen Claqueur oder einen Professional?«

»Ich giere nach ein klein wenig Anerkennung.«

»Die musst du dir verdienen!«

»I try my very best«, versprach sie und schlug fünf weitere Bälle, wovon ihr nur zwei akzeptabel schienen.

»Mist!«, beklagte sie sich.

»Gar keine so schlechte Percentage«, lobte Padraig nun plötzlich.

»Zuckerbrot und Peitsche. Danke!«

»Carot and stick – that's my trick.« Padraig hatte einen guten, sie fand »britischen« Humor, auch wenn er als gebürtiger Ire ihr für diese Einschätzung den Kopf abriss. Tatsächlich verstanden sie sich ausgezeichnet.

»Ist Ihnen etwas eingefallen zu Frau Wirtz?«, kam Theresa Rosenthal nun wieder auf ihr Thema zurück.

»In der letzten Stunde oder die Woche davor wollte ich Katja etwas Nettes sagen und erwähnte den Turniersieg ihres Mannes. Don't pin me down, aber ich meine, sie antwortete darauf so etwas wie: ›Wenn das nicht sein letzter war.‹ I was somehow puzzled, habe aber nicht länger darüber nachgedacht. Heute kommt mir dieser Kommentar etwas merkwürdig vor, gerade, weil sie früher immer so voller Bewunderung für ihn war.«

Theresas Handy meldete sich mit einer Nachricht. Sie entschuldigte sich bei Padraig und checkte kurz, ob es etwas Wichtiges war. Die Nachricht kam von Rasmussen: »Sie sind grausam. Ich werde den zweiten Band ›Wie kann ich Frauen verstehen‹ lesen müssen.« Als sie zu ihm hinüberschaute, schlug er fleißig Bälle von der Matte. Er hatte einen sehr runden und zugleich kraftvollen Schwung. Theresa schaute neidvoll seinen Bällen hinterher, die in gerader Linie bis zum Ende der Range flogen.

»Herr Rasmussen hat einen schönen Schwung«, bemerkte sie zu Padraig gewandt.

»Hervorragender Golfspieler. Er hat Talent und weiß, dass er trotzdem hart trainieren muss für ein gutes Ergebnis.«

Das nahm sie als Aufforderung, weitere Bälle zu schlagen. An der Trainerbox tauchte ein junges, sehr hübsches Mädchen auf und wartete in einigem Abstand.

»Ihre nächste Schülerin?«, fragte Theresa halb ironisch.

Padraig drehte sich um. »Oh, hallo Lissi, ist es schon so weit?« Er schaute auf die Uhr. »Tatsächlich, next lesson!«

»Das zum Thema ›elderly ladies‹«, spottete die Kommissarin und schüttelte lachend den Kopf über den Trainer, der ihr offensichtlich nicht die ganze Wahrheit gesagt hatte.

»Das ist Lissi Reinhardt, sie ist eine der großen deutschen Hoffnungen, gerade Professional geworden. Lissi ist leider nicht Mitglied unseres Clubs, möchte aber von mir trainiert werden«, erklärte der Trainer nicht ohne Stolz.

»Er ist einfach der Beste«, lobte Lissi ihren Pro.

»Dann räume ich das Feld und bedanke mich beim besten aller Pros.«

»Und üben Sie ein bisschen allein. Sie können unsere Driving Range immer benutzen, melden Sie sich nur beim Caddie-Master an«, empfahl Padraig der Kommissarin. Dann wandte er sich dem jungen Talent zu. Theresa Rosenthal schaute sich ein paar Schläge von Lissi an und konnte sich an der Eleganz und Perfektion ihres Schwunges gar nicht sattsehen. Am liebsten hätte sie gleich wieder den Schläger gegriffen, um es Lissi nachzutun, entschied sich aber dafür, die Driving Range zu verlassen.

Auf dem Weg zurück zum Parkplatz hörte sie hinter sich Schritte. Ein wenig erschreckt, drehte sie sich um. Es war Rasmussen, der versuchte, sie einzuholen.

»Sie haben einen guten Schwung, Frau Kommissarin«, sagte er anerkennend, als er auf ihrer Höhe angekommen war. »Ich würde übrigens immer noch gern wissen, warum sie diesen Polizistenjob machen.«

»Lange Geschichte.«

»Ich würde sie gern hören.«

Und sie wollte ihm die Geschichte gern erzählen. Darüber staunte sie selbst, als sie in ihrer Erinnerung kramte: »Studienzeit in Hamburg, sechstes Semester Psychologie, eine fröhliche Truppe von Kommilitonen, viel Partyleben, die große Discozeit, lange Nächte und Lernen nur gerade so viel, dass man nicht durch die Klausuren fiel. Sie erinnern sich?«

»Keine Ahnung, wovon Sie reden.« Er lachte. »Ich war der Vorzeigestudent.«

Ob er das im Ernst oder im Scherz meinte, konnte sie nicht ganz ausmachen. Das war überhaupt schwierig bei dem Mann, dachte sie.

»Ich hatte eigentlich nie Angst, wenn ich spät nachts nach Hause ging, manchmal auch torkelte«, fuhr Theresa fort. »Taxi wäre natürlich sicherer gewesen, aber das Geld hatte ich nicht oder gab es lieber für einen Drink mehr aus. Ich wohnte in einer ganz netten kleinen Nebenstraße in Eppendorf, wirklich keine dubiose Gegend. Trotzdem packte mich eines Nachts, ich war schon fast an meinem Haus, ein Typ von hinten.«

Theresa erinnerte sich nicht gern an diese Szene, obwohl damals nichts weiter passiert war. Sie hatte auf dem Nachhauseweg einige Zeit Schritte hinter sich gehört und atmete auf, als sie die Straße erreichte, in der sie wohnte. Da beschleunigte der Mensch, der auf ihren Fersen war, den Schritt. Sie ging auch schneller. Der hinter ihr fing an zu laufen, war plötzlich ganz nah und umklammerte sie mit festem Griff. Ihre Knie hatten sich wie Pudding angefühlt, und für einen Moment glaubte sie, die Beine würden komplett versagen, sie würde einfach in sich zusammensacken. Dann hatte sie alle Kräfte zusammengenommen und aus voller Kehle geschrien, irgendwo war ein Fenster aufgegangen, der Kerl war abgehauen. Sie war zitternd in ihr Haus gerannt, in die Wohnung, hatte sich angekleidet ins Bett gelegt, die Decke über sich gezogen und mindestens eine Viertelstunde gezittert. Merkwürdigerweise, daran erinnerte sie sich noch genau, hatte sie immer wieder »Mami, Mami« geschluchzt, obwohl von der Seite bestimmt keine Hilfe zu erwarten war. Ihren Eltern hatte sie später nicht einmal von der Geschichte erzählt, sie hätten ein Riesentheater gemacht, Vorwürfe, nutzlose Verbote und Drohungen ausgesprochen und alles unnötig aufgebauscht. Wie tief der Schock saß, merkte sie bis heute. Theresa hasste es, wenn sie hinter sich Laufschritte hörte, besonders in der Nacht.

Das alles berichtete sie Rasmussen.

»Damals habe ich nicht eine Sekunde bedacht, dass mich ein Typ gepackt hat, der selbst einen Schaden hatte und Hilfe brauchte«, erinnerte sich Theresa. »Ich wollte ihn einfach nur hinter Gitter sehen, am liebsten für immer. Für eine zukünftige Psychotherapeutin keine gute Haltung, oder?«

»Das war doch absolut verständlich«, meinte Rasmussen. »Sie waren das Opfer, wieso sollten sie den Täter als ein therapiebedürftiges Wesen ansehen?«

»Das stimmt schon. Das Erlebnis war auch mehr ein Auslöser. Ich fing an zu hinterfragen, warum ich mich für das Psychologiestudium entschieden hatte.«

»Und?«

»Es klingt banal, aber ich denke, dass ich mehr über mich selbst erfahren wollte.« Theresa lachte. »Ich fand mich damals ausgesprochen kompliziert und interessant. Aber es gab mehr Gründe: Ich wollte meine Mitmenschen durchschauen können, weil ich hoffte, dass man dann sicherer vor Verletzungen ist. Insgesamt fand ich meine Motive nicht überzeugend genug, um darauf eine Karriere als Therapeutin aufzubauen.«

»Wie ging es dann weiter?«

»Die Puddingknie hatten mir einen Schock versetzt. Das wollte ich nie wieder erleben. Ich machte einen

Karatekurs, der von der Polizei angeboten wurde. Dort lernte ich alle möglichen Leute aus dem Polizeidienst kennen, freundete mich mit einigen an. Und als ich mein Studium abgeschlossen hatte, ging ich auf die Polizeischule.«

Rasmussen schlenderte neben ihr her, ohne ihre Geschichte weiter zu kommentieren.

»Sie sagen gar nichts?«, meinte Theresa mit einem Seitenblick auf den Gesprächspartner.

»Ich denke darüber nach, wie es immer wieder diese Sekunden sind, die einem Leben eine bestimmte Richtung geben«, bemerkte er nachdenklich, und daraufhin gingen sie schweigend Seite an Seite zum Parkplatz. Er begleitete sie bis zu ihrem Auto.

»Auf Wiedersehen, Frau Kommissarin.« Das »Kommissarin« hatte er bei den letzten Begegnungen mit einem ironischen Unterton hervorgehoben. Diesmal hörte es sich geradezu respektvoll an.

»Und Sie sollten weiter Golfstunden nehmen. Sie besitzen Talent, das kann ich sehen«, lobte er.

Rasmussen war wirklich nett. Und trotzdem ein Verdächtiger. Zur Tatzeit hatte er sich verdammt nah an der Stelle befunden, an der Julia Buenlago tot aufgefunden wurde. Er hatte die Gelegenheit gehabt und vielleicht ein Motiv; das musste sie sich immer wieder in Erinnerung rufen, um bei ihren Ermittlungen nichts zu übersehen – bei aller Sympathie.

18. KAPITEL

Als Theresa heimkam, legte Georg sich gerade richtig ins Zeug für das sonntägliche Abendessen. Vielleicht hatte er am Vorabend irgendeine winzige Störung in ihrer Beziehung wahrgenommen oder einfach Lust gehabt, das Büro zu verlassen. Der Tisch war auf jeden Fall gedeckt – Sets, Kerzen, Servietten, Messer und Gabel wie immer falsch herum, wahrscheinlich war er ein verkappter Linkshänder. Auf dem Herd köchelte ein Ratatouille, und im Ofen warteten Rosmarinkartoffeln auf die letzte Oberhitze, um etwas anzubräunen.

»Dazu gibt es Steak ›à la mode George‹, einverstanden?« Georg küsste seine Frau liebevoll auf beide Wangen.

»Wie ist denn ›mode George‹?«, fragte Theresa und hob neugierig den Deckel eines riesigen Kochtopfes, in dem die vergleichsweise überschaubare Menge eines Gemüseeintopfes köchelte, von der man zur Not behaupten konnte, es sei Ratatouille.

»Mode George heißt: rein in die Pfanne und schön brutzeln, bis es schwarz ist?«

Manchmal war Georg richtig niedlich. Sie wuschelte ihm durch die grau melierten Locken, die etwas verschwitzt in seine Stirn hineinhingen. Geistige Betätigung fiel ihm leichter als die Arbeit mit den Händen, vielleicht waren ihm zwei linke montiert worden. Immerhin hatte Georg daran gedacht, die Steaks aus dem Tiefkühlschrank zu holen, ein echter Fortschritt. Als sie ihn kennenlernte, hatte er bei einem seiner ersten Kochversuche die gefrorenen Fleischstücke in die Pfanne gelegt. Ein großer Maitre würde nie aus ihm werden, deshalb hatte sie ihn auch nicht geheiratet. Und da musste sie fair bleiben: In fortgeschrittenem Alter kaufte man nicht die Katze im Sack. Die Stärken und Schwächen eines möglichen Heiratskandidaten blieben nicht verborgen, so naiv lief man jenseits der 40 nicht mehr durch die Welt. Theresa ärgerte sich über Freundinnen, die nach der Eheschließung über die Fehler des Angeheirateten jammerten, aber vorher aus reinem Zweckoptimismus über die Mängel hinweggeschaut hatten. Manche hofften, sie würden sich den Mann schon hinbiegen, was noch schlimmer war. Als ob erwachsene Menschen sich noch änderten. Deshalb rührte es sie, dass Georg solche Anstrengungen in der Küche auf sich nahm, nur um ihr eine Freude zu bereiten.

Beim Abendessen erzählte sie ihm von ihrer zweiten Golfstunde.

»Ob du es glaubst oder nicht, mich hat es gepackt. Was hältst du davon, wenn ich mir in der kommenden Woche ein eigenes Schlägerset kaufe?«

»Ist das Golfspiel nicht etwas gewöhnlich, meine Liebe?« Georg imitierte den Tonfall von Theresas Mutter, mit deren Hochnäsigkeit er sie gern aufzog.

»Ich rede nicht von Damenfußball, du Blödmann!«

»In Familien wie der unseren geht man zur Jagd und wenn schon Ballspiele, kommt allenfalls Polo in Frage. Eine wirkliche Dame hält sich übrigens mit Sport sehr zurück, schwitzende Frauen sind etwas sehr Ordinäres«, neckte er sie weiter und ahmte die Sprechweise ihrer Mutter so gekonnt nach, dass sie laut lachte und ihm die Spottlust verzieh.

»Ich nehme mir eine Stickarbeit und verabrede mich mit den anderen Damen zum Tee, recht so?«, nahm sie Georgs Ton gut gelaunt auf, obwohl ihr gar nicht danach war, wenn sie daran dachte, wie ihre Mutter jeden Tag, den sie älter wurde, mehr in der Form erstarrte. Dabei hatte die alte Dame in der Sache gar nicht so Unrecht; Theresa selbst haderte mit einer Gesellschaft, in der die Menschen versuchten, sich in Formlosigkeit zu übertreffen. Sie vermisste eine Opernpremiere, bei der das Publikum ein wenig Glanz verbreitete. In den Kölner Spielstätten galt es als besonders cool, das Sweatshirt, in dem man die Nacht verbracht hatte, abends in der Philharmonie zu tragen. Sie vermisste die Höflichkeit von Männern aus der Ära ihres Vaters, die es nicht lächerlich fanden, einer Frau die Tür aufzuhalten. Ein paar Tage zuvor war ihr in der Innenstadt ein Dokument heruntergefallen. Sie erwartete schon lange nicht mehr, dass ein Mann sich bückte, um es ihr aufzuheben. In diesem Fall war ein junger Kerl ihr fast auf die Hand getreten, als sie das Papier gerade selbst aufsammeln wollte. So viel Rücksichtslosigkeit schmerzte. Mit ihrem zweiten Ehemann, so kam es ihr vor, war der letzte Gentleman gestorben. Der Gedanke deprimierte sie.

»Lass uns über dein neues Buch sprechen«, wechselte sie das Thema.

»Okay, ich glaube, dass ich so weit bin, darüber zu reden. Also – gib mir etwas Wein. Du weißt, wie schwer es mir fällt, wenn ich in den Anfängen stecke. Ich fürchte mich ein wenig davor, mich zu entblößen.«

»Später musst du dich vor Tausenden entblößen.«

»Denen muss ich nicht ins Gesicht schauen, wenn ihnen mein Buch missfällt«, korrigierte Georg. »Grob gesagt, ist es ein Buch über Nepotismus, nicht in dem negativen Sinn, wie du vielleicht meinst. Ich sag dir, wie ich darauf gekommen bin. In der täglichen Nachrichtenflut werde ich überschwemmt mit Meldungen über das Elend in der Welt. Ich spüre, dass ich damit vollkommen überfordert bin. Meine Fähigkeit, Mitleid zu empfinden, schmilzt dahin mit der Masse an Katastrophenmeldungen. Nach meinem Abitur bin ich nach Mexico City gereist. Damals gab es in deutschen Städten kaum Bettler, aber in Mexico saß an jeder Ecke einer, und ich fand es schrecklich, wie achtlos die Einheimischen an dem Elend vorbeigingen. Heute drücke ich mich genauso an den Ärmsten der Armen vorbei. Es sind halt so viele geworden. Ich glaube, dass der Mensch eine natürliche Hilfsbereitschaft hat, wenn seine Nächsten in Not sind, aber je weiter entfernt das Elend ist, desto mehr wird die Bereitschaft zu helfen zu einem intellektuellen Vorgang. Nur wenn eine Katastrophe ein gigantisches Ausmaß hat, kann man die Menschen auch heute noch erreichen und zum Spenden bewegen, vorausgesetzt, man schafft es mit seiner Katastrophe auf die Titelseiten. Bei mir selbst spüre ich einen Unwillen, mich um das ferne Elend zu kümmern. Ich will mich sorgen um die Menschen, die in meinem Umfeld leben, meine Familie, Freunde, Nachbarn. Wenn jeder das täte, sähe die Welt doch ziemlich gut aus. In meinem Buch möchte ich zurückgehen auf die Entstehung von menschlichen Sozialisationen. Menschen haben sich in Gruppen zusammengefunden, weil es für sie einen Vorteil bot: Sie konnten sich besser gegen Feinde wehren, ihre unterschiedlichen Fähigkeiten zum Nutzen der Gruppe einbringen, größere Vorhaben angehen, die sich nur in der Gemeinschaft verwirklichen ließen. Es machte Sinn, dass sich jeder einzelne um das Gemeinwohl kümmerte. Geht es dem Nachbarn gut, geht es mir selbst gut. Die Angehörigen der Gruppe kenne ich von Angesicht zu Angesicht, wahrscheinlich sind sie sogar verwandtschaftlich mit mir verbunden.«

Theresa merkte, dass das Thema sie zu interessieren begann, und Georg redete sich langsam warm.

»Nepotismus ist also eine geradezu nützliche Verhaltensweise. Eigentlich wird Nepotismus erst zum Problem, wenn er sich in größeren Staatsgebilden am Leben hält, gern auf der Ebene der Regierenden. Ich möchte die verschiedenen Ausprägungen, geschichtlich und in der Gegenwart, untersuchen. In Monarchien gehörte die Unterstützung der Verwandten immer zum System, Verwandte wurden zur Stabilisierung und bei der Ausweitung der Macht eingesetzt. Ein fürstlicher Verwandter lebte immer gut gebettet, und der Clan ließ ihn nur fallen, wenn er abtrünnig wurde. Die Demokratie ist im Grunde die einzige Regierungsform, in der Nepotismus nicht systemimmanent ist, er ist sogar gesetzlich verboten. Dennoch wird er praktiziert, aus den genannten Gründen. Darüber hinaus bietet die Gegenwart den Nepotismus mit besonderer Ausprägung: Familienclans nehmen sich einen Staat zur Beute, siehe Nordkorea, Singapur, Thailand. Und wir haben die Staaten, die hervorgegangen sind aus Stammesgesellschaften, zum Beispiel im Vorderen Orient. Ein Scheich sorgt traditionell für die Mitglieder seines Stammes, auch heute noch, indem die Ressourcen des Landes untereinander aufgeteilt werden. Leider profitieren nicht alle davon.«

»Den Kölschen Klüngel nicht vergessen«, schlug Theresa vor.

»Gute Idee – das passt genau hinein. Wie findest du das Konzept?«

»Das könnte was werden.«

»Hast du einen Titelvorschlag?«

Theresa überlegte. »Wie wäre es mit etwas wie ›Vetternwirtschaft‹?«

»Nicht schlecht, das werde ich als Arbeitstitel verwenden. Mal sehen, was dir oder mir sonst einfällt. Kommst du mit deiner Sache weiter?«

»Nicht wirklich«, ächzte Theresa. »Die Korruptionsgeschichte ist zurzeit meine heißeste Spur. Da bin ich mittendrin in deinem Buchthema: Nepotismus in der Kölschen Version. Hier heißt das: ›Echte Fründe ston zesamme.‹ Mit dem Lied liegen sie sich doch im Karneval schunkelnd in den Armen; wen wundert es, dass auch sonst in dieser Stadt nach dem Motto gelebt wird.«

»Wer will denn dagegen was sagen«, lachte Georg, in dessen Brust zwei Herzen schlugen, weil er in Köln aufgewachsen war, seine Heimatstadt liebte, die Schwachpunkte der heimischen Mentalität deshalb aber umso besser kannte und auch kritisch beäugte.

»Dein heiliges Köln, da lässt du nichts drauf kommen – oder?«, beschwerte Theresa sich ein wenig gereizt. »Diese Geschichte stinkt bis zum Himmel, und ich muss endlich den Tippgeber finden. Das würde uns wahrscheinlich im Mordfall ein Stück voranbringen.«

19. KAPITEL

Die Mitglieder des Golfclubs hatten in der Woche nach den zwei Todesfällen ein strammes Beerdigungsprogramm: am Donnerstag Frau Wallmann, am Freitag Frau

Buenlago. Die beiden Trauerfeiern hätten unterschiedlicher nicht sein können. Bei Frau Wallmann brach bereits auf dem Weg von der Kirche zum Grab eine gewisse Heiterkeit aus, was durchaus verständlich war. Wenn eine 80-Jährige aus dem Leben scheidet, hat das seine Ordnung. Im Fall von Frau Wallmann gab es keine trauernden Kinder am Grab, die Ehe schien kinderlos geblieben. Der Ehemann der Verstorbenen genoss sichtlich den kleinen Ausflug zum Friedhof bei sonnigem Wetter und in großer Gesellschaft. Die Pflegerin schob den gut gelaunten und adrett in Schwarz gekleideten Herrn vor dem Trauerzug her, und es schien, als habe er im Grunde keine Ahnung, worum es hier ging. Vielleicht kam dem aufmerksamen Beobachter das besonders tragisch vor, weil Herr Wallmann in seinem Berufsleben ein bedeutender Mann gewesen war, Vorstand eines Dax-Unternehmens. Unter den Trauernden befanden sich einige Kollegen aus Herrn Wallmanns aktiver Zeit, die es selbst bei einem solchen Anlass nicht unterlassen konnten, sich zu spreizen und ihre Wichtigkeit darzustellen. Insgesamt lag eine gewisse neureiche Atmosphäre über der Feier, auf der zu oft erwähnt wurde, wann und wohin die gute Verstorbene Gelder gespendet und wo überall sie sich ehrenamtlich engagiert hatte.

Bei solchen Gelegenheiten erinnerte Theresa Rosenthal sich gern an die Beerdigung der letzten österreichischen Kaiserin Zita, an der sie selbst als junge Frau teilgenommen hatte, weil eine entfernte Verwandtschaft ihre Familie mit dem Kaiserhaus verband. Am meisten beeindruckt hatte sie das Zeremoniell des dreimaligen Anklopfens an der Pforte der Kapuzinerkirche. Der Trauerzug hielt vor der verschlossenen Tür der Gruft, und ein Herold pochte an die Tür. Darauf fragte einer der Kapuzinerbrüder von drinnen: »Wer begehrt Einlass?« Der Herold antwortete mit allen von der Kaiserin zu Lebzeiten getragenen Titeln. Von drinnen kam die Antwort: »Wir kennen Sie nicht!« Der Herold klopfte erneut. Wieder wurde gefragt: »Wer begehrt Einlass?« Es antwortete der Herold mit der Kurzfassung der Titel. Die Antwort war abermals. »Wir kennen Sie nicht!« Beim dritten Anklopfen wurde erneut die Frage gestellt, wer Einlass begehre. Nun sagte der Herold nur: »Zita, ein sterblicher und sündiger Mensch«, woraufhin sich das Tor öffnete. Dieses Ritual wurde genauso bei der Beerdigung der Kaiser selbst durchgeführt. Es ist beeindruckend, wenn beim ersten Anklopfen alle seine Titel genannt werden: Seine Kaiserliche und Königliche Apostolische Majestät, danach der Name, von Gottes Gnaden Kaiser von Österreich, König von Ungarn und Böhmen, von Dalmatien, Kroatien, Slawonien, Galizien, Lodomerien und Illyrien; König von Jerusalem etc. Erzherzog von Österreich; Großherzog von Toskana und Krakau; Herzog von Lothringen, von Salzburg, Steyer, Kärnten, Krain und der Bukowina und so weiter. Man konnte es kaum deutlicher als mit diesem Ritual darstellen, dass der Ruhm und Glanz eines Kaisers vor Gott keine Bedeutung mehr hat. Ein wenig von dieser Bescheidenheit hätte auf der Wallmann'schen Trauerfeier gutgetan.

Der Ehemann der Verstorbenen hatte mit seiner einstigen Wichtigkeit nichts mehr am Hut, war sich tatsächlich nicht einmal seiner Rolle als Witwer bewusst. Erst, als die Schwester der hingeschiedenen Frau Wallman den verwirrten alten Herrn an das offene Grab heranfuhr, damit er seiner Frau eine Blume auf den Sarg werfen konnte, überkam ihn eine Ahnung, was hier vor sich ging, und die Umstehenden vernahmen plötzlich laut seinen Protest: »Nun schieb mich da nicht gleich hinterher.« Dieser Ausruf führte schon auf dem Friedhof zu Heiterkeitsausbrüchen, die beim Leichenschmaus in eine Art Partystimmung mündeten.

Von den Clubmitgliedern war nur ein Teil erschienen. Padraig, der seiner Schülerin selbstverständlich die letzte Ehre gab, meinte zur Kommissarin, dass Frau Wallmann in den Augen vieler nicht wichtig genug gewesen sei. Er griff sich ein Kölsch und schluckte seinen Ärger darüber mit einem kräftigen Zug hinunter. Der Caddie-Master Thomas Hauser stimmte ihm zu und empörte sich auf seine zurückhaltende Art, dass die Scherze über die Umstände von Frau Wallmanns Tod nicht aufhörten.

Immer wieder kam das Hole-in-one zur Sprache, und es wurde die Frage aufgeworfen, ob man es Frau Wallmann nicht posthum verleihen könne.

»Du solltest den Ball auf einem Sockel montiert auf ihr Grab stellen«, meinte irgendein Witzbold an Rudolf Spethmann gewandt, der das gar nicht komisch fand.

»Wir müssen unbedingt dafür sorgen, dass die Wallmann bei der Veröffentlichung als möglicher Mitverursacher genannt wird«, forderte ein anderer.

»Wieso Veröffentlichung?«, mischte sich eine Dame ein.

»Na, jedes Hole-in-one wird doch in der Golfzeitschrift bekannt gegeben, natürlich auch auf unserer Website.«

»Entschuldigt meine Unwissenheit«, gab die Dame beleidigt zurück, »diese Ehre war mir bisher nicht beschieden. Zumindest weiß ich jetzt, was ich machen muss, wenn ich mich an einem beteiligen möchte«, meinte sie in Anspielung an Frau Wallmann.

Mit der Bemerkung erntete sie lautes Gelächter. Und bei Bouillon, belegten Broten, Kölsch und Wein erreichte die Stimmung bald einen karnevalesken Höhepunkt.

Theresa Rosenthal hatte gehofft, auf der Beerdigung den ein oder anderen befragen zu können. Aus reiner Neugierde sprach sie mit der Schwester der Verstorbenen, um herauszufinden, was Margot Wallmann eigentlich an dem Mittwoch ohne Schläger auf den Platz getrieben hatte. Die Schwester lieferte der Kommissarin tatsächlich die Lösung. Am Tag vor ihrem Tod hatte Frau Wallmann beim Golfspiel ein goldenes Armband verloren, und am Mittwoch war sie auf die Suche gegangen, wobei sie sich dabei etwas unvorsichtig verhielt und kreuz und quer über den Platz lief. Aufklärung bekam die Kommissarin ebenfalls über die Verletzung am Kopf, die sich Frau Wallman an einer Autotür zugezogen hatte. Somit konnte Theresa Rosenthal diesen Fall abschließen.

Die Kommissarin hatte erwartet, Herrn und Frau Wirtz auf der Beerdigung zu begegnen; keiner von beiden tauchte auf.

Wenn alte Leute am Grab ihrer Tochter und Jugendliche am Grab der Mutter stehen müssen, hat das immer etwas Trostloses, und diese Trostlosigkeit lag über der Zeremonie bei Julia Buenlagos Beerdigung. Es machte den Eindruck, als habe sich in diesem Fall der gesamte Golfclub in Bewegung gesetzt. Darüber hinaus waren Freunde aus aller Welt angereist; hinzu kam eine große Zahl von Angehörigen. Theresa Rosenthal erkannte einige Künstler und Museumsdirektoren. Die kleine Dorfkirche, die in der Nähe des Landhauses der Familie Bethmann lag, platzte aus den Nähten. Alle Sitzplätze waren belegt, hinten standen viele der Trauergäste dicht gedrängt, und einige hatten sogar draußen vor dem Kirchentor bleiben müssen. Da es wiederum ein sonniger und recht warmer Tag war, standen die Türen offen, damit die draußen Stehenden dem Trauergottesdienst folgen konnten.

»Jetzt wissen Sie, was ich meine. Das Spektakel wollte sich doch keiner entgehen lassen«, zischte Padraig der Kommissarin zu, und er schien wütender zu sein als am Vortag. »Der reinste Voyeurismus, mit der Hälfte der Clubmitglieder, die sich hier tummeln, hatte sie doch gar nichts zu tun.«

Die Kommissarin ließ den Blick schweifen und tatsächlich – sie erkannte fast alle, die sie in der Woche zuvor befragt hatte: Barbara Seidel saß neben einem Herrn, der wahrscheinlich ihr Ehemann war; Herr und Frau Rasmussen, Seite an Seite; gleich daneben die Spethmanns; Maja Sonntag mit ihrem Ehemann, der so attraktiv aussah, dass Theresa gleich einleuchtete, warum Frau Sonntag vermutete, dass sich bei ihrem Tod umgehend eine Dame fände, die ihren Platz liebend gern einnähme. Die Kommissarin hatte schräg hinter Katja und Willi Wirtz Platz genommen. Frau Wirtz sah aus, als habe sie sich wieder ein starkes Beruhigungsmittel verabreicht. In die Bank von Frau Berkhoff rutschte in letzter Sekunde der Clubpräsident, Simon Petri, hinein. Herr Posch hielt die Hand einer sehr schicken jungen Dame in einem gut sitzenden schwarzen Kostüm. Über der Feier lag ein Hauch von Stil und Würde. Die überwiegende Zahl der Damen trug schwarze Hüte, sehr elegante Modelle von den führenden Designern. Manche Herren waren im Stresemann erschienen, alle anderen trugen zumindest dunkle Anzüge und schwarze Krawatten. Der Caddie-Master war auch gekommen und hatte sich sehr zurückhaltend in eine der hinteren Reihen gesetzt, genauso wie Padraig, der neben einem jüngeren Mann saß, vielleicht sein Kollege, den er erwähnt hatte. Als die Orgel einsetzte, schwiegen die letzten, die noch getuschelt hatten.

Der protestantische Pfarrer, der die Verstorbene offensichtlich gut gekannt hatte, beschrieb Julia Buenlago als Freigeist, den er nie habe einfangen können.

»Den Weg, den ich ihr zeigen wollte, hat sie nicht beschritten. Ich denke, ihr Geist war zu unruhig und zu neugierig, um sich auf eine Religion festzulegen«, predigte er weiter. »Netterweise hat sie unsere Kirche nie verlassen«, und jetzt schmunzelte er sogar ein wenig. »Ich fürchte, dass sie es nur aus Freundlichkeit mir gegenüber tat. Selbst wenn wir in vielem nicht einer Meinung waren, brachte die Auseinandersetzung mit ihr immer einen Gewinn. Jedes Gespräch war eine Freude, auch wegen ihres wunderbaren Humors, der selbst nach harten Wortgefechten dafür sorgte, dass wir beide mit einem Lachen auseinandergingen. Ich kenne kaum jemanden, der die klassischen Grundregeln für eine Diskussion so einhielt wie sie: Respekt vor dem Gesprächspartner, die Fähigkeit, seine eigene Position zu reflektieren und die Bereitschaft zur Einigung.«

Beerdigungsansprachen von Pfarrern fand Theresa Rosenthal meist grauenvoll, worauf ihre Gedanken eigene Wege gingen. Umso beeindruckter war sie von den Worten dieses Pfarrers, und sie lauschte aufmerksam auf das, was noch kam.

»Julia war kein Atheist, kein Protestant oder Katholik, kein Buddhist oder Moslem, sie war eine Suchende. Ich erinnere mich daran, wie glücklich sie war, als sie ein Buch fand mit dem Titel ›Physik und Transzendenz‹. Julia, die in der Schule einen großen Bogen um die Naturwissenschaften machte, stürzte sich hinein in dieses schwierige Stück Literatur. Der Gedanke, dass Materie eigentlich nicht aus Materie besteht, sondern in den Grundbausteinen eher etwas ›Geistigem‹ ähnelt, faszinierte sie und gab ihr die Hoffnung, dass der Geist in einer anderen Sphäre weiterleben wird.«

Der Pfarrer kam zum Ende: »Liebe Julia, ich bin sicher, dass dein Geist weiter existieren wird. Ich weiß nicht, ob er nun immer weitersuchen muss oder …« Der Pfarrer machte jetzt lange Pausen zwischen seinen Sätzen. »Oder, ob er dort, wo du jetzt weilst, ein wenig zur Ruhe kommen darf, weil er jetzt gefunden hat. Es ist mein Glaube, dass du nicht nur in einer anderen Welt weiterleben wirst, du wirst hier in dieser Welt zwischen uns – und mit uns – und bei uns sein.«

Er senkte schweigend sein Haupt. Händels »Largo« setzte ein. Unter den Versammelten hörte man Schluchzen und Schniefen, Taschentücher wurden gezückt und dezent an die Augen gedrückt.

Die Kommissarin dachte an ihren Großvater und überlegte, ob ihm diese Predigt gefallen hätte, denn in seinem Herrschaftsanspruch, der außer Gott, Papst und König keine Autorität über sich duldete, kompromittierte er manchen Pfarrer, der in seinen Augen Blödsinn von der Kanzel herab redete. Sie waren als Kinder vor Peinlichkeit in der Kirchenbank zusammengesackt, wenn der Großvater ungeduldig, mitten in die Predigt hinein, laut »Amen!« rief, damit der Schwachsinn ein Ende nähme. Wenn der Pfarrer sich nicht beeilte, zum Ende zu kommen, dröhnte ein zweites, noch lauteres »Amen!« aus seinem Mund. Gefiel dem Großvater aber eine Predigt, was nicht häufig vorkam, wurde der Pfarrer zum Mittagessen eingeladen. Das war eine große Ehre für den geistlichen Herrn und freute ihn auch deshalb, weil erlesene Weine auf den Tisch kamen.

Theresa hatte jeglichen Glauben an die Geistlichkeit verloren, spätestens als ihr ein Schulfreund und Messdiener beschrieb, wie Pfarrer und Küster sich in der Sakristei um eine Flasche Messwein stritten und beide die Flasche nicht losließen, worauf es ein minutenlanges Hin- und Hergezerre gab. Es endete damit, dass die Flasche auf den Boden fiel und der Messwein zwischen den Fugen versickerte. Ihr Freund gab seinen Schwur, es genauso beobachtet zu haben.

Das »Largo« ging zu Ende, und unter den Anwesenden herrschte stille Trauer. Die Kommissarin blickte zu dem Ehepaar Wirtz hinüber. Sie sah, dass Katja Wirtz in Tränen aufgelöst und geradezu untröstlich schien. Das wunderte sie ein wenig. Bei ihrem Gespräch mit der Ärztin hatte sie nicht den Eindruck gewonnen, dass zwischen ihr und Julia Buenlago eine tiefe Freundschaft bestand, aber womöglich handelte es sich um einen kathartischen Ausbruch – durchaus verständlich bei einer Frau, die so viel Leid wegsteckte wie Katja Wirtz. Theresa hörte, wie Willi Wirtz seiner Frau etwas Unfreundliches ins Ohr zischte, konnte zu ihrem Bedauern aber nichts von dem Inhalt verstehen. Während die anderen Paare in dieser Stunde der Trauer eine Atmosphäre des Innehaltens vermittelten, ging von dem Ehepaar Wirtz, selbst bei diesem traurigen Anlass, Unfriede aus, und Theresa Rosenthal überlegte, ob die Lösung dieses Falles direkt dort vor ihrer Nase saß und sie nur die Zusammenhänge verstehen musste.

Von den beiden weiteren Rednern war einer der Bruder der Verstorbenen, der seine anrührenden Worte immer wieder unterbrechen musste, um ein Schluchzen zu unterdrücken. Der zweite war ein Freund aus Mailand, ein Italiener, der so blendend aussah, dass man bereit war, dem Land die schändliche Existenz eines Berlusconi zu verzeihen. Dem Milanesen brach immer wieder die Stimme weg während seiner Rede, die er mit der Leidenschaft eines liebenden Freundes hielt, der innerhalb weniger Jahre zum zweiten Mal eine Trauerrede halten musste: erst für den Ehemann und nun für Julia. Natürlich wird in einer Trauerrede selten Schlechtes über den Verstorbenen gesagt, aber ein Außenstehender gewann den Eindruck, dass hier tatsächlich eine interessante, kluge und geistreiche Frau verstorben war, wenngleich nicht von allen geliebt. Die Kommissarin bedauerte, dass sie Julia Buenlago nicht persönlich kennengelernt hatte, und sie spürte, dass diese Bekanntschaft eine Bereicherung gewesen wäre. Wieso musste eine so außergewöhnliche Frau sterben, während ein Arschloch wie Wirtz die Welt weiterhin mit seiner niederschmetternden Blödheit behelligen durfte?

Es blieb nicht aus, dass Theresa Rosenthal in der Kirche an ihren verstorbenen Mann dachte. Mittlerweile akzeptierte sie seinen Tod und erinnerte sich dankbar an die schönen Momente ihres gemeinsamen Lebens. So viele Jahre nach dem Tod ihres Mannes fiel es ihr allerdings schwer, sich sein Aussehen und sein Wesen ins Gedächtnis zu rufen. Am markantesten war Alfreds Sprache gewesen. Er war ein Wortgewaltiger, der mit Sprache jonglierte wie ein Artist, dabei manchmal eigene Wörter erschuf, die so plakativ waren, dass dem Zuhörer sofort ein Bild vor Augen erstand. Mit ihren beiden Jungens hatte Theresa oft versucht, seine Sprache zum Leben zu erwecken, aber es gelang ihnen selten. Plötzlich fiel ihnen eine einzelne Formulierung ein und alle waren glücklich. Merkwürdigerweise war das Gefühl viel begabter im Erinnern. So geschah es häufig, wenn Theresa einen Gegenstand in die Hand nahm, irgendetwas Alltägliches, ein Messer, das Alfred beim Kochen benutzt hatte, ein von ihnen heiß diskutiertes Buch, dass sie völlig überwältigt von einem innigen Gefühl zu dem Verstorbenen in Tränen ausbrach.

Eine Sängerin auf der Kirchenempore stimmte zum Ende der Trauerfeier das Lied an »O lass uns fliehen aus diesen Mauern«, das Duett der sterbenden Violetta und ihres Geliebten Alfred aus Verdis Oper »La Traviata«. Schon bei der zweiten Zeile, »Lass uns in schönere Auen nun ziehen«, flossen rundherum wieder Tränen, selbst einige der Herren tupften sich verstohlen die Augen und schnieften in ihre Taschentücher. Zum Auszug aus der Kirche trug das Streichquartett ein Lied vor, das fast munter anmutete. Wie die Kommissarin später erfuhr, wurde es auf Wunsch der Mutter gespielt. Die Trauergäste, die in den hinteren Reihen gesessen hatten, warteten respektvoll, bis die Familienmitglieder vorbeigezogen waren: direkt hinter dem Sarg die Eltern, die Mutter mit gefasstem Gesichtsausdruck, der Vater, sich tapfer aufrecht haltend; zwischen den Eltern der Verstorbenen die Enkel, der Junge, der blass und tränenlos hinter dem Sarg herschritt, den Arm um seine Schwester gelegt, die sich weinend an seine Schulter gelehnt hatte. Der Kommissarin krampfte es das Herz zusammen, weil sie an ihre eigenen Söhne denken musste, die vor einigen Jahren genauso verzweifelt hinter dem Sarg ihres Vaters hergeschritten waren. Die Befragung der Buenlago-Kinder hatte Theresa ein paar Tage zuvor rücksichtsvoll und einfühlsam durchgeführt. Die beiden waren einen Tag nach dem Tod der Mutter aus ihren jeweiligen ausländischen Studienorten angereist, und es wunderte die Kommissarin nicht, dass sie zur Aufklärung des Falles keinen Beitrag leisten konnten.

Beim Verlassen der Kirchenbank stieß Theresa Rosenthal beinahe mit Willi Wirtz zusammen, der sie wütend anschaute und in ruppigem Ton zischelte, ob sie hier nun auch ihre Untersuchungen durchführen wolle.

Die Kommissarin hatte selbstverständlich bei den Eltern von Julia Buenlago angefragt, ob sie bei der an die Trauerfeier anschließenden Zusammenkunft dabei sein dürfe. Sie hatte bisher nur im Umfeld des Golfclubs recherchiert und erhoffte sich neue Erkenntnisse durch die Befragung von Kollegen und Freunden.

»Wir verfolgen eine Spur, die mit einem Enthüllungsartikel zusammenhängt, an dem Ihre Tochter gearbeitet hat«, erklärte sie den Eltern, die sich sofort mit der Präsenz der Kommissarin einverstanden erklärten.

Zum Treffen nach der Beerdigung, das im Haus der Familie stattfand, waren von den Mitgliedern des Golfclubs nur wenige geladen. Die Kommissarin erkannte den Präsidenten des Clubs, die Seidels, Maja Sonntag und ihren Mann. Doch tauchten weder Rasmussen noch Spethmann, geschweige denn Wirtz und Frau auf. Ihr erstes Gespräch führte Theresa Rosenthal mit dem Pfarrer. Es war ihr ein Bedürfnis, ihm für die wundervolle Ansprache zu danken.

»Sie ist natürlich nicht immer eine so abgeklärte Gesprächspartnerin gewesen«, ergänzte der Pfarrer sein

Wissen über Julia Buenlago, die er als Schülerin im Fach Religion unterrichtet hatte. »Sie war ein wütendes junges Mädchen und immer neugierig. Für Mathe und Erdkunde interessierte sie sich nicht. Aufmerksam wurde sie, wenn es ums Philosophische ging. Ich erinnere mich, wie sie aufgeregt zu mir kam mit Einsteins Zitat ›Gott würfelt nicht‹. Da war sie höchstens 13 und wollte wissen, was damit gemeint sei. Ich erklärte ihr also, was Einsteins Idee war – dass die Welt in ihrer Erscheinung kein Zufall ist, sondern nach einem Plan entstanden.« Der Pfarrer, ein Herr im fortgeschrittenen Alter, lächelte versonnen. Er wusste als guter Prediger, wo man die Pausen setzte.

»Und was antwortete sie?«, wollte eine dazukommende Dame wissen, die sich als Tante der Verstorbenen vorstellte.

»Sie sagte: ›Wenn ich mir diese verdammte Welt so anschaue, Herr Pfarrer, denke ich, dass Gott doch würfelt, und ich glaube sogar, dass er bescheißt.‹«

Die umstehenden Zuhörer lächelten. Es war die Stunde gekommen, in der man den Verstorbenen mit kleinen Geschichten und Anekdoten wieder aufleben lässt. Doch anders als bei Frau Wallmanns Beerdigung herrschte eine gedrückte Stimmung: Julia Buenlago war zu jung gestorben, sie war einem Gewaltverbrechen zum Opfer gefallen, und der Mörder lief noch frei herum.

Die Tante kramte aus ihrem Gedächtnis eine ähnliche Geschichte hervor wie der Pfarrer. Julia sei höchstens fünf Jahre gewesen und sie habe sie einhüten müssen. »Das war nicht immer leicht«, erzählte die alte Dame. »Julchen tat sich schwer, Autorität anzuerkennen und wollte partout nicht ihr Zimmer aufräumen. Sie trat wütend gegen einen Stuhl und tat sich selbst dabei weh, worauf ich sagte:

›Siehst du, jetzt hat der liebe Gott dich für deinen Zornanfall bestraft.‹ War natürlich keine so schlaue Bemerkung. Die Kleine starrte mich so finster an, dass ich fast das Fürchten bekam. Ich hab heute noch in den Ohren, wie sie dann ganz langsam erwiderte: ›Gott ist ein Arschloch.‹ Das muss man sich trauen im Alter von fünf Jahren. Obrigkeit erkannte sie schon damals nicht an, nicht einmal Gottes Autorität.«

Der aus New York angereiste Bruder der Ermordeten konnte keine erhellenden Informationen beitragen, aber die Kommissarin ließ sich von ihm den Chefredakteur des Wochenmagazins zeigen, in dem Julia unter dem Namen Bethmann veröffentlicht hatte. Sven Kornfeld wusste zwar, dass seine freie Autorin an einer heißen Korruptionsgeschichte dran war, Details hatte sie ihm nicht verraten.

»Das machte sie nie, bevor eine Story nicht wasserdicht recherchiert war«, erklärte er. »Glauben Sie denn, dass ihr Tod mit dieser Geschichte zusammenhängt?«

»Möglich«, antwortete Theresa und entschied sich nach kurzer Bedenkzeit zu einem ungewöhnlichen Schritt, den sie intern nicht abgesprochen hatte. Manchmal musste sie auf eigene Faust handeln, wenn die Untersuchungen nicht vorankamen. Sie beschloss, dem Chefredakteur Informationen über den Korruptionsfall zu verraten, weil sie wusste, dass Journalisten oft über bessere Kontakte verfügten und an Quellen herankamen, die der Polizei nicht zugänglich waren: ein Geschäft auf Gegenseitigkeit.

»Es geht um den Bau einer Veranstaltungshalle in Köln, ein Objekt von mehreren Hundert Millionen Euro. An der Sache scheint nichts sauber gelaufen zu sein. Ein Informant hat Frau Buenlago Unterlagen zugespielt, die offenlegen, wer alles in den Skandal verwickelt ist.«

»Wow«, reagierte der Chefredakteur verblüfft. »Ich setze meinen besten Mann daran, ein richtiger Spürhund«, versprach Kornfeld. »Wenn an der Sache was faul ist, wird er es herausfinden. Und ich bin froh, wenn ich irgendetwas tun kann, um diesen fürchterlichen Mord aufzuklären. Julia ist nicht nur eine Mitarbeiterin gewesen, sie war auch eine Freundin.«

20. KAPITEL

Am Morgen nach der Beerdigung wachte Theresa Rosenthal mit heftigen Kopfschmerzen auf. Sie hatte schlecht geträumt. Es wunderte sie nicht. Die Trauerfeierlichkeit und der Anblick der verzweifelten Kinder hatten sie tief berührt und Erinnerungen an ihr eigenes Schicksal und das ihrer Kinder geweckt. Sie ging ins Bad, um nach einem Schmerzmittel zu suchen, wollte vorher eine Magenschutzpille nehmen, da sie alle Schmerzfabrikate schlecht vertrug. Die Pantoprazol-Tablette flutschte ihr zwischen den Fingern weg auf den Boden. Es passierte ihr zum x-ten Mal. Sie rutschte wütend auf den Knien herum, um das blöde Ding zu finden, das sich farblich kaum von der weißen Farbe des Bodens absetzte. Endlich erwischte sie einen Krümel, der wie eine Pille aussah, dabei verdächtig einem Orangenkern ähnelte. Sie wollte das Etwas im Licht am Waschbecken prüfen, worauf ihr das winzige ovale Ding in den Abfluss flitschte. Es war natürlich die Tablette gewesen. »Scheiße!«, brüllte sie so laut, dass Georg mit besorgtem Blick im Bad erschien.

»Die Tablette – wieder weg! Ein Euro futsch. Genau deshalb formen die Hersteller diese Pillen so dämlich, die verdienen sich dumm und blöd«, wütete sie weiter. »Oder gibt es einen übergeordneten Grund dafür, dass eine Tablette wie ein Apfelsinenkern aussehen muss? Die glitscht dir einfach so zwischen den Fingern weg.«

Georg nahm sie in den Arm. Er versuchte erst gar nicht, ihre Morgenlaune aufzuhellen, da er wusste, dass ihre Nervenenden zu dieser Stunde bloß und verletzlich den Grausamkeiten der Welt ausgesetzt waren. Und er wusste, wie sehr seine Frau von der Beerdigung am Vortag mitgenommen war.

»Ich werde mir diesen Wirtz schnappen«, brach es aus Theresa heraus. »Er hängt in der Sache drin, und es würde mich nicht wundern, wenn er sie umgebracht hat, weil sie ihm und seinen dreckigen Geschäften auf der Spur war.«

»Wenn er es war, wirst du ihn überführen, das weiß ich«, beruhigte Georg seine Frau und streichelte ihr zärtlich über die Haare.

»Mit seinen Steuerpfuschereien ist er bisher davongekommen, aber mit dem Golfplatzmord erwische ich ihn«, wütete Theresa weiter. »Mir hängt diese Stadt mit ihrem lieblichen Geklüngel zum Hals heraus. Jetzt ist Schluss mit ›Et hätt noch immer jot jejange.‹«

Mit genau dieser Formulierung aus dem »Kölschen Grundgesetz« tauchte Theresa Rosenthal am Montagmorgen in der Dienststelle auf.

»Jetzt ist Schluss mit ›Et hätt noch immer jot jejange.‹«

Marco Bär und Oliver Korte guckten sie erstaunt an, wussten jedoch, dass sie besser schwiegen, wenn Theresa Rosenthal mit giftiger Morgenlaune das Büro betrat. Die warfen sich bedeutungsvolle Blicke zu und ließen der Kollegin Zeit, Luft abzulassen.

Marco Bär war in der Woche nach dem Mord nicht untätig gewesen. Mit der Kommissarin und dem leitenden Staatsanwalt Dr. Kai-Uwe Haubolt hatten sie beschlossen, das Betrugsdezernat einzubeziehen. Gemeinsam mit den Kollegen hatte Bär ein wenig mehr Licht in die Sache gebracht. Sie blickten auch nach tagelangen Recherchen nicht durch, aber langsam zeichnete sich ab, dass die Geschäftspartner Wirtz die Drecksarbeit machen ließen. In ihm hatten die Hauptakteure, auf deren Mist der Deal gewachsen war, den Dummen gefunden. Sie hatten ihm einen Köder vor die Nase gehängt, einen fetten Auftrag, der wahrscheinlich großzügig abgerechnet werden durfte. Am Ende zahlte die Stadt. Wirtz hatte Bestechungsgelder über sein Schwarzgeldkonto fließen lassen. Das ging aus einigen E-Mails und Gesprächsnotizen hervor. Wie Julia Buenlago der Sache auf die Spur gekommen war, wussten sie noch nicht, nur, dass irgendein K.D. ihr Beweismaterial in die Hände spielte. Die Recherche der Journalistin schreckte einige der Beteiligten auf, unter anderem Großkotz Willi Wirtz. Falls Wirtz etwas mit dem Mord zu tun hatte und die Ermittler ihn unter Druck setzten, würde er wahrscheinlich liebend gern die Namen seiner Komplizen ausspucken: erstens, um nicht als Hauptschuldiger angeklagt zu werden, und zweitens, um sich dafür zu rächen, dass die eigentlichen Täter ihm die Drecksarbeit überlassen hatten. Da waren sich die Kollegen vom Betrugs- und Morddezernat einig, also mussten sie die Daumenschrauben etwas fester ziehen. In die Enge getrieben, würde er schon auspacken.

Mittlerweile waren die Spezialisten von der KTU an die Daten auf Julia Buenlagos Laptop herangekommen. Der Verlauf ihrer Recherchen war gut nachzuvollziehen, weil die Journalistin sich zum jeweiligen Stand der Dinge immer wieder Notizen gemacht hatte. Danach waren der städtische Baudezernent und Mitglieder des Bauausschusses involviert, quer durch die Parteien und quer durch die Karnevalsszene, die in Köln im Grunde identisch waren.

Die städtischen Würdenträger hatte Wirtz beackert, frei nach dem kölschen Motto »Man kennt sich, man hilft sich.« Oder, wie es der einstige Oberbürgermeister von Köln, Konrad Adenauer, im rheinischen Dialekt gesagt haben soll: »Mer kennt sich, mer hilft sich.« In anderen Städten blühte die Korruption sicher genauso, aber nirgends wurde dieses Vergehen so verniedlicht ausgedrückt. Ein Pendant zu diesem Spruch im Bayerischen oder Plattdeutsch kannte Theresa Rosenthal nicht.

Natürlich konnte man das alles viel freundlicher sehen, nämlich unter dem Motto »Kölscher Klüngel heißt, dienstliche Probleme privat klären«, ein Zitat, das dem ehemaligen Oberstadtdirektor Kurt Rossa zugeschrieben wird. Doch, wer immer es so formuliert hat, beschönigt, dass sich hier Einzelne oder ganze Gruppen Vorteile zu Lasten anderer verschaffen. Denn wer drin ist im Klüngel, der wird gefördert und gehätschelt und bekommt lukrative Pöstchen zugespielt. Der qualifizierteste Kandidat hat oft das Nachsehen, zum Schaden der Allgemeinheit. Und wenn das Klüngelprinzip dem Vorteil bringt, der mit von der Partie ist, dann kann man den selbigen Oberstadtdirektor verstehen, der sich nachweislich in Köln mit dem

Spruch vorstellte: »Nehmt mich auf in Euren Klüngel!«. Die Kölner hat das nicht entsetzt, sondern im Gegenteil begeistert. Selbst schuld, möchte der kritische Beobachter sagen, oder eleganter wie Erich Kästner: »Was immer geschieht: Nie dürft ihr so tief sinken, von dem Kakao, durch den man euch zieht, auch noch zu trinken.«

In der näheren Vergangenheit waren einige größere Skandale aufgeflogen. Es war klar, dass die entdeckten Machenschaften immer nur die Spitze des Eisberges bildeten. Die finanziellen Transaktionen um den Neubau der Kölner Messegesellschaft kosteten den Steuerzahler Millionen. Der Bau einer Müllverbrennungsanlage, die in dieser Größenordnung niemand brauchte, kam allen möglichen Leuten zu Gute, nur wiederum dem Steuerzahler nicht, der blechen musste. Die politische Zustimmung zu dem unsinnigen Projekt wurde durch Spenden, Beraterverträge und gut bezahlte Posten erkauft. Den Schaden, der durch die Schmiergeldzahlungen um die Kölner Müllverbrennungsanlage entstand, schätzte das Kölner Landgericht auf über 20 Millionen Euro. Das Verfahren gegen den Müllunternehmer Hellmut Trienekens wurde gegen Zahlung von fünf Millionen Euro eingestellt.

Die Kommissare vom Betrugsdezernat kannten all diese Fälle, hatten an der Aufklärung mitgewirkt und sich die Nächte dafür um die Ohren geschlagen. Umso frustrierter blickten sie auf die gerichtlichen Verfahren und mussten oft genug hinnehmen, wie die Angeklagten mit einem blauen Auge davonkamen. Durch milde Urteile ermuntert, machten die Beteiligten im gleichen Stil weiter.

Ein beliebtes Mittel in den Gerichtsverfahren war die Erklärung der Angeklagten, sie könnten sich an nichts erinnern. So hielt es auf jeden Fall ein anderer Kölner

Oberstadtdirektor im Prozess, der sich an den Müllskandal anschloss. Er fand trotz seiner »bemitleidenswerten« Teilamnesie im Gerichtssaal später eine gut dotierte »Anschlussverwendung« – wen wundert es – als Geschäftsführer in jenem Unternehmen, mit dem er zuvor Verträge ausgehandelt hatte, die die Stadt Köln schädigten.

Jetzt wurde also am nächsten Deal gearbeitet. Wirtz beackerte das städtische Terrain, während ein anderer das Feld auf Landesebene bestellte. Aus den Unterlagen ließ sich entnehmen, dass der Chef des Baukonsortiums, kein Unbekannter in der Stadt, die Beziehungen zum Bauliegenschaftsamt und in die Landesministerien pflegte.

Die Art der Notizen und die Qualität der Unterlagen ließen vermuten, dass der Tippgeber aus dem nächsten Umfeld kam: ein Beleidigter, ein Frustrierter, ein Enttäuschter?

»Wir müssen K.D. identifizieren«, forderte die Kommissarin. »Ich knöpfe mir Frau Wirtz noch mal vor. Ohne ihren Mann spuckt sie vielleicht etwas aus. Auf der Buenlago-Beerdigung machte sie den Eindruck, als stehe ein Nervenzusammenbruch bei ihr kurz bevor. Und ihr Herr Gemahl giftete sie auch noch an. Ich besuche die Frau Doktor in ihrer Praxis, damit ich den Mann aus den Füßen habe.«

»Was ist mit den anderen Verdächtigen oder denen, die zumindest die Möglichkeit hatten, den Mord auszuführen?«, fragte Oliver Korte.

»Die lassen wir nicht aus dem Auge. Allerdings sollten wir die Kräfte bündeln und Wirtz aufs Korn nehmen.«

»Und dein Rasmussen?«, fragte Marco Bär, für Theresas Geschmack ein wenig zu süffisant. »Immerhin war er zur richtigen Zeit am richtigen Ort – oder am falschen, wie man es nimmt.«

»Was heißt ›mein Rasmussen‹?«

»Come on, Theresa, ich kenne dich. Ist doch dein Typ«, hänselte er sie weiter, bis er sah, dass die nächste Explosion kurz bevorstand.

»Okay, nimm ihn dir vor. Ich bleib an Familie Wirtz dran«, sagte Theresa. »Meinetwegen kannst du den Rasmussen foltern, ich werde nicht mit der Wimper zucken. Im Ernst, mir fehlt bei ihm das Motiv. Er hat zugegeben, dass er sich von Julia Buenlago angezogen fühlte …«

»Genau, und sie wollte nichts von ihm«, mischte sich Korte ein. »Als er am Donnerstag oben auf der Driving Range stand, hat er sie kommen sehen, ist zu ihr hinuntergelaufen, dafür brauchte er höchstens eine Minute, eher weniger. Vielleicht hat er versucht, sich ihr zu nähern, ich meine, sozusagen unsittlich …«

»Ja, sie lag doch so verführerisch da«, ergänzte Marco Bär.

»Verführerisch? Eher mit vor Schmerz verzerrtem Gesicht«, korrigierte die Kommissarin.

»Auf jeden Fall lag sie da, er wollte die Gelegenheit ausnutzen, sie wehrte sich. Womöglich war es sogar ein Unfall«, überlegte Oliver Korte. »Er bedrängte sie, wollte sie ein wenig gefügig machen und hat dabei ihren Kopf auf den Boden geschlagen. Den Stein hat er vielleicht gar nicht gesehen, der ist halb in der Erde verborgen.«

»Und danach läuft er nicht gleich erschrocken weg, sondern drückt ihr einen der herumliegenden Driving-Range-Bälle in den Mund, schiebt ein paar Blätter unter ihrem Kopf zusammen und geht zurück auf die Driving Range, um dort in aller Ruhe weitere Bälle zu schlagen?« Die Kommissarin schüttelte den Kopf. »Ne, ihr beiden, das macht keinen Sinn. Ich will euch aber nicht abhalten, ihr könnt euch Rasmussen gern noch einmal vornehmen. Ich mach mich jetzt auf den Weg in die Südstadt zur Frau Doktor.«

21. KAPITEL

Willi Wirtz hatte sich tagelang bedeckt gehalten. Er wurde das Gefühl nicht los, dass die Polizei ihn beschattete. Es war auch nicht ausgeschlossen, dass seine Geschäftspartner ihn unter Beobachtung hielten, zuzutrauen war es ihnen. Er spürte, wie mit jedem Tag, den er tatenlos verbrachte, die Paranoia in ihm wuchs. Er sah überall Polizisten, schaute bei seinen Autofahrten alle paar Sekunden in den Rückspiegel, und wenn ein Wagen länger als zwei Minuten hinter ihm blieb, machte er panische Abbiegemanöver, um zu sehen, ob der Verfolger noch an ihm hing. Selbst seine eigene Ehefrau verdächtigte er, mit der Polizei im Bunde zu sein. Katja, das liebe Schaf, sollte sie wirklich in der Lage sein, gegen ihn zu konspirieren?

Er musste mit jemandem reden, bevor er völlig durchdrehte. Er entschied sich für Spethmann, der schließlich sein Golfkumpel und Anwalt in verschiedenen prekären Geschäftsdingen war. Als Wirtz versuchte, Rudolf Spethmann im Golfclub anzusprechen, wehrte der nur mit bösem Blick ab, zischte wütend: »Nicht hier«, und ließ ihn an der Bar stehen.

Wirtz blieb also nichts anderes übrig, als in der Anwaltskanzlei anzurufen. Das war in der Woche nach dem Mord. Er benutzte für das Telefonat zur Sicherheit sogar den Apparat in seiner Stammkneipe. Spethmann war nicht im Büro oder ließ sich verleugnen. Die Sekretärin bot Wirtz an, einen Termin zu vereinbaren. So weit war es also gekommen: Er musste mit der Sekretärin seines Golffreundes einen Termin absprechen. Die Ratten verließen das sinkende Schiff.

Als er zwei Tage darauf Spethmanns Büro betrat, spürte er den kühlen Hauch von der anderen Seite des Schreibtisches herüberwehen. Der Anwalt stand nicht mal auf, schüttelte ihm nur kurz über den Schreibtisch hinweg die Hand und zog sie schnell wieder zurück, als habe Wirtz eine ansteckende Krankheit.

»Setz dich«, sagte Spethmann. »Was kann ich für dich tun?«

»Der Tod von der Buenlago ist ein Problem«, begann Wirtz, froh, dass er nun endlich mit jemandem reden konnte.

»Das ist, mit Verlaub, eine etwas merkwürdige Sichtweise«, unterbrach ihn Dr. Spethmann in bewusst offiziellem Ton. »Erst einmal ist das ein schreckliches Verbrechen und ein tragischer Tod.« Der Anwalt musterte seinen Clubkameraden, um zu prüfen, inwieweit der etwas mit der Sache zu tun hatte. »Und von welchem Problem redest du überhaupt?«

»Das weißt du sehr gut«, empörte sich Wirtz. »Ich hab dir schon vor ein paar Wochen gesagt, dass sie in unseren Angelegenheiten rumschnüffelt. Jetzt habe ich andauernd die Polizei am Hals. Sie haben vielleicht bei ihr etwas gefunden, irgendetwas wissen die Bullen. Die haben mich auf dem Kieker …«

»Ich mache Verträge für dich, Willi«, unterbrach ihn der Anwalt. »Ich bin kein Strafrechtler. Ich hoffe, dass du mit dem Mord nichts zu tun hast. Da bin ich der Letzte, der dir helfen kann.«

Am liebsten hätte Wirtz diesem Rechtsverdreher einen Schlag in seine joviale Fresse gegeben. Im Grunde hatte er diesen aalglatten Typen nie gemocht. Auf einer Golfrunde hatte Wirtz dem Anwalt vor ein paar Jahren leider ein juristisches Problem vorgetragen. Spethmann hatte gleich entgegenkommend reagiert: »Das mach ich für dich, Willi, kein Problem!« Als ob er ihm eine Gefälligkeit erweise; die Rechnung war später saftig ausgefallen. Seither hing er in den Fängen von Spethmanns Kanzlei. Willi Wirtz war aus der Nummer nicht mehr rausgekommen. Schließlich sahen sie sich andauernd im Golfclub, und Spethmann war dort seit einer Ewigkeit Mitglied, während Wirtz nach fünf Jahren noch als Neuling galt. Und jetzt, wo er den Anwalt brauchte, zog sich der feine Herr zurück, wusch seine Hände in Unschuld. Dabei wusste er genau, dass ein großer Bau-Deal in dieser Stadt nur mit Vitamin B und den nötigen Schmiermitteln zustande kam.

Da saß er nun, dieser Dr. Spethmann, entspannt zurückgelehnt in seinem Schreibtischsessel, gehüllt in feinstes dunkelgraues Flanell, die blaue Krawatte dezent gestreift, weißes Button-down-Hemd, die Haare kurz geschnitten und korrekt gescheitelt, die Seriosität und Wohlanständigkeit in Person. Lächelnd schaute er von oben herab auf Willi Wirtz, dem das Wasser bis zum Hals stand.

»Willi, ich muss weitermachen, Kopf hoch, wird schon schiefgehen.« Wirtz hasste das trockene Lachen, das auf die Bemerkung folgte. Auf dem Golfplatz musste er das oft genug ertragen. Wenn ein Mitspieler einen schlechten Schlag machte, folgte immer dieses höhnische Spethmann'sche Gelächter.

Der Rechtsanwalt stand auf und gab damit das Signal, dass ihr Gespräch nun beendet sei. Wirtz blieb nichts anderes übrig, als sich zu verabschieden. Er war nicht gerade zimperlich, aber in eine so erniedrigende Situation war er selten geraten. Er hoffte, dass die Zeit der Rache kommen würde.

22. KAPITEL

Die Praxis von Katja Wirtz lag in einem liebevoll restaurierten Jugendstilbau in der Südstadt. Der Aufzug brachte Theresa Rosenthal in die zweite Etage. Als sie die Räume betrat, prallte sie erstaunt zurück. Was für ein Unterschied zu dem Wohnhaus des Ehepaares. Hier war alles schlicht, hell und modern: weiße Wände; ein gepflegter Holzfußboden, eingelassene Halogenleuchten streuten ein sympathisches Licht, im offenen Eingangsbereich stand ein blaues Desk, hinter dem eine Empfangsdame die Patienten begrüßte und sie in einen angrenzenden, ebenso offenen, schlicht und geschmackvoll möblierten Wartebereich schickte. Wie hatte Katja Wirtz es nur so viele Jahre in ihrem muffigen Wohnhaus mit den Barockmöbelimitaten und den verstaubten Perserteppichen ausgehalten? Sie selbst pflegte offensichtlich einen anderen Geschmack.

Merkwürdig, dass sie sich damit nicht durchgesetzt hatte. Normalerweise entscheiden doch die Frauen über den Einrichtungsstil in den eigenen vier Wänden, zur Not über die Köpfe der Männer hinweg oder weil es die Männer sowieso gleichgültig ließ, auf was für einem Tisch sie ihr Bier abstellten.

Die junge Frau am Empfang schaute erstaunt auf den Ausweis der Kommissarin und bat sie, einen Augenblick zu warten. Frau Wirtz habe gerade eine Patientin im Behandlungsraum.

»Kein Problem«, sagte Theresa Rosenthal freundlich. Die Wartezeit gab ihr die Gelegenheit, sich weiter umzuschauen. An den Wänden hing moderne Kunst, sehr sparsam eingesetzt. Die Kommissarin erkannte eine Serie von Grafiken des Künstlers Imi Knoebel, an der gegenüberliegenden Wand eine Reihe von Becher-Fotografien. An den hohen Fenstern waren links und rechts nur einfarbige blaue Gardinen dekoriert.

Als die Kommissarin in den Behandlungsraum eingelassen wurde, staunte sie zum zweiten Mal an diesem Vormittag. Vor ihr stand eine andere Katja Wirtz, eine fast selbstbewusst wirkende, freundliche Ärztin, die allenfalls etwas angeschlagen wirkte von den Schmerz-, Schlaf- oder Beruhigungsmitteln, die sie sich in den letzten Tagen in zu großer Menge verabreicht hatte. Man merkte, dass Frau Wirtz sich auf ihrem eigenen Terrain aufhielt. Hier hatte ihr Ehemann nichts zu suchen und konnte sie dementsprechend nicht einschüchtern.

Erst bei der Frage nach den geschäftlichen Verwicklungen ihres Mannes kam die Unsicherheit auf, die die Kommissarin bei Katja Wirtz mehrfach beobachtet hatte. In den Gesichtszügen der Ärztin zeigte sich die Verletzlichkeit, die Theresa Rosenthal schon beim Besuch im Privathaus aufgefallen war. Diese Empfindsamkeit, die die Kommissarin eher anrührte, schien bei dem Ehemann ein gegenteiliges Verhalten auszulösen, seine Überlegenheit ihr gegenüber zu demonstrieren.

»Frau Wirtz, Ihr Mann ist in Schwierigkeiten, das wissen Sie doch?«, begann die Kommissarin ihr Verhör. »Sie sind eine kluge Frau, bitte raten Sie ihm, mit uns zu kooperieren.«

»Er wird nicht auf mich hören«, sagte Frau Wirtz schroff und fügte nach einer kleinen Pause hinzu. »Das hat er nie getan.« Unruhig strich ihre Hand über die Tischplatte, suchte nach einem Stift, den sie packte, als ob sie sich daran festhalten wolle.

»Hier geht es nicht nur um Betrug. Ich untersuche einen Mordfall, Frau Wirtz. Wenn Sie irgendetwas darüber wissen, sagen Sie es mir bitte jetzt.«

Katja Wirtz rutschte nervös auf ihrem Stuhl hin und her, doch mit etwas Erhellendem rückte sie nicht heraus. Der Einfluss des Mannes reichte in dieser Angelegenheit bis in die Räumlichkeiten ihrer Praxis.

»Sie sagten mir neulich, dass Sie Frau Buenlago mochten. Können Sie Ihr Verhältnis bitte etwas näher beschreiben?«, bat die Kommissarin.

»Wir verstehen uns gut. Julia ist eine besondere Frau, sie ist so selbstständig und unabhängig. Sie ist klug und charmant und kann Menschen sehr für sich einnehmen – wenn sie will.« Auf Frau Wirtz' Gesicht zeichnete sich ein schwaches Lächeln ab. »Und sie kann eine ziemliche Zicke sein.«

»Wie meinen Sie das?«, fragte die Kommissarin. Sie registrierte erstaunt, dass Frau Wirtz in der Gegenwartsform von ihrer Freundin sprach, ließ das aber unkommentiert.

»Na, wenn sie jemanden nicht ausstehen kann, macht sie daraus kein großes Geheimnis.«

»Ihren Mann mochte sie nicht, stimmt das?«

»Das ist richtig. Und das zeigt sie auch. Wenn sie jemanden nicht mag, dann merkt man das, das merkt man ganz genau.« Katja Wirtz lächelte abwesend und nickte mehrfach bestätigend mit dem Kopf.

»Hatte Frau Buenlago in letzter Zeit einen Streit mit Ihrem Mann?«

Die Ärztin schien völlig in Gedanken versunken. Erst, als die Kommissarin ihre Frage wiederholte, reagierte sie zögernd.

»Das kann sein.«

»Worum ging es dabei? Um die Geschäfte Ihres Mannes, um den Artikel, den Frau Buenlago geschrieben hatte oder um den, den sie noch schreiben wollte?«

»Ja, wohl auch. Die Julia, die lässt nie locker, muss immer ihren Kopf durchsetzen, dieser Dickkopf, so ein Dickkopf.«

Die scheibchenweisen Zugeständnisse gingen der Kommissarin langsam auf die Nerven, aber sie blieb geduldig.

»Wohl auch – das klingt so, als ob es um etwas anderes ging?«

»Vielleicht, mein Mann hatte das Gefühl, dass Julia mich beeinflusste, gegen ihn aufhetzte.« Katja Wirtz schien nun wieder ganz präsent zu sein.

»Und – stimmte das?«

»Aufhetzen ist der falsche Ausdruck«, gab Frau Wirtz zu bedenken. »Sie unterstützte mich, stärkte mir den Rücken. Julia wusste, dass ich ziemlich leide in meiner

Ehe. Ich habe ihr das erzählt und auch, dass ich nicht die Kraft finde, mich zu wehren oder meinen Mann zu verlassen. Julia sagt immer zu mir: ›Dorothee, was soll denn passieren? Sag einfach mal Nein, fang mit etwas Kleinem an.‹«

Wieder dieses nach innen gewandte Lächeln, dachte die Kommissarin und stutzte gleichzeitig bei der Nennung des Namens.

»Wieso Dorothee?«, wunderte sie sich. »Heißen Sie nicht Katja?«

Die Ärztin wurde immer aufgeregter, strich mit der rechten Hand wiederholt über die Schreibtischplatte, als wolle sie Staub entfernen, der da gar nicht war.

»Ach, das ist so typisch Julia, sie fand, dass zu einem Neuanfang ein neuer Name gehört und taufte mich Dorothee.« Katja Wirtz schaute versonnen. »›Du siehst wie eine Dorothee aus!‹ Das hatte sie irgendwann beschlossen, und dabei blieb sie.«

Das Telefon läutete, und Katja Wirtz schien froh, das Gespräch mit der Kommissarin unterbrechen zu können.

»Ich komme sofort«, sagte sie in die Hörermuschel, stand auf und entschuldigte sich, sie müsse kurz an den Empfang. »Eine Patientin.«

Als die Ärztin sich von ihrem Stuhl erhob und mit einer gewissen Behäbigkeit zur Tür ging, stach der Kommissarin wieder das Plumpe ihres Körpers ins Auge, auch eine Unbeholfenheit in den Bewegungen, und diesmal wunderte es sie nicht, dass Katja Wirtz kein großes Talent für das Golfspiel besaß. Nach ihren eigenen Versuchen wusste die Kommissarin, dass Geschmeidigkeit und eine gute Bewegungskoordination für diesen Sport wichtig waren.

Theresa Rosenthal überlegte, warum ihre Synapsen in den letzten Minuten so heftig arbeiteten.

Dorothee, bei Dorothee hatte es geklingelt. Dorothee, Katja. Katja, Dorothee. K.D.

Die Kommissarin zog eine Kopie des Zettels, den sie bei den Unterlagen auf Julia Buenlagos Schreibtisch gefunden hatte, aus ihrem Portemonnaie. Sie stand auf und ging auf die andere Seite des Schreibtisches. Vorsichtig schob sie ein paar Papiere zur Seite, bis sie fand, was sie gesucht hatte. Einen von Katja Wirtz unterschriebenen Brief. Das »K« begann oben mit einem wellenförmigen Strich, der in eine Schleife überging und sich dann nach unten bewegte – genau wie auf dem mit K.D. unterschriebenen Zettel. »Wow«, entfuhr es Theresa Rosenthal. Sie zweifelte nicht daran, dass sie die Tippgeberin gefunden hatte. Katja Wirtz hatte ihren Mann verraten. Ihr fiel es wie Schuppen von den Augen. Im Grunde wunderte sie sich, dass sie nicht vorher auf die Idee gekommen war. Natürlich – Katja Wirtz, die jahrelang unter der lieblosen, vielleicht brutalen Behandlung ihres Mannes gelitten hatte, Katja Wirtz hatte sich nun, womöglich zum ersten Mal in ihrem Leben, gewehrt, mit Hilfe einer starken Frau wie Julia Buenlago. Darauf hätte Theresa kommen können, schließlich hatte sie ein Diplom in Psychologie erworben. Die Initialen auf dem Papier hatten die Kommissarin von der richtigen Fährte abgebracht. Katja Dorothee, die Namensgeschichte war einfach zu abwegig.

Theresa Rosenthal überlegte, wie sie mit dem Gespräch fortfahren sollte. Ihr war klar, dass sie höchstens ein paar Minuten zum Überlegen hatte. Sie entschied sich für den Überraschungsangriff.

Als sie das Behandlungszimmer wieder betrat, entschuldigte sich die Ärztin und bat um Verständnis, dass sie sich nun wieder um ihre Patienten kümmern müsse.

»Nur noch eines, Frau Dr. Wirtz. Warum haben Sie die Unterlagen über die dubiosen Geschäfte Ihres Mannes an Frau Buenlago weitergegeben?«

Wenn es eine Bestätigung ihres Verdachtes gebraucht hätte, gab Katja Wirtz' entsetzter Gesichtsausdruck der Kommissarin die letzte Sicherheit. Sie hatte ins Schwarze getroffen. Die Ärztin sackte auf ihrem Stuhl zusammen und brachte mit gepresster Stimme hervor: »Wenn er das erfährt, bin ich erledigt. Er wird mich umbringen.«

»Beruhigen Sie sich, Frau Wirtz. So wie ich die Sache im Moment sehe, muss Ihr Mann nicht erfahren, woher unsere Information kommt. Sagen Sie mir bitte, was Sie zu dieser Übergabe veranlasst hat.«

»Er wird mich umbringen, Willi bringt mich um!«, wiederholte die Ärztin. »Ich hatte Julia von meinen Sorgen erzählt«, berichtete sie stotternd. »Ich hatte das Gefühl, dass mein Mann sich immer tiefer in krumme Geschäfte verstrickt. Und Julia wollte diese Unterlagen unbedingt sehen.«

»Sie wussten doch, dass Frau Buenlago Journalistin war und dass sie bereits einen Artikel über Korruption in Köln geschrieben hatte, ein Bericht, in dem Ihr Mann auch vorkam.«

»Julia kann sehr überzeugend sein.« Die Ärztin flüsterte nun fast und fixierte dabei, durch das Fenster hindurch, irgendeinen Punkt in weiter Ferne. »Sie ist stark, sehr, sehr stark.«

Die Kommissarin beschlich das merkwürdige Gefühl, dass ihre Gesprächspartnerin zwar auf dem Weg gewesen war, sich von ihrem Mann zu befreien, aber nur, um bei einer neuen dominanten Person Anlehnung zu suchen. Theresa erhöhte den Druck auf ihre Gesprächspartnerin, in der Hoffnung, an weitere Informationen zu kommen.

»Frau Wirtz, Ihr Mann fühlte sich von Frau Buenlago in die Enge getrieben, hat er sie deshalb umgebracht?«

»Ich weiß es nicht«, rief die Ärztin so laut, dass die Patienten draußen im Wartezimmer den Aufschrei wahrscheinlich hörten. Frau Wirtz merkte, dass sie zu aufgeregt reagiert hatte, und fügte ruhiger hinzu. »Ich wünsche mir nichts mehr, als dass Sie den Täter finden.«

»Oder die Täterin«, sagte die Kommissarin. »Das wäre einer der seltenen Fälle, in denen eine Frau einen Mord im Affekt beging.«

»Wieso?«, fragte die Ärztin mit verständnisloser Miene.

»Frauen sind eben körperlich kaum in der Lage zu einer Gewalttat, damit reduzieren sich die Möglichkeiten für eine Tat im Affekt. Sie müssen sich etwas Raffiniertes ausdenken, und das ist vor dem Gesetz geplanter Mord.« Theresa wusste selbst nicht, warum sie in der Gegenwart von Frau Wirtz ihr Lieblingsthema ansprach, wohl weil die Ungerechtigkeit dieser juristischen Spitzfindigkeit sie immer wieder auf die Palme brachte. Sie hatte sich von der Ärztin bereits verabschiedet, als ihr eine weitere Frage einfiel.

»Am Tag des Mordes hatten Sie eine Golfstunde, Frau Wirtz?«

»Ja.«

»Frau Berkhoff hätte Ihnen nach der Stunde begegnen müssen?«

»Ist sie wohl auch.«

»Frau Berkhoff behauptet, nein.«

»Ich bin zum Übungsgrün abgebogen, vielleicht deshalb.«

»Sind Sie Julia Buenlago am Donnerstag begegnet?«, hakte die Kommissarin nach und trieb die Ärztin weiter in die Enge.

»Nein oder vielleicht, ich weiß es nicht«, stotterte die Befragte.

»Das ist sehr wichtig.«

»Ganz kurz vielleicht, ja, bevor ich zu meiner Stunde ging, auf dem Parkplatz«, korrigierte Katja Wirtz nun ihre erste Aussage. »Wir haben uns nur begrüßt, kaum miteinander gesprochen. Julia wollte ein paar Löcher spielen.«

»Sie haben kein Alibi.« Die Kommissarin musterte die Ärztin mit durchdringendem Blick.

Theresa Rosenthal wartete keine weitere Erklärung ab, sie hinterließ eine nachdenkliche Frau Wirtz.

23. KAPITEL

Bär und Korte gingen noch einmal zu Rasmussen. Da sie sich der Kommissarin gegenüber so weit aus dem Fenster gelehnt hatten, beschlossen sie, die Sache nun durchzuziehen. Außerdem war die Befragung von Rasmussen bisher tatsächlich nur von Theresa Rosenthal durchgeführt worden, und damit bestand die Gefahr, dass sie irgendetwas übersehen oder überhört hatte.

»Ehrlich gesagt, halte ich ihn nicht für den Tatverdächtigen Nummer eins«, gab Bär zu bedenken, als sie im Auto auf dem Weg zu Rasmussen waren.

»Mitgefangen, mitgehangen – da müssen wir jetzt durch«, grinste Korte, der sich in solchen Dingen keinen großen Kopf machte. »Falls nichts dabei rauskommt, kannst du dir deine Erkältung behandeln lassen. Zwei Fliegen mit einer Klappe! Dir läuft immer noch der Rotz aus der Nase. Wie lange willst du mich noch damit nerven?«

Obwohl sie Rasmussen mitten in seiner Sprechstunde störten, war er die Freundlichkeit selbst. Er bat sie in sein Behandlungszimmer und fragte, ob sie einen Kaffee wollten.

»Ihre Stimme hört sich an, als ob Sie Probleme mit den Nebenhöhlen haben«, sagte er zu Bär gewandt, der gleich besorgt nachfragte, was er da tun könne. Als bekennender Hypochonder überlegte er, ob er an so etwas sterben könne. Oliver Korte grinste unverschämt. Er kannte Bärs Angst vor einem tödlichen Ausgang selbst der harmlosesten Erkrankung. Ein Pickel war für Bär nicht einfach ein Pickel, sondern immer die Möglichkeit eines Krebses, der ihn in kürzester Zeit dahinraffen würde. Wenn es aber darum ging, zur Tat zu schreiten, war Bär der Erste, der sich einer ganzen Rockerbande stellte. Oliver Korte ließ auf seinen Partner nichts kommen. Er wusste, dass der sich für seine Kollegen ein Bein ausriss – wenn er nicht gerade mit einem »tödlichen« Schnupfen kämpfte.

»Ich gebe Ihnen etwas mit, ist homöopathisch und sehr gut«, bot der Doktor dem Kommissar an. »Keine Panik, das zählt nicht als Bestechung. Fällt alles unter den hippokratischen Eid.«

Bär bedankte sich überschwänglich, und es war ihm sichtlich peinlich nach dieser Hilfsbereitschaft des Arztes nun zum eigentlichen Grund ihres Besuches zu kommen.

»Machen Sie sich keinen Kopf«, beruhigte ihn Rasmussen. »Es wäre mir natürlich lieber gewesen, wenn Ihre attraktive Kollegin mich befragt hätte, aber bitte …«

»Ja«, sagte Korte trocken. »Wir müssen auf den Donnerstag, den Tag des Mordes, zurückkommen, Herr Rasmussen.«

»Fakt ist, dass Sie keine Minute brauchten, um an den Tatort zu kommen. Und Sie haben kein Alibi«, unterstützte Marco Bär seinen Kollegen.

»Gebraucht hätten«, korrigierte Dr. Rasmussen, »denn ich bin nicht dort gewesen und ich habe kein Motiv.«

»Verschmähte Liebe ist ein starkes Motiv«, sagte Korte.

»Wie viele Frauen haben Sie denn so umgebracht, weil die Ihre Liebe ablehnten?«, wollte der Arzt wissen.

Auf so ein Gespräch ließ Korte sich gar nicht erst ein. Er war seit zehn Jahren glücklich verheiratet und Vater zweier Kinder. Stattdessen hakte er unerbittlich nach.

»Dr. Rasmussen, am Mittwoch haben Sie mit Frau Buenlago telefoniert, was war der Inhalt dieses Telefonats?«

Rasmussen schaute zweifelnd. »Ich habe mit Frau Buenlago telefoniert?«

»Genau fünf Minuten und 35 Sekunden«, bestätigte Bär nach einem kurzen Blick in sein Notizbuch.

»Fünf Minuten und 35 Sekunden – was hatte ich ihr da bloß zu sagen?«

»Vielleicht ein Liebesgeständnis? Sie haben doch zugegeben, dass Sie an ihr interessiert waren.« Korte wurde langsam sauer, weil er merkte, dass der Arzt sie verarschte. »Also?«

»Entschuldigen Sie?« Rasmussen schaute verwirrt.

»Der Inhalt des Gesprächs?«

»Ich muss Sie enttäuschen, kein Liebesgeflüster. Über diesen Punkt waren wir lange hinaus, leider, das gebe ich zu«, sagte der Arzt mit Bedauern in der Stimme. »Ich musste jetzt wirklich in meinem Gehirn graben, die letzten Tage waren ziemlich aufregend. Tatsächlich haben wir telefoniert, um uns für ein Clubwettspiel zu verabreden. ›Jeder gegen jeden‹ – wir mussten gegeneinander antreten, das können Sie im Aushang des Clubs überprüfen.«

»Haben Sie denn gespielt?«, fragte Bär.

»Nein, wir waren erst für den Freitag in der Woche verabredet.«

»Sie haben genau zur Tatzeit auf der Driving Range gestanden, Herr Rasmussen. Sie waren sehr nah dran am Tatort, Luftlinie vielleicht 50 Meter. Sie müssten doch irgendetwas gehört oder gesehen haben«, übernahm Korte nun wieder die Gesprächsführung.

»Glauben Sie mir, ich würde Ihnen sehr gern helfen, denn ich bin wirklich entsetzt über den Tod einer guten Freundin. Ich habe einfach nichts gesehen, es tut mir aufrichtig leid.«

»Und nichts gehört?« Korte bedeckte kurz Augen und Ohren mit seinen Händen.

»Das wundert Sie vielleicht, tatsächlich ist es ziemlich laut auf unserem Platz«, erklärte der Arzt. »Gerade am Loch sechs, weil das nah an der Autobahn liegt; außerdem gehen oben die Flieger drüber.«

Als Sie wieder im Auto saßen, meinte Bär nur knapp: »Das war nix.«

»Sag das nicht, du hast immerhin eine Medizin für deine Scheißerkältung bekommen«, sagte Korte. »Und er bleibt ein Verdächtiger.«

Bär rief beim Caddie-Master an und fragte nach dem Clubturnier.

»Die Sache mit dem Clubturnier stimmt«, berichtete er dem Kollegen. »Mit Uhrzeiten konnte Herr Hauser nicht dienen. Die Leute verabreden sich untereinander.«

»Weißt du was«, sagte Korte. »Wo wir in der Nähe sind, nehmen wir uns jetzt den Golflehrer vor. Der ist bisher nur von Theresa vernommen worden. Mir ist nicht wohl dabei, wenn wir nur diese Wirtz-Spur verfolgen.«

»Ich bin dabei«, stimmte Bär zu, »vor allem, weil wir da einen Kaffee trinken können. Die haben eine geile Sonnenterrasse in dem Club.«

»Du bist doch sowieso dauernd in deiner Muckibude auf dem Asi-Grill«, ärgerte ihn Korte, der lange nicht so körperbewusst lebte wie sein Kollege Marco Bär. »Kommt das eigentlich gut bei den Frauen an, so ein modellierter und gebräunter Body?«

»Bestimmt besser als deine weiße Schwabbelwampe.«

»Das ist nicht Schwabbel, das ist ganz feines Kölsch«, wehrte sich Korte lachend und strich sich genüsslich über den Bauch, der tatsächlich eine beachtliche Rundung aufwies.

Beim Caddie-Master fragten sie nach dem Trainer.

»Padraig?«

»Genau!«

»Der ist mit einer Schülerin auf dem Platz unterwegs, müsste in ungefähr 20 Minuten hier sein, dann hat er Mittagspause.«

»Sehr gut. Können wir bei Ihnen einen Kaffee trinken?«

Der Caddie-Master wies ihnen den Weg und versprach, dem Trainer Bescheid zu geben.

»Das läuft doch genau richtig«, grinste Korte und rückte sich auf der Terrasse einen Stuhl in die Sonne. Gleichzeitig hatte er den ersten Abschlag im Blick und beobachtete, wie ein Spieler auf einen Ball eindrosch und ihm gespannt hinterherschaute. Danach versenkte der Mann lässig seinen Schläger in der Golftasche, die montiert war auf einem Wagen, der elektrifiziert schien, so mühelos wie er das Gefährt vor sich herschob. Sich mit einem Mitspieler unterhaltend, folgte er in gemäßigtem Tempo dem Ball, der so ziemlich in der Mitte des Platzes gelandet war.

»Feine Sache, ich glaube, dass wär' genau der richtige Sport für mich«, überlegte Korte. »Sieht nicht sehr stressig aus.«

»Der Stress ist, glaube ich, eher psychisch«, erklärte Bär. »Da sind nur du und dieser Ball, kein direkter Gegner oder so. Ich hab das mit einem Freund in den Ferien versucht, ist gar nicht so ohne. Ein tolles Gefühl, wenn der Ball abgeht wie Schmidts Katze.«

»Hast du denn den Ball gleich richtig rausgehauen?«, staunte Korte.

»Alter Hockeyspieler, ich treff jede Möhre.«

Als sie bei der zweiten Tasse Kaffee waren, kam der Trainer an ihren Tisch. Er hatte eine ziemliche Fahne, roch nach Restalkohol. Theresa hatte ihnen berichtet, dass der Typ gern etwas wegschluckte. Das war bekanntlich eine Art Nationalkrankheit bei den Iren. Dieser hier hatte schon mal den Führerschein verloren – Alkohol am Steuer, mehr stand in seiner Akte nicht drin. Gegen Willi Wirtz war er, was Verkehrsdelikte anging, geradezu ein

Waisenknabe, ansonsten ein umgänglicher Mensch, genau wie ihn ihre Kollegin beschrieben hatte.

»Wir wollten Sie noch einmal sprechen, weil da ein paar offene Punkte sind«, begann Bär das Gespräch. Der Ire steckte sich schweigend eine Zigarette an und schaute die beiden Kommissare erwartungsvoll an.

»Die Trainerstunde dauert bei Ihnen nur 50 Minuten. Sie waren also um kurz vor zwölf, kurz vor eins und kurz vor zwei allein auf der Driving Range«, stellte Korte fest.

»Möglich, vielleicht für ein paar Minuten«, gab der Trainer zu.

»Hat Sie sonst jemand gesehen, ich meine, jemand, der bestätigen kann, dass Sie in Ihrer Box geblieben sind?«, blieb Korte dran.

»Not really, war nicht so super Wetter an dem Tag. Herr Rasmussen tauchte irgendwann auf, die Uhrzeit weiß ich nicht mehr.«

Es war zum Verrücktwerden. Das Kommen und Gehen auf der Driving Range führte dazu, dass am Ende niemand genau wusste, wer wann dort gewesen war. Zugegeben machte sich damit keiner verdächtig. Es war einfach normal, dass man auf so etwas nicht genau achtete, da die Bedeutung erst durch ein ausstehendes Ereignis eintrat. Trotzdem hatte der Golflehrer kein wasserdichtes Alibi, und das rieben sie ihm unter die Nase.

»Stimmt«, bestätigte Padraig, »aber so einer wie ich mordet doch nicht im Affekt. Ich bin eher der einsame Typ, der die Frauen in seine Wohnung lockt und dort langsam zerstückelt.«

»Merkwürdiger Humor«, meinte Korte. »Wie lange leben Sie eigentlich in Deutschland?«

»Twenty years. Ist das genug, um ein guter Deutscher zu sein?« Er schüttelte den Kopf. »No, wahrscheinlich nicht. Ist man überhaupt je gut genug für euch?«

»Sie haben in den Tagen vor dem Mord mehrfach mit Frau Buenlago telefoniert. Wie kam das, sie war doch gar nicht Ihre Schülerin«, mischte sich Marco Bär nun ein. »Worum ging es in den Telefonaten?«

»Das ist privat«, antwortete der Trainer kurz angebunden.

»Privat ist in einem Mordfall gar nichts«, erwiderte Bär, nun langsam ungeduldig werdend.

»War trotzdem privat und hat mit dem Mord nichts zu tun.« Es klang wie ein endgültiges Statement von Padraigs Seite.

»Das würden wir gern selbst entscheiden. Besser Sie reden mit uns. Mit Ihrem dünnen Alibi könnte es sonst Probleme für Sie geben.«

»Das glaube ich nicht«, meinte der Trainer müde lächelnd. »Ich gebe zu, dass ich die eine oder andere Frau in meinem Leben gern umgebracht hätte, aber der Gedanke allein ist nicht strafbar – oder vielleicht doch, in good old Germany?«

Er beendete das Gespräch, indem er aufstand und auf den Kaffee deutend sagte: »Be my guest.«

Als die beiden Kommissare abwinkten, meinte er nur lachend. »Relax – das können Sie ruhig annehmen, ist nur eine Lappalie in einer korrupten Stadt wie dieser and my best regards to your charming colleague. Sie soll wieder eine Stunde bei mir nehmen, sonst kommt sie aus der Übung.«

»Ich weiß nicht, ob wir ihr das ausrichten«, gab Korte zurück. »Nachher schicken Sie uns die Arme in Stücken zurück, und irgendwie hängen wir an ihr.«

»Im Ganzen«, grinste Bär.

Der Trainer verzog das Gesicht kaum und verließ die Kommissare, sich lässig eine weitere Zigarette anzündend. Zwei Tische weiter blieb er kurz stehen, begrüßte ein paar Leute und brachte sie mit irgendeinem Scherz zum Lachen. Er wirkte entspannt, aber vielleicht spielte er das nur gut.

»Für so einen Frauenzerstückeler eigentlich nett«, meinte Bär.

»Da haben wir einen unheimlich produktiven Vormittag hingelegt«, gab Korte selbstkritisch zu bedenken.

»Was willst du? Eine Erkältungstherapie und zwei Tassen Kaffee in der Sonne – da kann man nicht meckern.«

24. KAPITEL

Kommissarin Theresa Rosenthal war zufrieden mit sich und der Welt. Sie hatte einen erfolgreichen Tag gehabt. Vormittags das Gespräch mit Katja alias Dorothee Wirtz, durch das sie endlich auf die Identität des Tippgebers K.D. gekommen war. Nach dem Mittagessen rief der Chefredakteur Sven Kornfeld an und informierte sie über die Recherchen des Mitarbeiters, den er auf den Fall angesetzt hatte.

»Nur damit das klar ist, Frau Rosenthal«, fing Kornfeld das Gespräch an. »Natürlich helfe ich Ihnen, weil ich gern zur Aufklärung des Mordes beitragen will, aber Julia hat die Geschichte für unsere Zeitschrift recherchiert und wir möchten die Story als Erste veröffentlichen. Also, alles, was Sie jetzt von mir erfahren, ist für die interne Verwendung. Keine Mitteilungen an die Presse oder gar Pressekonferenzen, bevor wir nicht in unserem Blatt mit der Geschichte draußen sind.«

Die Kommissarin erklärte sich einverstanden. »Schießen Sie los!«

»Okay! Schreiben Sie mit«, fing Kornfeld an zu berichten. »Hinter dem Baukonsortium steht der russische Investor Sergej Antonow. Der ist kein Unbekannter, hat seine Finger in allen möglichen Geschäften drin, nicht nur Bau, auch Rohstoffe, Telekommunikation und so weiter. Mit Antonow ist, vorsichtig ausgedrückt, nicht gut Kirschen essen.«

»Was heißt das?«, wollte die Kommissarin wissen.

»Ein gefährlicher Mann. Man sagt, dass der eine oder andere ›schwierige‹ Geschäftspartner verschwunden ist.«

»Verschwunden wie? Aus der Stadt, aus dem Land oder auf immer und ewig?«

»Was weiß ich, vielleicht wurden sie in Betonpfeilern eingemauert oder liegen irgendwo unter der Erde – das Land ist groß. Zwei Dinge sind klar: Wenn Antonow die Finger drin hat, ist das ein dickes Ding; der gibt sich nicht mit Peanuts ab, und es ist auf jeden Fall ein krummes Ding, denn bei ihm läuft es auf die russische Art. Und zwar das ganze Verwöhnprogramm – Bestechung, Erpressung, Nötigung.«

»Darunter kann ich mir so einigermaßen etwas vorstellen. Wenn das alles stimmt, bedeutet es natürlich, dass die Story, an der Frau Buenlago dran war, plötzlich gefährlich für sie wurde. Da hatte sie es nicht mehr nur mit ein paar bestechlichen deutschen Beamten und ein paar kleinen Gaunern zu tun.«

»Nein, Antonow ist ein anderes Kaliber, und ich hätte Julia zurückgehalten, wenn ich davon erfahren hätte«, meinte Kornfeld mit Bedauern in der Stimme. »Die staatlichen Stellen, die mit in der Sache drinhängen, kann ich Ihnen mittlerweile nennen, sogar mit Namen dazu. Mein Kollege hat da einiges herausgefunden. Antonow hat übrigens einen Kontaktmann in Berlin, einen Russen namens Kusmin, Michail Kusmin.«

Theresa bedankte sich bei Kornfeld. »Das ist alles sehr hilfreich. – Ich bespreche das jetzt mit unseren Leuten vom Betrugsdezernat, die können bestimmt was mit den Informationen anfangen.«

»Denken Sie daran«, erinnerte der Chefredakteur sie noch einmal. »Das ist unsere Story.«

Als die Kommissarin den Hörer auflegte, kamen Bär und Korte gerade von ihren Terminen zurück. Die beiden sahen Theresa Rosenthals strahlendes Gesicht und wussten sofort, dass ihre Kollegin Erfolge zu vermelden hatte.

»Na, ihr beiden, ihr habt doch jede Menge interessanter Neuigkeiten, nachdem ihr den Vormittag verschwunden wart?«

»Geht so. Und du, gute Nachrichten?«, fragte Bär.

»Na, wer Zweifel hat, möge sich nur den triumphalen Unterton in ihrer Stimme anhören«, stellte Korte fest.

Theresa Rosenthal erzählte den beiden Kollegen, was sie kurz zuvor von Sven Kornfeld erfahren hatte.

»Bei so einem Typen wie diesem Antonow kannst du davon ausgehen, dass es ihn nur einen Fingerschnips und ein paar Tausend Euro kostet, einen Killer nach Köln zu schicken, um einer unbequemen Journalistin schnell das Maul zu stopfen«, überlegte Bär.

»Das erhöht plötzlich die Wahrscheinlichkeit, dass jemand das Gelände des Golfplatzes von außen betreten hat. Der Typ, sagen wir, es war ein russischer Killer, erledigt seinen Auftrag, steigt in den nächsten Flieger und weg ist er«, überlegte die Kommissarin. »Der Caddie-Master sagte mir, dass der Platz im Grunde zu allen Seiten offen ist. Wenn es jemand geschickt macht, sein Opfer ausspäht und so weiter, kann er plötzlich an der geeigneten Stelle aus dem Busch springen und seinen Job machen. Der Tag war gut gewählt, der Platz fast leer, die Stelle perfekt, weil geschützt vor jeglichen Einblicken.«

»Vielleicht hatte der Killer sogar einen Informanten, jemanden aus dem Club«, gab Korte zu Bedenken.

»Wirtz, zum Beispiel«, sagte Bär.

»Möglich ist das«, stimmte die Kommissarin zu.

»Den Killer fassen wir nie«, fuhr Bär fort. »Der ist schon wieder jenseits des Urals.«

»Da kannst du recht haben. Wir müssen uns also auf die Hintermänner konzentrieren«, überlegte die Kommissarin. »An Antonow kommen wir nicht ran, der ist eine große Nummer in Russland, aber vielleicht haben wir bei diesem Kusmin mehr Glück. Der lebt in Berlin, den können wir vielleicht packen.«

»Wie wäre es mit einem Anruf bei deinen alten BKA-Freunden?«, schlug Bär vor.

»Freunde?« Theresa redete nicht gern über ihre Zeit beim Bundeskriminalamt. Irgendetwas war schiefgelaufen. Was genau, wussten die Kollegen nicht. Geheimsache.

»Aber ich kenne jemanden bei der Berliner Polizei, Spezialist in Sachen Russen-Mafia. Der sollte Kusmin auf den Zahn fühlen«, überlegte die Kommissarin.

»Ein bisschen Aufschrecken kann nicht schaden«, freute sich Bär. »Mal sehen, was passiert, wenn wir im Wespennest herumstochern.«

»Eines passt nicht zu der Killertheorie«, überlegte Korte und die Kollegen schauten ihn erwartungsvoll an. »Dieser Ball im Mund des Opfers. Das hat so eine persönliche Note.«

»Stimmt, das müssen wir im Hinterkopf behalten, obwohl wir bei einem brutalen Killer so eine Geste nicht ausschließen können. – Und nun die zweite Neuigkeit«, verkündete Theresa Rosenthal. »Ich weiß, wer der Tippgeber ist.«

»Schau, schau, unsere Kommissarin! Hat heute einen richtigen Goldgräbertag – beneidenswert. Also spuck es aus, bevor du daran erstickst«, forderte Bär die Kollegin auf.

»K.D. ist Katja Wirtz«, Theresa schaute ihre Kollegen erwartungsvoll an.

»Liegt doch auf der Hand«, sagte Korte, tippte sich gegen die Stirn und verdrehte seine Augen zum Zeichen, dass er die Logik nicht verstand.

Theresa reichte ihnen die Erklärung nach, sodass die beiden plötzlich wie elektrisiert waren.

»Mann«, sagte Korte. »Ich habe das erste Mal so ein Gefühl, als ob wir uns der Aufklärung nähern.«

»Das musst du dir auf der Zunge zergehen lassen«, resümierte Bär. »Die Wirtz hasst ihren Mann so sehr, dass sie ihn verpfeift, liefert brisante Unterlagen über seine krummen Geschäfte an die Buenlago und tritt damit die Sache los. Am Ende trifft sie quasi die Schuld daran, dass ihre Freundin ermordet wird. Deswegen ist die so durch den Wind. Wahrscheinlich plagt sie das schlechte Gewissen.«

Plötzlich erinnerte sich Theresa daran, dass ihre Kollegen auf Recherche unterwegs gewesen waren. »Was ist denn bei euch rausgekommen?«

»Wir sollen dich von deinem irischen Freund grüßen; er hat Sehnsucht nach dir«, berichtete Korte.

»… und meint, du solltest wieder eine Golfstunde bei ihm nehmen, du kämst sonst aus der Übung«, ergänzte Bär.

Manchmal waren die beiden wie Pat und Patachon, fand die Kommissarin, sie kam aber gut mit ihnen klar.

»Und wie ist der überhaupt drauf?«, machte Korte weiter. »Meinte, er sei doch nicht der Typ des Affekttäters, eher so ein Frauenzerstückeler.«

»Da machen wir uns jetzt natürlich Sorgen, dass er dich bei der nächsten Trainerstunde sorgfältig eintütet und in kleinen Plastikpäckchen bei uns abliefert.« Bär schüttelte sich zwar bei dem Gedanken, aber die beiden brauchten nach allem, was sie in ihrem Beruf gesehen hatten, hin und wieder ein Ventil. Schwarzer Humor war eines.

Theresa lachte, obwohl es ihr hier sozusagen verbal gerade an den Kragen ging. »Sein Humor ist etwas speziell, sonst ist er ein netter Kerl, oder? Wenn ich es morgen schaffe, gehe ich am Spätnachmittag eine Runde mit ihm über den Platz. Vielleicht entdecke ich die Stelle, an der der Mörder das Gelände betreten hat oder haben könnte.«

Bei den Kollegen hakte sie nicht weiter nach. Es war ihr klar, dass die beiden nichts Bedeutendes herausgefunden hatten, und sie musste nicht unbedingt Salz in die Wunde streuen.

25. KAPITEL

Nach dem Besuch bei Spethmann kam Wirtz mit einer Saulaune nach Hause. Das war die totale Demütigung gewesen. Von den anderen Geschäftspartnern und Politikern, die bei dem Deal mit im Boot saßen, hatte sich keiner bei ihm gemeldet. Sie waren alle abgetaucht, seit der Mord publik geworden war, und nachdem erste Gerüchte in den Zeitungen auftauchten, dass Julia in einem Fall von Baukorruption recherchiert hatte. Langsam bekam Wirtz kalte Füße. Er wusste, dass hinter dem Konsortium ein Russe Namens Antonow mit dem ganz großen Geld stand, begegnet war er ihm bisher nicht, nur seinem Kontaktmann Michail Kusmin, der Wirtz seine Karte mit einer Berliner Adresse und einer Handynummer in die Hand gedrückt hatte. Julia Buenlago war bei ihren Recherchen wahrscheinlich auf Kusmin gestoßen und hatte sogar mit ihm telefoniert. Offensichtlich war Wirtz' Name bei dem Telefonat gefallen, denn Kusmin hatte ihn hinterher angerufen und ihm die Hölle heißgemacht, worauf die Idee aufkam, die Buenlago ein wenig zu erschrecken.

Als er den Druck und die Ungewissheit nicht mehr aushielt, entschied Wirtz sich dafür, den Russen anzurufen. Da er sich nicht traute, seine eigenen Telefone zu benutzen, kaufte er eine Prepaidkarte im Supermarkt, steckte den Chip in sein Handy und wählte die Nummer von Kusmin. Er war von den Geschehnissen mittlerweile so verunsichert, dass er nicht wagte, Kusmin über den Stand der Dinge zu informieren. Wirtz konfrontierte den Geschäftspartner nur vorsichtig mit der Frage, ob der mit dem Mord etwas zu tun habe.

»Es war von erschrecken die Rede, nur eine kleine Einschüchterung«, beanstandete Wirtz mit Sorge in der Stimme.

»Lieber Freund«, sagte Kusmin einschmeichelnd mit seinem stark russisch gefärbten Akzent. »Wir bringen doch keine Leute um. Machen Sie sich keine Sorgen, wir haben damit nichts zu tun. Warten Sie einfach ab, es wird Gras wachsen über die Geschichte.« Wirtz hörte ein trockenes Lachen durch den Hörer, als ob der Russe sich über seine eigene Bemerkung amüsierte.

Das Telefonat mit Michail Kusmin hatte Wirtz beruhigt, aber schon in der folgenden schlaflosen Nacht bezweifelte er, dass die russischen Geschäftspartner ihm die Wahrheit sagen würden. Er bereute zutiefst, dass er sich auf das Geschäft eingelassen hatte, das ihm zwar einen Batzen Geld einbringen sollte, aber der Preis schien ihm mittlerweile zu hoch.

Neben ihm lag seine Frau, die ihre Schlaflosigkeit mit einem starken Mittel besiegt hatte. Es wäre schön gewesen, sich ihr anzuvertrauen, doch Katja hatte sich durch den Schlaf entzogen. Überhaupt schien sie sich in letzter Zeit vollkommen von ihm entfernt zu haben. Willi Wirtz bereute plötzlich, dass er seine Ehefrau seit Jahren vernachlässigte. Von all den Frauen, mit denen er sie betrog, fiel ihm keine Einzige ein, mit der er jetzt gern seine Probleme besprochen hätte.

Er stand auf und ging im Bademantel hinunter in die Küche, holte sich ein Bier aus dem Kühlschrank und setzte sich damit an den Küchentisch. Eine Stunde später standen fünf geleerte Flaschen auf dem Tisch. Er schaffte es so gerade, sie in einem Korb mit Leergut unterzubringen, damit Katja am nächsten Morgen nicht gleich merkte, dass er nachts gesoffen hatte. Danach schleppte er sich ins Bett und fiel in einen unruhigen Schlaf.

26. KAPITEL

»Wen Gott strafen will, dem schickt er die Gier«, diese alte chinesische Weisheit begleitete Theresa Rosenthal durch ihr Berufsleben. Im Grunde ließen sich fast alle Verbrechen auf diesen klugen Satz zurückführen. Sie mussten also der Spur der Gier folgen, um an die Täter zu kommen. Bei einem Mord aus Habgier lag das auf der Hand. Aber tötete der Eifersüchtige letztlich nicht auch aus Gier, um einen Menschen zu besitzen, der sich ihm verweigerte? Kindesmissbrauch mit anschließendem Mord, die Gier nach etwas, was einem von der gesellschaftlichen Moral verweigert wird. Der Rachemord aus Gier nach Anerkennung, die von den Mitmenschen versagt wird. Die einzigen Fälle, die sie nicht unter diese Überschrift stellte, waren die Morde, bei denen sich jemand von der Fessel eines Peinigers befreit: Ehefrauen von ihren Männern, Kinder von ihren Eltern, Frauen von ihren besitzergreifenden Geliebten und umgekehrt. Aber auch dabei war Gier im Spiel. Der Täter erlöste sich durch den Mord von der Gier des Unterdrückers.

Die Kommissarin saß in der Kantine mit einem Kaffee und einem Stück Kuchen, das ihr fast im Halse stecken blieb, nachdem der vierte Kollege ihr guten Appetit gewünscht hatte und zwei nachfragten, ob der Kuchen denn lecker sei. Mahlzeit, wohl bekomm's, lecker und guten Appetit – Unworte, wegen der sich ihre Mutter nun gänzlich aus einer Welt zurückgezogen hatte, die sie für vollkommen verspießert hielt. Fast bewunderte Theresa die Konsequenz, mit der die Mutter dem sozialen Zusammenleben den Rücken zukehrte, weil sie die von Kleinbürgern diktierten Spielregeln nicht akzeptierte. Im Grunde hatte es Theresa Rosenthal auch langsam satt, sich von Spießbürgern die Manieren vorschreiben zu lassen. Wenn sie auf deren Guten-Appetit-Wünsche nicht ein mindestens genauso lautes und fröhliches »Guten Appetit« zurückrief, fanden die Kollegen sie schon arrogant.

Sie wartete auf Staatsanwalt Dr. Kai-Uwe Haubolt, um mit ihm das weitere Vorgehen im Fall Buenlago zu besprechen. Vorsichtshalber aß sie ihren Kuchen schnell auf, um sich nicht der Gefahr eines munteren »Na, schmeckt's« von Haubolt auszusetzen. Sie schaffte es mit knapper Mühe vor dem Eintreffen des Staatsanwalts den leergegessenen Teller von sich zu schieben.

»Wer hat eigentlich gesagt, dass man bei der Aufklärung eines Verbrechens der Spur des Geldes folgen soll?«, fragte Theresa, die noch immer ihren Gedanken nachhing.

»Keine Ahnung«, bekannte der Staatsanwalt.

»Ich glaube, wir sollten besser der Spur der Gier folgen«, fuhr die Kommissarin fort. »Bei einem Mord ist immer – fast immer – die Gier im Spiel, finden Sie nicht?«

Haubolt war Anfang 60 und hatte einiges in seinem langen Berufsleben gesehen. Als bedächtiger Mann war er für eine schnelle Antwort nicht zu haben und überging die Frage der Kommissarin. Sie wusste, dass er irgendwann in der nächsten Zeit für sie eine Antwort bereithalten würde. Sie schätzte diese nachdenkliche Art an ihm. Die Meinungsfreudigen saßen sowieso überall herum, im privaten und beruflichen Bereich und schlimmer noch, in den Talkshows. Egal welchen Kanal Theresa erwischte: Wenn sie abends todmüde nach Hause kam und den Fernseher einschaltete, hockten sie da schon, die Schwarzers, Özdemirs, Cohn-Bendits und Henkels dieser Nation und gaben zu allem und jedem ihren Senf dazu. Das Thema war ihnen wurscht – dabei sein war alles. Ob es gegen den schummelnden Wulff ging oder den tatschenden Brüderle, Kindesmissbrauch oder Veggie-Day – Frau Schwarzer kann man zu allem befragen, nur nicht zu ihrer eigenen Steuerhinterziehung. Da wird sie ganz böse. »Talkshow-Huren«, nannte Theresa diese ewig präsenten Gesichter. Sie warfen sich zu Oberschiedsrichtern auf, hoben oder senkten den Daumen, ganz nach Belieben, vernichteten oder retteten Existenzen unter dem Applaus eines nach Sensationen hungernden Publikums, das sich in den bundesdeutschen Wohnzimmern langweilte.

Haubolt hatte ihr in der Woche zuvor die telefonische Überwachung von Willi Wirtz nicht genehmigt. Die Verdachtsgründe reichten nicht aus, meinte er und hatte damit natürlich recht. Was sie ihm nun vortrug, war von anderer Qualität. Er stimmte ihrem Antrag zu. Sie musste den Staatsanwalt durch gute Vorarbeit und saubere Recherchen überzeugen, und auch das schätzte sie an ihm. Von Polizeiseite wurde zu oft die Bitte um Abhörerlaubnis an ihn gestellt. Telefonüberwachung erleichterte die Fahndungsarbeit natürlich ungemein, aber Theresa Rosenthal war eine engagierte Verteidigerin von Bürgerrechten und respektierte Haubolts Haltung.

27. KAPITEL

Dr. Paul Rasmussen saß im Bridgeraum des Golfclubs und bastelte an der Liste für das sonntägliche Wettspiel, dem traditionellen Ehepaarvierer. Jeweils zwei Ehepaare bildeten einen Flight, wobei jedes Paar als Team nur einen Ball spielte. Der wurde immer abwechselnd geschlagen. Die Liste zu erstellen, war jedes Jahr ein kleines Kunststück, das von Mal zu Mal mehr Geschick erforderte. Die zwischenmenschlichen Beziehungen in einem Club wurden umso komplizierter, je länger die Mitglieder miteinander verkehrten. Manche Leute verbrachten ziemlich viel Zeit auf dem Gelände, ihm selbst hatten Freunde lachend unterstellt, er übernachte wohl in einem Wohnwagen auf dem Platz.

Es war zum Verzweifeln: Mal konnte die eine Frau die andere nicht leiden, mal waren sich die Männer nicht grün oder, ganz kompliziert, wenn der eine Mann womöglich mit der Frau des anderen gern ein bisschen flirtete. Außerdem gingen ihm langsam die Ehepaare aus. Als sie dieses schöne Turnier 30 Jahre zuvor gestartet hatten, waren

Ehen keine Auslaufmodelle gewesen. Mittlerweile mussten sie selbstverständlich dazu übergehen, andere Paarungen zuzulassen. Er selbst spielte meistens nicht mit seiner eigenen Frau, die Golf weniger als ein Spiel und mehr als ein gesellschaftliches Unterhaltungsprogramm betrachtete. Ihre unehrgeizige Einstellung zum sportlichen Wettkampf ging Rasmussen auf die Nerven. Beim Teamspiel gerieten sie regelmäßig aneinander. Für ihre Mitspieler war das kein erfreuliches Spektakel, allerdings ging es bei den anderen Paaren oft auch nicht ohne Reibereien ab: bissige Bemerkungen, zwischen den Lippen gezischelte Kritik bis hin zu vernichtenden Kommentaren oder gar lauten Wutausbrüchen. Friede herrschte eigentlich immer nur bei den nicht durch Trauschein verbundenen Paarungen, was dem Beobachter zu denken geben musste.

Da er als Sponsor des Turniers die Liste erstellte, gab ihm das die Chance, sich aus dem Pool der verfügbaren Damen eine attraktive und gute Golferin herauszupicken. Julia Buenlago wäre seine erste Wahl gewesen. Mit ihr zu spielen, war immer eine Freude: Sie kämpfte bis zum letzten Putt, aber zwischen den Schlägen oder in den Wartezeiten gab es mit ihr im Flight immer etwas zu lachen. Seine Frau Sonja hatte die Konkurrentin deshalb misstrauisch beäugt. Im Grunde war seine eigene Ehe lange über das Verfallsdatum hinaus, doch hatten er und seine Angetraute sich nicht zur Trennung entscheiden können. Jetzt war es zu spät. Eine über sechzigjährige Frau zu verlassen, erschien ihm doch zu brutal. Vielleicht war er selbst auch zu bequem, das Theater, das mit einer Scheidung einherging, auf sich zu nehmen. Nun zahlte er den Preis für diese Unentschlossenheit oder Bequemlichkeit, saß fest in einer Ehe, die es nur auf dem Papier gab. Sie hatten sich einfach nichts mehr zu sagen. Rasmussen konnte mit dem Arrangement leben, er hatte sein Golf und vor allem seinen Beruf mit allen Möglichkeiten zur Flucht. Er fuhr zu Symposien, machte Fortbildungen – »oder, wie das heißt …«, hätte Julia gesagt und dabei unverschämt gelacht. Julia. Es schmerzte ihn, an sie als eine Tote denken zu müssen. Warum gerade Julia, eine der wenigen Lebendigen in dieser Stadt? Es liefen so viele Untote herum, mit Augen, aus denen das Leben vor langer Zeit entwichen war. Für viele bedeutete das Sterben nur einen winzigen Schritt, mit dem der Körper einer sowieso toten Seele folgte. Er vermisste sie. Plötzlich erfasste Rasmussen eine wahnsinnige Wut auf diese verdammte Julia Buenlago, ein unheimlicher Zorn, den er sich selbst nicht erklären konnte. Vielleicht war er so außer sich, weil sie gegangen war, ohne ihm die Chance zu geben, seine Liebe zu beweisen oder weil sie womöglich mit der ihr eigenen provozierenden Überheblichkeit diesen unnützen Tod selbst verschuldet hatte. Mit was für einem Anspruch war diese Frau durch die Welt gelaufen? Er griff den Stift und kritzelte in einem Anfall von Verzweiflung die Namen Rasmussen / Buenlago auf die Startliste, daraufhin nahm er den Zettel und zerfetzte ihn in hundert Einzelteile, schmiss die Schnipsel wütend in den Papierkorb, holte sich eine neue, leere Liste und begann zu schreiben:

Tee 1 – Rasmussen / ???? – Sonntag / Sonntag

Tee 2 – Spethmann / Spethmann – Seidel / Seidel

Tee 3 – Wirtz / Wirtz –

Spätestens da wurde es schwierig. Wem sollte er diesen Wirtz aufs Auge drücken? Auf einer vier- bis fünfstündigen Runde war der Mann eine Strafe Gottes. »Pain in the neck«, hätte Julia gemeint, die es etwas weniger drastisch als Padraig ausdrückte. Der sagte: »Pain in the ass«. Rasmussen entschied sich schließlich, Wirtz mit dem schrecklichen Bürgermeister zusammenzutun, da waren die kölschen Spezis unter sich. Als er alle Flights zusammengestellt hatte, fehlte nur ihm selbst eine Partnerin. Schade, dass diese Rosenthal nicht so weit war. Mit ihr würde es wahrscheinlich Spaß machen, überlegte er. Hoffentlich blieb sie am Ball. Sie würde das Niveau des Clubs unbedingt anheben: golferisch und auch sonst. Er stellte die Liste fertig und schrieb als Letztes neben seinen Namen noch einmal Rasmussen. Dann würde er eben mit seiner eigenen Frau spielen. Scheiße, dachte er, war das jetzt seine Zukunftsperspektive? Plötzlich grauste es ihm vor dem Gedanken ans Altwerden. Mit einer lebenden Julia in dieser Welt hatte es so etwas wie eine, wenngleich sehr vage, Möglichkeit gegeben, etwas, wovon er träumen konnte, eine klitzekleine Chance, dass sich etwas in seinem Leben ändern würde. Mit so einem Gedanken konnte man weitermachen. Plötzlich verspürte Rasmussen eine unheimliche Unlust bei dem Gedanken an das Wettspiel am nächsten Tag. Früher hatte er sich auf diesen Vierer mit anschließendem Abendessen besonders gefreut, ein echtes Highlight der Saison.

Und jetzt quälten ihn diese Gedanken ans Altwerden und vergifteten alles. In einer guten Ehe würde man über seine Ängste sprechen. Seine Frau und er kämpften jeder für sich auf verlorenem Posten. Sonja mit Hilfe eines Schönheitschirurgen, der ihr einredete, er könne den Prozess aufhalten. Was für ein aussichtsloses Unterfangen! Letztlich war das verdammte Alter auch für Männer kein Zuckerschlecken, mit dieser ewigen Panik, dass wichtige Funktionen plötzlich ausbleiben könnten. Und was hieß überhaupt »wichtige Funktionen«? Wie oft in den letzten fünf Jahren hatte er denn von der angeblich so wichtigen Funktion Gebrauch gemacht? An Zeit hatte es nicht gemangelt, an Gelegenheiten schon, weil er keine Lust auf irgendetwas hatte, sondern das Besondere liebte.

Selbst ein so schwieriges Gespräch hätte er mit Julia führen können, die früher oder später drei komische Bemerkungen losließ. Vor lauter Lachen entwischte man dann dem Zugriff des Alters so gerade noch. Mit ihrem wunderbaren Humor hatte sie selbst dem Problem des Alterns immer die Spitze genommen, manchmal mit gnadenlosem Spott über die abenteuerlichen Anstrengungen der anderen Frauen: Schlankheitskuren und Lifting bis hin zum Einsatz von Botox und Unterspritzungen, die aus eigentlich netten Gesichtern merkwürdigste Masken machten. Kurz vor ihrem Tod hatte Rasmussen mit Julia Buenlago en passent auf dem Parkplatz ein Gespräch dazu gehabt.

»Ich würde gern all diese Operationen rückgängig machen«, hatte sie gesagt. Das war eine typische Julia-Bemerkung, und nun war sie selbst dem Altwerden auf brutale Weise entkommen.

Rasmussen war in schlechter Stimmung, als er schließlich seine Liste nahm und sie dem Caddie-Master übergab.

»Wird schönes Wetter morgen«, sagte Thomas Hauser, und das hätte den Herrengolf-Captain eigentlich aufmuntern müssen. Denn genauso wollte er doch sein Wochenende verbringen – mit ein paar netten Leuten bei Sonnenschein eine Runde Golf spielen. Dass er den Club eher deprimiert verließ, schrieb Rasmussen später, nachdem er die schrecklichen Ereignisse des Wettspiel-Sonntags kannte, einer düsteren Vorahnung zu, die ihn beschlichen haben musste.

Als Rasmussen gerade in sein Auto steigen wollte, sah er die Kommissarin durch das Eingangstor fahren. Er ging zurück in Richtung Clubhaus, als habe er etwas vergessen, stellte dem Caddie-Master irgendeine überflüssige Frage und schaffte es, in Theresa Rosenthal hineinzurennen, als er das Clubhaus zum zweiten Mal verließ.

»Oh, Sie hier, was für eine Freude, Sie zu sehen«, sagte Rasmussen, und das war nicht nur eine Floskel, ihr Anblick munterte ihn tatsächlich auf.

»Das höre ich in meinem Job selten«, lachte die Kommissarin.

»Sie sind doch an einem Samstag hoffentlich nicht bei der Arbeit. Außerdem sieht das hier nach einer Golfstunde aus.« Rasmussen deutete auf die Schläger in ihrer Hand.

»Und es sind sogar meine eigenen«, sagte sie stolz.

»Es hat sie also gepackt?«, frage Rasmussen und merkte, dass ihn die Aussicht freute, sie hier nun öfter zu sehen. »Machen sie einen Crashkurs, dann können wir morgen zusammen ein Turnier spielen.«

»Ich kann es kaum erwarten«, antwortete sie mit ironischem Unterton. »Wenn morgen Turnier ist, kann ich wahrscheinlich gar nicht mit Padraig über den Platz gehen? Ich wollte ihn gleich darum bitten.«

»Sie können mit mir gehen.«

»Sie spielen doch ein Turnier.«

»Sie können als mein Caddie mitkommen«, bot Rasmussen an. »Oder ich gehe vor meinem Start mit Ihnen eine Runde – acht, halb neun – wär' das okay für Sie?«

»Acht Uhr, ist die Welt da überhaupt schon offen?« Theresa schüttelte sich entsetzt.

Rasmussen lachte. »Sonntags vielleicht nicht. – Was macht die Arbeit? Kommen Sie der Aufklärung des Mordes näher?«

»Sie wollen mich doch nicht aushorchen, Herr Dr. Rasmussen«, erwiderte Theresa Rosenthal spöttisch.

»Natürlich will ich das. Nachdem Sie mir Ihre zwei Bluthunde auf den Hals gehetzt haben, muss ich mich weiterhin als Verdächtiger fühlen«, beschwerte sich der Arzt, halb im Scherz und halb, um zu testen, ob er noch auf der Liste der Kommissarin stand.

Als Rasmussen gerade überlegte, wie er das Gespräch mit Theresa Rosenthal in die Länge ziehen könnte, überraschte ihn die Kommissarin plötzlich mit einer Frage. Theresa Rosenthal war gerade ein merkwürdiger Gedanke gekommen und sie suchte Klärung im Gespräch.

»Ich frage jetzt den Arzt«, begann sie. »Wenn Sie diese gemeine Bänderdehnung haben, oder wie immer sich das medizinisch nennt.«

»Supinationstrauma«, half Rasmussen.

»Okay, meinetwegen, Sie knicken also um und stürzen hin. Wie reagieren Sie?«

»Die ersten Sekunden sind Sie fast ohnmächtig und können gar nichts machen, nur abwarten, dass der Schmerz langsam abklingt.«

»Und danach? Laufen ist erst mal nicht drin? So jedenfalls hat es unser Gerichtsmediziner erklärt.«

»Da hat er recht«, stimmte Rasmussen zu.

»Würden Sie nicht den Caddie-Master anrufen und sich abholen lassen?«

»Natürlich. Julia war das nicht zum ersten Mal passiert. Sie hatte am Knöchel eine Schwachstelle. Ich war sogar einmal dabei, als es ihr passierte. Da haben wir sie natürlich von Hauser abholen lassen.«

»Frau Buenlago hatte ihr Handy dabei, aber sie hat die Nummer des Caddie-Masters in der fraglichen Zeit nicht gedrückt. Jetzt meine Überlegung. Es muss jemand gekommen sein, den sie kannte, und sie erhoffte von diesem jemand Hilfe. Leuchtet das ein, Herr Dr. Rasmussen?«

»Was immer Sie denken, Frau Rosenthal, ich war dieser jemand nicht«, sagte der Arzt, als er merkte, worauf die Kommissarin hinauswollte.

»Sie waren der Mensch, der am nächsten an der Unfallstelle dran war. Schreit der Betroffene bei einer Verletzung dieser Art nicht laut auf?«

»Wahrscheinlich«, gab der Arzt zu.

»Einen solchen Aufschrei hätten Sie doch hören müssen. Läuft man da nicht sofort los, um zu schauen, ob ein Mensch Hilfe braucht?«

»Das würde man bestimmt.« Rasmussen fühlte sich unwohl in seiner Haut, als er merkte, dass die Kommissarin dabei war, ihn in die Enge zu treiben. »Fakt ist, dass ich leider nichts gehört habe«, wehrte er sich gegen ihren Verdacht. »Ich wünschte, ich hätte. – Ich wünschte, ich wäre Hals über Kopf zu der Stelle gelaufen, um Julia zu helfen, und vielleicht hätte ich sogar den Mord an ihr verhindern können. Der Gedanke ist mir bisher überhaupt nicht gekommen.« Rasmussen schien aufrichtig verzweifelt, als er plötzlich erkannte, dass er tatsächlich Julias Lebensretter hätte sein können. Dass die Kommissarin ihn nun wieder oder immer noch verdächtigte, trug nicht gerade zur Verbesserung seiner Laune bei.

»Vielleicht ging alles ganz schnell. Vielleicht kam ein anderes Clubmitglied, von dem sie sich Hilfe erhoffte«, beruhigte ihn die Kommissarin, für die Rasmussen nach wie vor nicht als Hauptverdächtiger galt, doch es war ihre Pflicht, alle Möglichkeiten in Erwägung zu ziehen.

Der Arzt atmete auf, als Theresa Rosenthal den Druck ein wenig von ihm nahm. Sie bohrte aber noch etwas weiter, weil sie spürte, dass sie sich auf dem richtigen Weg befand.

»Frau Buenlago stand Ihnen doch recht nah. War sie der Typ, der laut aufheulte oder eher eine, die die Zähne zusammenbiss?«

»Sie war der Typ, der einmal laut ›Scheiße‹ brüllte, vielleicht auch dreimal, je nachdem, wie weh es ihr getan hat.«

»Vielen Dank. Ich versuche mir immer wieder vorzustellen, was in den letzten Minuten vor dem Mord geschehen ist«, erklärte die Kommissarin.

»Ich verstehe.« Rasmussen schwieg, bis er merkte, dass die Kommissarin ihn aufmerksam musterte. »Tut mir leid, ich bin heute nicht in guter Verfassung, und was Sie mir eben gesagt haben, deprimiert mich zusätzlich. Ich werde jetzt gehen. Wenn ich darf«, fügte er hinzu.

»Selbstverständlich, Herr Dr. Rasmussen, Sie sind hier nicht in einem offiziellen Verhör.«

Er schien noch etwas auf dem Herzen zu haben. Unentschlossen trat er von einem Bein auf das andere. Die Kommissarin ermunterte ihn, sich zu äußern.

»Die Sache mit dem Ball hat mir zu denken gegeben«, meinte Rasmussen zögerlich.

»Woher wissen Sie davon?«, wollte Theresa Rosenthal wissen.

»Ist so ein Gerücht, das im Club umgeht. Stimmt es denn nicht?«

»Doch, doch«, gab die Kommissarin zu, weil sie hoffte, irgendeine hilfreiche Erklärung von Rasmussen zu bekommen. »Fällt Ihnen irgendetwas dazu ein?«

»Rein gefühlsmäßig – ich denke, das tut doch nur jemand, der einen Hass auf diesen Sport hat. Für mich sieht das so aus wie – ich versuch es zu verbalisieren: ›Erstick doch an deinem Scheißsport‹ oder so ähnlich.«

Theresa Rosenthal musste zugeben, dass Rasmussen da einen richtigen Gedanken formulierte, obwohl der ihre eigene Theorie vom angeheuerten Killer nicht unterstützte. Wenn Rasmussen recht hatte, dann war sie dem Mörder nicht wirklich auf den Fersen. Sie hasste dieses unbestimmte Gefühl, irgendetwas bei ihren Untersuchungen übersehen zu haben, und beschloss, noch einmal in Julia Buenlagos Haus zu gehen.

»Vielen Dank, Dr. Rasmussen, vielleicht haben Sie mir geholfen. – Viel Spaß bei dem Wettspiel morgen«, verabschiedete sie sich von ihm.

»Und Sie wollen wirklich nicht mein Angebot annehmen?«, fragte Rasmussen.

»Welches Angebot? – Ach so, nein, das mache ich mit Padraig, der ist sonst beleidigt.«

»Ist nicht mein Tag heute«, sagte Rasmussen ehrlich enttäuscht.

»Sie werden darüber hinwegkommen.«

»Heute auf jeden Fall nicht mehr. Ist so einer von diesen Tagen. Ich wäre besser heute Morgen gar nicht erst aufgestanden.«

Rasmussen war wirklich schlecht drauf, doch darum sollte sich seine Ehefrau kümmern, dachte die Kommissarin. Sie selbst konnte es plötzlich kaum erwarten, in die Wohnung der Ermordeten zu kommen.

28. KAPITEL

Die Kommissarin telefonierte mit Frau Kresse, der Haushälterin, die sich nach wie vor um alles im Haus der ermordeten Julia Buenlago kümmerte. Irgendetwas trieb Theresa Rosenthal in die Räume der Verstorbenen, und entsprechend dringend machte sie es. Die Haushälterin war bereit, sie sofort zu empfangen. Direkt vom Golfplatz aus fuhr Theresa zu dem Buenlago-Haus, das unbewohnt wirkte. Die Kinder waren in den Tagen ihres Deutschlandaufenthalts bei den Großeltern eingezogen. Die Jalousien waren heruntergefahren, die Fenster, auch in den oberen Stockwerken, geschlossen. Die Türklingel dröhnte durch das unbewohnte Gebäude, vielleicht bildete Theresa sich das nur ein, aber schließlich hatte auch ein Haus eine Seele, und die war mit dem Mord an der Besitzerin zutiefst verletzt worden.

Es bestätigte sich nicht der Eindruck des ersten Besuches, als die Kommissarin von den mit Licht durchfluteten Räumen hingerissen war. In der unteren Etage herrschte Dunkelheit, und erst als die Haushälterin zwei der Jalousien hochfuhr, wirkte erneut der Charme, dem Theresa beim ersten Mal erlegen war. Die Haushälterin hatte nicht tatenlos bleiben wollen, und man sah, dass sie jeden Winkel des Hauses geputzt, jeden Fussel weggesaugt hatte. Zeitschriften, Bücher – alles lag auf Kante geordnet, und Theresa war versucht, die Schubladen aufzuziehen, um zu prüfen, ob sich blitzblank geputztes Silber darin finden würde. Sie bat Frau Kresse, die oberen Räume, vor allem das Schlafzimmer von Frau Buenlago, erneut sichten zu dürfen. Von einem breiten, lang gezogenen Flur gingen dort die Schlafzimmer ab. Die Hausherrin hatte für sich das größte reserviert. In dem ungefähr 40 Quadratmeter großen Raum waren auf der einen Seite schräge Wände, mit eingelassenen Dachfenstern, auf der anderen Seite Glastüren, die auf eine Terrasse hinausgingen. Vom Bett aus schaute man ins Grüne. Das Badezimmer war nicht durch eine Tür abgetrennt, sondern halb offen, nur mit einer milchigen Glaswand vom Schlaftrakt separiert. Der gesamte Raum hatte eine Höhe von fünf oder sechs Metern, weil er bis in die Dachspitze geöffnet war. An der dem Badezimmer gegenüberliegenden Seite stand ein bequem aussehendes Boxspringbett in einer Breite, die einer Einzelperson jede Möglichkeit gab, sich auszustrecken. Zur Not konnte man es auch zu zweit benutzen. Das entsprach in etwa dem Liebesleben der Bewohnerin dieses Schlafgemachs. Die Kommissare hatten die Haushälterin, die Eltern, engere Freunde, vorsichtig auch die Kinder befragt. Alle bestätigten, dass Julia Buenlago in den letzten Jahren die eine oder andere Beziehung hatte, ebenso waren sich alle einig, dass es sich immer eher um flüchtige Affären handelte. Soweit die betreffenden Herren mit Namen bekannt waren, hatten die Kommissare sie aufgetrieben und Alibis überprüft. Die waren alle okay. Die Haushälterin erinnerte sich nur an zwei Männer, die Frau Buenlago in das eigene Schlafzimmer gelassen hatte. Die anderen Herren hatte sie in Hotels, Ferienhäusern oder in deren Wohnungen getroffen.

Die Kommissarin ging unschlüssig in dem großzügigen Raum herum, zog die Schiebetüren der Schränke auf, warf einen Blick in das Bad und bat die Haushälterin, aus einer

Art Unentschlossenheit heraus, die Terrassentür zu öffnen. Sie wollte hinaustreten, wie es die Verstorbene vielleicht an einem frühlingshaften Morgen getan hatte, vielleicht sogar an ihrem letzten Morgen, der ein verregneter gewesen war. Sie wollte einfach ein Gefühl bekommen für die Frau, die hier so viele Jahre gelebt hatte, und hoffte, sich dadurch dem Mysterium ihres Todes zu nähern. Theresa Rosenthal stand auf der Terrasse, blickte hinunter in den Garten, der hauptsächlich aus einer Rasenfläche bestand, die umgeben war von ein paar alten Bäumen und hohen Rhododendren, die gerade anfingen in zartrosa und hell-lila zu blühen. Im vorderen Teil des Gartens stand eine ungefähr vier Meter hohe Bronzeskulptur des englischen Künstlers Barry Flanagan, ein Hase, der in einer kunstvollen Tanzposition posierte. Beim Anblick dieses Werkes ging ein Lächeln über Theresa Rosenthals Gesicht. Sie kannte den Künstler genau und besaß selbst die weniger als halb so große Skulptur eines mit den Vorderpfoten boxenden Hasen. So wie die Kommissarin in diesem Augenblick über den eleganten Tänzer schmunzelte, mochte die einstige Besitzerin stillvergnügt auf ihn geschaut haben, um sich lächelnd, und die Welt nicht ganz ernst nehmend, auf den Tag vorzubereiten. Theresa spürte nicht zum ersten Mal in der Zeit, seit sie den Fall Buenlago übernommen hatte, eine Seelenverwandtschaft zu der ermordeten Frau. Sie ging auf ihrer Spurensuche zurück in den Raum, um ihr Verständnis für dieses Leben zu vertiefen, das irgendein Mensch aus Hass, Gier oder Rache vernichtete. Neben dem Bett stand ein kleines Bücherregal, in dem die Hausherrin den aktuellen Lesestoff und das ein oder andere Nachschlagewerk oder ein ihr sonst ans Herz gewachsenes Buch unterbrachte. Die Kommissarin erinnerte sich, dass sie bei ihrem ersten Besuch ein Buch von Uwe Johnson auf dem Boden, neben dem Bett liegend, gefunden hatte. Ein Lesezeichen steckte nicht darin. Sie hob das Buch damals auf und blätterte darin. Als sie jetzt in dem Regal nach dem Buch suchte, sah sie, dass es zu einem vierbändigen Werk von Johnson gehörte: »Jahrestage. Aus dem Leben von Gesine Cresspahl«. Johnson war ein Schriftsteller, den Theresa Rosenthal zwar kannte, selbst hatte sie aber nie etwas von ihm gelesen. Es wunderte sie in diesem Moment, in dem sie sich Julia Buenlago so nah fühlte, dass die Seelenverwandte sich durch das Werk von fast 2.000 Seiten durchgearbeitet haben sollte. Sie suchte bei Google nach Uwe Johnson und fand, dass es sich bei den »Jahrestagen« um sein Hauptwerk handelte. Dem Kritiker Joachim Kaiser zufolge, formulierte der Schriftsteller darin die tröstliche Utopie, dass auch die rücksichtsloseste Diktatur nicht die Seelen ihrer Opfer zu beherrschen vermag. Es ging bei der Kommissarin das berühmte Alarmglöckchen los. Sie erinnerte sich nicht mehr, welcher der Bände bei ihrem ersten Besuch auf dem Boden gelegen hatte, also nahm sie alle vier aus dem Regal, setzte sich damit auf das Bett und fing an hier und dort zu blättern und ein paar Zeilen des Textes zu lesen. Die Haushälterin schickte sie weg mit der Bemerkung, dass sie einige Zeit brauchen werde. Auf deren erstaunten Blick hin lächelte sie und sagte: »Keine Angst – ich werde heute nicht das gesamte Werk durchlesen. Wissen Sie, woher Frau Buenlago diese Bücher hatte?«

Frau Kresse schüttelte den Kopf. »Keine Ahnung.«

»Können Sie sich erinnern, seit wann die hier stehen?«

Das verneinte die Haushälterin ebenfalls. Es wunderte die Kommissarin nicht, dass eine Frau, die für die Reinigung und Ordnung der Räume zuständig war, nicht unbedingt das Auftauchen und Verschwinden von Büchern bemerkte. Theresa Rosenthal nahm Band eins zur Hand, schaute vorn auf die ersten Seiten, fand keine Widmung oder irgendeinen Hinweis, dass das Buch geschenkt oder empfohlen worden war. Auch auf der letzten Seite, die sie vorsichtshalber prüfte, gab es keine handschriftlichen Vermerke oder Hinweise. Vielleicht hatte Julia Buenlago sich das umfangreiche Werk tatsächlich selbst gekauft. Vielleicht war sie durch eine Empfehlung oder Rezension darauf gestoßen, hatte nur bisher nicht die Zeit gefunden, mit dem Lesen zu beginnen. Alle vier Bände sahen unberührt aus, mit Ausnahme des letzten, der hatte, bei genauer Betrachtung, leichte Gebrauchsspuren. Das machte die Kommissarin neugierig. Sie nahm sich diesen Band gründlicher vor und entdeckte, dass die Kanten im hintersten Teil an einer Stelle im Schnitt nicht mehr glatt waren. Dort blätterte sie vor und zurück. Plötzlich machte ihr Herz fast einen Aussetzer, obwohl sie gar nicht wusste, ob der Fund einen Fortschritt in der Lösung ihres Falles bedeutete. Auf Seite 1.891 war folgender Satz angestrichen:

»Beim Gehen an der See gerieten wir ins Wasser. Rasselnde Kiesel um die Knöchel. Wir hielten einander an den Händen: ein Kind; ein Mann unterwegs an den Ort wo die Toten sind; und sie, das Kind das ich war.«

Und daneben stand in kleinen Lettern handschriftlich vermerkt: »Das ist die Nähe, die ich zu Dir spüre. D.« Und dieses »D«, kam der Kommissarin nur allzu bekannt vor. Genau so schrieb Katja Wirtz den Buchstaben »D«. Senkrechtstrich mit einem kleinen Kringel unten, der über den Bauch wieder nach oben führte. Katja Wirtz also hatte dieses Werk gelesen und in Zusammenhang mit irgendetwas in ihrer Beziehung zu Julia Buenlago gebracht. Sie hatte versucht, mit diesem Geschenk eine Vertrautheit, zumindest eine Verbindung zu der Verehrten herzustellen. Bei über 2.000 Seiten konnte sie nicht erwarten, dass die Beschenkte in Kürze auf die von ihr angestrichene Stelle stieß. Es war natürlich möglich, dass sie den Hinweis mündlich gegeben hatte, aber Theresa bezweifelte das. So etwas sagte man nicht mal schnell bei einer Golfrunde oder auf dem Parkplatz. Also gab es wahrscheinlich irgendwo einen Brief, eine Erklärung von Katja Wirtz, und die Kommissarin hoffte inständig, dass sie dieses Schriftstück finden würde. Vielleicht hatte sie es bei der ersten Durchsuchung übersehen, oder es erschien ihr bedeutungslos. Auf dem Schreibtisch und im Papierkorb, der daneben stand, hatte sie keinen Brief gefunden, der wie ein Hinweis auf ein Buch klang, daran erinnerte sich Theresa Rosenthal genau. Sie spielte zwei Möglichkeiten durch: Entweder der Brief war per Post gekommen und auf dem Schreibtisch gelandet und von dort im Papierkorb oder sonst irgendwo. Oder Katja Wirtz hatte ihn der Freundin in die Hand gedrückt. Dann steckte man ihn wahrscheinlich in eine Handtasche oder Mantel-, vielleicht auch Jackentasche. Ein Handtaschentyp war die Buenlago eher nicht gewesen. Es standen drei größere Taschen im Schrank, die eher unbenutzt aussahen. Die Durchsuchung ergab nichts.

Die Kommissarin ging hinunter zu der Haushälterin, um sich nach der Kleidung von Frau Buenlago zu erkundigen.

»Können Sie sich erinnern, was Frau Buenlago in letzter Zeit getragen hat – Mäntel, Jacken?«

»Die Jacken und Kleider sind alle im Schlafzimmerschrank«, sagte Frau Kresse. »Im Keller gibt es eine Garderobe, in der die Mäntel und Regenjacken hängen. Ich kann Sie hinunterführen.«

Der Keller sah genauso gepflegt aus wie der Rest des Hauses, der Boden mit grauen Platten gefliest, weiße Wände und große Einbauschränke mit Jalousientüren, von denen Frau Kresse eine öffnete.

»Was hatte Frau Buenlago denn in letzter Zeit an?«, wollte die Kommissarin wissen.

»Ich muss überlegen, auf jeden Fall diesen beigen Trenchcoat hier, den roten hin und wieder und manchmal diese Barbourjacke.«

Die Durchsuchung brachte außer ein paar Golftees, einem Golfball, einem Fünfeuroschein und mehreren Münzen nichts zutage.

»Die blaue Jacke hier trug sie öfter«, half die Haushälterin und zog einen aus dickem Tuchstoff gearbeiteten Blazer aus dem Schrank. Aus der einen Tasche schaute die Ecke eines weißen Papiers hervor. Aufregung ergriff die Kommissarin, so wie es wahrscheinlich Schatzsuchern erging, wenn sie am Meeresboden etwas glitzern sahen. Hastig zog sie an dem Blatt Papier und entfaltete es. Tatsächlich handelte es sich bei dem Schriftstück um einen Brief, adressiert an die »Liebe Julia«. Als Nächstes zielte der Blick der Kommissarin auf die Unterschrift. »Deine Dorothee«.

Bingo, dachte Theresa und jauchzte innerlich. Sie beglückwünschte sich zu ihrer Spürnase. Genau das machte den Beruf aufregend, dieses sich Hineinversetzen in andere Menschen, deren Gedanken zu folgen und wie ein guter Schachspieler ihre nächsten Züge vorauszuahnen.

Und was bot dieser Beruf ihr an menschlichen Irrungen und Wirrungen. Eine Frau, die Uwe Johnson las, der nun wirklich nicht gerade zu der Kategorie Unterhaltungslektüre zählte, und ein Mann wie Willi Wirtz, dessen Lesekultur wahrscheinlich auf die Sportnachrichten der Bild-Zeitung beschränkt blieb. Wie passte das nur zusammen? Die Welt war voller Wunder und die Menschen voller Überraschungen. Wie war das mit der Theorie: Je länger Paare miteinander lebten, desto weniger wussten sie voneinander. Was wusste Willi Wirtz über seine Frau Katja, ein fremdes Wesen, das er jahrelang kontrolliert hatte, ein Wesen, das insgeheim seine eigenen Wege gegangen war. Den Eindruck gewann ein Außenstehender.

Der Brief enthielt genau das, was die Kommissarin vermutet hatte: den Hinweis auf die angestrichene Stelle im Buch.

»Liebe Julia, 2.000 Seiten sind eine Zumutung, wirst Du sicher denken. Vielleicht hast Du irgendwann Zeit, Dich auf Johnson einzulassen, Du wirst auf so unglaubliche Sätze wie diesen stoßen: ›Dann gingen wir Hand in Hand auf der abfallenden Straße dem Riverside Park entgegen, und ich dachte zu leben genüge.‹ (Seite 1.882) Das habe ich zu lange gedacht. Johnsons Idee, dass auch der größte Tyrann nicht die Seelen seiner Opfer beherrschen kann, hat mich getröstet. Es ist vielleicht nicht viel, was nach 25 Jahren Ehe mit Willi von meiner Seele übrig geblieben ist, mit Deiner Fürsorge hast Du diesem bisschen neue Kraft gegeben und ich habe durch Dich die Fähigkeit zu lieben neu in mir entdeckt.

Deine D.«

Sie hat sich in sie verliebt, dachte die Kommissarin, mehr noch, Katja Wirtz, diese große, ein wenig grobschlächtige

Ärztin, hat ihre zarte Seele, hat ihr Herz an eine Frau verloren, sie hat Julia Buenlago tief geliebt.

29. KAPITEL

Am Sonntagmorgen gegen acht Uhr klingelte im Haus der Familie Wirtz das Telefon. An Katjas Ohr drang der Ton wie aus weiter Ferne. Sie hatte nachts ein starkes Schlafmittel geschluckt, das noch nachwirkte. Die alte Disziplin aus ihren ärztlichen Notdienstzeiten funktionierte aber: Ihr Arm ging automatisch zu dem auf dem Nachttisch stehenden Apparat. Ihre Kraft reichte nur gerade für ein genuscheltes »Ja?«.

Es kam keine Antwort. Sie meinte, ein Atmen zu hören, danach ein Knacken in der Leitung – das war's.

»Aufgelegt«, stöhnte sie und versuchte die Zeigerstellung auf ihrer Armbanduhr zu entschlüsseln. »Was für ein Idiot ruft hier an einem Sonntag um acht Uhr an?«

Von der Seite ihres Mannes kam als Antwort ein Schnarchen, das in der Lautstärke variierte, aber beständig zwischen den Wänden des Schlafzimmers dröhnte. Wahrscheinlich hatte Willi wieder zu viel getrunken, dann sägte er in der Nacht mehrere Hektar westdeutscher Waldgebiete weg. Er war von dem Klingeln nicht aufgewacht. Sie widerstand nur mühsam dem Impuls, ihren Mann mit einem kräftigen Tritt unsanft aus seinem Alkoholkoma in den Tag hinein zu befördern. Wieso nur hatte sie sich darauf eingelassen, den heutigen Ehepaarvierer mit ihm zusammen zu spielen? Den unerfreulichen Ausgang kannte sie doch. Sie waren in den letzten zehn Jahren nicht ein einziges Mal friedlich über die Runde gekommen und der heutige Tag versprach keine positive Überraschung. Wie sie diesen Sport hasste! Lächerlich, die Bedeutung eines winzigen Balls im Leben eines Menschen. Sie hatte das Gefühl, ein Versager zu sein, weil sie nicht in der Lage war, diesem bescheuerten Ball eine vernünftige Flugbahn zu geben. Willi hatte ihr den Spaß am Golfspiel gründlich verdorben, vom ersten Tag an. Wenn sie am Abschlag stand, konnte sie physisch spüren, wie sein kritischer Blick sich in ihren Rücken bohrte, sein abfälliges Lächeln, wenn sie den Ball nicht traf, gefolgt von einer zynischen Bemerkung. Sie hatte immer das Gefühl, dass er sich heimlich freute, wenn ihr ein Schlag nicht gelang.

»Ist doch klar«, hatte Julia sie getröstet. »Dein Mann ist ein Loser, er hat dir gegenüber Minderwertigkeitskomplexe. Du hast studiert, du bist eine erfolgreiche Ärztin. Er versucht, dich kleinzumachen, wo er nur kann. Und warum? Damit er selbst sich ein bisschen größer fühlt.«

Sie hatte recht gehabt. Willis Vater hatte als einfacher Maurermeister angefangen, hatte sich dumm und dämlich geschuftet, um eines Tages einen eigenen Betrieb zu gründen. Das war ihm gelungen. Zusammen mit seiner Frau schaffte er es, eine kleine Baufirma aufzuziehen. In der Familie ging es immer nur ums Geld. Für die Erziehung des Sohnes blieb wenig Zeit. Statt Liebe erhielt Willi große Geschenke und cash auf die Hand. Nach der Volksschule musste er direkt in die Lehre und danach in den Betrieb, den er mit einigem Geschick vergrößert hatte. Für Bildung und Kultur war in seiner Familie nie Platz gewesen. Diesen Mangel überspielte ihr Mann mit seiner Großkotzigkeit und seiner Angeberei. Durch irgendwelche Beziehungen war es ihm gelungen, die Mitgliedschaft für den Golfclub zu bekommen, in den er gar nicht hineinpasste. Er strampelte sich ab, schmiss mit Geld um sich, lud die Leute ein, die seine Drinks akzeptierten, ihn deshalb aber noch lange nicht anerkannten. Er investierte ein wahnsinniges Geld in Golfstunden, stand jeden zweiten Tag beim Pro auf der Matte, in der Hoffnung, sich Respekt durch sein einstelliges Handicap zu erwerben. Vielleicht störte ihn deshalb das miese Spiel seiner Ehefrau. Als ob man sich einen gesellschaftlichen Status erringt, indem man einen Ball halbwegs gerade und lang ein Fairway hinunter schlägt. Mit seinem Ehrgeiz hatte er Katja die Freude am Spiel auf jeden Fall gründlich verdorben.

In Julias Truppe hätte sie gern mitgemacht. Da wurde mindestens so viel gelacht wie gefighted. Katja hatte deshalb sogar Ehrgeiz entwickelt. Sie quälte sich auf der Driving Range, ging wöchentlich einmal zu Padraig, und ihr Fleiß hatte zu kleinen Erfolgen geführt. Die würde ihr Mann auf der heutigen Runde gründlich zerstören, da war sie sich sicher.

Zusammen mit Julia könnte das heute ein schöner Golftag werden: ein Lob von ihr, eine kleine Aufmunterung, ein hilfreicher Tipp, so bekäme Katja vielleicht Spaß an diesem Spiel. Julia, mit wem würde sie heute spielen? Rasmussen, Spethmann – es gab einige Männer, die sich um sie rissen. Kein Wunder, denn Julia besaß alles: Witz, Charme, Charisma. Katja Wirtz stockte in ihrem Gedankenfluss. Würde Julia heute kommen? Sie war so unberechenbar. Vielleicht sagte sie kurzfristig ab. Ohne sie wäre es nur ein blöder Golftag mit Willi. Die Hoffnung, Julia beim Abendessen zu sehen, veränderte alles. Quatsch, Katja schüttelte ihren Kopf vorsichtig, um wach zu werden und sich der Erkenntnis zu stellen, dass es keine Julia Buenlago mehr gab auf dieser Welt.

Katja Wirtz hatte sich nicht erkundigt, mit welchen Partnern sie an diesem Sonntag über die Runde gehen würden. Es war ihr egal, selbst wenn es Solveig sein sollte, die derzeitige Geliebte ihres Mannes, mit der er dann flirtete, ganz ungeniert, sie kannte das. Während sie ihren unerfreulichen Gedanken nachhing, klingelte das Telefon erneut. Diesmal wartete Katja das zweite Signal gar nicht erst ab, sondern riss den Hörer sofort von der Station. Sie meldete sich mit einem wütenden »Wirtz«. Auf der anderen Seite wurde nicht sofort eingehängt. Sie hörte ein deutliches Atmen, nach einigen Sekunden ein Knacken.

»Willi, verdammt noch mal«, platzte ihr nun der Kragen. »Wach endlich auf!« Sie brüllte so laut, dass ihr Ehemann sich zumindest regte. Sie schüttelte seinen Arm. »Irgendjemand will dich sprechen. Ich bin es leid, jedes Mal, wenn ich den Hörer abnehme, wird auf der anderen Seite aufgelegt. Vielleicht eine deiner Geliebten.«

Zornentbrannt verließ Katja das Bett, schwankte ein wenig durch das abrupte Aufstehen. Der Kreislauf machte ein paar Kapriolen nach der Einnahme der Schlafmittel, sie kannte das, hielt sich mit einer Hand an einem Stuhl fest, bis sich ihr Zustand stabilisierte. Erst dann ging sie vorsichtig in Richtung Badezimmer.

»Was soll denn der Scheiß«, meckerte ihr Mann. »Wieso weckst du mich?«

»Warum wecken mich deine blöden Schnepfen und legen wieder auf, geh selbst dran«, schimpfte Katja Wirtz und knallte die Badezimmertür zu. Das dritte Klingeln hörte sie gerade noch. Sie ließ das Wasser im Waschbecken laufen, um das Gespräch im Schlafzimmer nicht hören zu müssen.

Wirtz war ziemlich benommen, rollte sich aber trotzdem hinüber auf die Seite seiner Frau, wo der Telefonapparat stand.

Er bekam mühsam ein »Hallo« heraus.

»Herr Wirtz?« Als er die Stimme am anderen Ende hörte, war Willi Wirtz plötzlich hellwach. Er wusste sofort, wer ihn in der frühen Morgenstunde störte, ohne dass ein Name genannt wurde. Er kannte den russischen Akzent.

»Herr Wirtz, es tut mir leid, dass ich Sie so früh stören muss, ich habe kürzlich Besuch bekommen, unerfreulichen Besuch.«

Die Höflichkeit des Russen machte ihn wahnsinnig. Wirtz überkam eine unbändige Lust, dem Mann in die Visage zu schlagen. Abgesehen davon, dass der russische Geschäftspartner wahrscheinlich ein paar Hundert Kilometer entfernt saß, wusste Wirtz seine Lage einzuschätzen. Er würde in diesem Fall den Kürzeren ziehen, also riss er sich zusammen und versuchte interessiert zu klingen.

»Besuch? Worum geht es?«

»Ich bitte Sie, Herr Wirtz, Sie wissen, worum es geht. Bei Ihnen im Umfeld scheint es Leute zu geben, die merkwürdige Geschichten erzählen.« Der Russe war vorsichtig, wahrscheinlich fürchtete er, dass mitgehört wurde. »Es wäre besser für Sie, wenn Sie ein wenig auf Ihren Umgang achteten. Wir möchten doch nicht, dass Sie Probleme bekommen. Unannehmlichkeiten, Sie wissen schon.«

Wirtz wusste gar nichts, verstand allerdings die Drohung. Angst fuhr ihm eiskalt durch die Glieder. Er wünschte, dass er tatsächlich besser auf seinen Umgang geachtet hätte. Diese Russen waren nicht die Art von Geschäftspartnern, mit denen man sich einlassen sollte. Die Erkenntnis kam zu spät, die Reue ebenfalls. Am liebsten hätte er den Hörer einfach auf die Station geknallt, nur traute er sich nicht, wusste auch nicht, was er antworten sollte, wie reagieren. Schließlich stotterte er ein paar halbe Sätze heraus, die beschwichtigen sollten, doch eher stümperhaft wirkten.

»Unsere Geschäfte wickeln wir immer mit Zuverlässigkeit ab«, hörte er den Russen sagen. Die Worte drangen wie durch eine Wattewand an sein Ohr, als ob die Panik seine Sinne trübte. »Mit größter Zuverlässigkeit und die erwarten wir auch von unseren Partnern.«

»Selbstverständlich«, stotterte Wirtz. »Auf mich ist Verlass«, fügte er devot hinzu.

»Das haben wir uns gedacht«, sagte der Russe nun fast freundlich. »Ich wünsche Ihnen einen schönen Sonntag, Herr Wirtz.«

Das Gespräch war beendet. Wirtz sackte zurück in sein Kissen, schwitzend, eine plötzliche Übelkeit überkam ihn. Er hatte keine Ahnung, wie er diesen Tag überstehen sollte, Golf spielend und die Heiterkeit vortäuschend, die seine Partner von ihm erwarteten – der lustige Willi. Scheiß drauf! Ihm war nicht nach Scherzen zumute.

Als Katja Wirtz aus dem Bad kam, würdigte sie ihren elend in seinem Bett liegenden Ehemann keines Blickes. Schweigend ging sie durch das Schlafzimmer hinüber zu ihren Schränken, kleidete sich wortlos an und verschwand in der Küche. Sie richtete ein Frühstück nur für sich selbst her und nahm es allein in der Veranda ein. Für den Rest des Morgens wechselte das Ehepaar kein Wort miteinander. Ohne ihrem Mann Bescheid zu geben, verließ Katja Wirtz das Haus und fuhr mit ihrem eigenen Wagen in den Golfclub.

30. KAPITEL

Rasmussen hatte die Nacht zum Sonntag kaum ein Auge zu getan. Erst in den frühen Morgenstunden war er in einen unruhigen Schlaf gefallen. Als er gegen neun Uhr erwachte, fühlte er sich alles andere als erquickt. Irgendwelche beklemmenden Träume, an die er sich nicht genau erinnerte, hatten ihn gequält. Er schlief nicht mehr gut seit den Ereignissen im Golfclub. Mit Julia Buenlagos Tod war eine Tür in seinem Leben zugefallen. Auch wenn sie ihn gar nicht gewollt hatte, so war ihre Existenz eine Hoffnung gewesen, eine Möglichkeit, eine Verheißung, dass es eine andere Art von Leben geben könnte. Sie hatte ihn abblitzen lassen, aber er hatte nicht ernsthaft gekämpft, er war ein Feigling, der sich vor Veränderungen im Leben fürchtete. Vielleicht hätte er Julia mit mutigem Einsatz erobern können. Stattdessen hatte er nur so halbherzig um sie geworben. Ein bitteres Lachen entschlüpfte ihm. Halbherzigkeit – wie musste das auf eine Frau wie Julia gewirkt haben, eine Frau, die man nur mit

Kühnheit und hoch zu Ross eroberte. Nun war mit ihrem Tod die Chance verpasst. Lustlos erhob er sich, saß entschlusslos auf der Bettkante und merkte, wie wenig er sich auf diesen heutigen Golftag freute, eine Runde mit einer Frau, die ohne Enthusiasmus in dieses Spiel hineinging. Leidenschaftslos – genau wie die letzten 20 Jahre ihrer Ehe. Das Ehebett teilten sie weiterhin. »Was bleibt denn sonst?« Diesen Satz hatte er sie sagen hören, als er getrennte Schlafzimmer vorschlug. Wenn es sonst nichts gab als das lustlose Nebeneinanderliegen in einem Ehebett, konnten sie sich diese Farce sparen: zwei sich unruhig wälzende alte Menschen, die dreimal in der Nacht zur Toilette gingen; Licht anknipsten, um auf die Uhr zu schauen; ein paar Zeilen lasen, bis der andere sich über die Helligkeit beschwerte; von Schnarchgeräuschen und Restless Legs gar nicht zu reden. Rasmussen machte einen Versuch, sich auf die Beine zu stellen. Seit ein, zwei Jahren waren die etwas steif am Morgen, doch nach ein paar Schritten verlor sich das Gefühl und er kam gut in die Gänge – noch.

Julia, dachte er und war plötzlich verstört, weil er nicht wusste, ob er den Namen laut ausgesprochen hatte. Erschrocken schaute er sich um zu seiner Frau, die reglos unter der Decke lag und zu schlafen schien.

»Julia«, wiederholte er lautlos und fast trotzig. »Ich würde heute gern mit dir spielen und deine ironischen Bemerkungen hören und dein Lachen, besonders dein wunderbares Lachen, das steckte an. Eine besondere Frau und ich habe sie einfach so gehen lassen. Ich Arschloch!«

Sein Anblick im Badezimmerspiegel gab ihm keinen Anlass zur Freude. »Arschloch«, brummelte er erneut, unzufrieden mit sich und der Welt. Während er sich rasierte, wiederholte er das Wort mehrfach und spürte, dass die Selbstbeschimpfung guttat. Sie gab ihm immerhin genügend Antrieb, um seine Frau mit halbwegs fröhlicher Stimme zu wecken. Irgendwie musste er über diesen Tag kommen und es hatte keinen Zweck, die Schuld an seiner Misere bei anderen zu suchen.

31. KAPITEL

An dem Sonntag, an dem der Clubvierer mittags starten sollte, ging die Kommissarin mit Padraig über den Platz. Sie gingen früh los. Es versprach ein schöner Tag zu werden, obwohl es frisch war, als sie den Trainer gegen zehn Uhr am Clubhaus traf. Theresa war schweigsam, wie so oft am Morgen, und sie versank immer wieder in Gedanken über die Neuigkeiten, die sie am Vortag erfahren hatte. Sie glaubte, dass die Lösung des Falles kurz bevorstand. Die Entdeckung im Haus der verstorbenen Julia Buenlago war ein Schritt nach vorn, den Mörder hatte sie dadurch nicht überführt. Sie wusste aus Erfahrung, dass dieses Gefühl, man sei der Aufklärung ganz nah, täuschen konnte.

Katja Wirtz hatte der Buenlago das Material in die Hände gespielt, das die Mittäterschaft ihres eigenen Ehemanns in einem riesigen Korruptionsskandal bewies. – Und kurz darauf wird Julia Buenlago ermordet. Was mochte in Katja Wirtz vorgegangen sein, als sie vom Tod der Geliebten erfuhr? Schuldgefühl? Ich würde mich zutiefst schuldig fühlen, dachte Theresa. Das würde den Zustand von Frau Wirtz erklären, ihre Verzweiflung, die sie offensichtlich mit Beruhigungs- oder Schlafmitteln aus ihrem Kopf verbannte. Und natürlich Hass auf den Ehemann, vielleicht verdächtigte sie ihn des Mordes. Theresa versuchte sich auszumalen, was in den letzten Tagen unter dem Dach der Familie Wirtz vorgegangen war.

»Kein Interesse mehr an dem Sport?«, hörte sie Padraig fragen.

»Wieso?«

»There is this tiny little thing behind you – it's called a golf ball«, spottete der Trainer.

Ihren Gedanken nachhängend war sie an dem Ball vorbeigelaufen. Auf ihre Bitte hin hatten sie sich für den Start an Loch fünf entschieden, um während der Unterrichtsstunde auf jeden Fall die Sechs zu passieren. Sie wollte das Gelände dort noch einmal aus der Perspektive eines Golfspielers sichten.

Langsam erwärmte die Sonne die anfangs kühle Frühlingsluft und Theresa bedauerte, dass sie in ihrem Können nicht weit genug war, um das heutige Turnier mitzuspielen. Zu der frühen Stunde war außer ihnen kaum jemand unterwegs und so konnten sie das Gelände sichten, ohne andere Golfer zu behindern.

»Also – what's up? Willst du den kleinen Ball da liegen lassen?«

»Ohne Ball geht es viel leichter«, konterte die Kommissarin.

»Right you are«, bestätigte Padraig. »Das Beste ist meist der Probeschwung, der sieht bei dir fast perfekt aus.«

»Aber wehe der Ball liegt da – dann setzt die Panik ein«, gestand sie. »Ich leide immer wie ein Hund, wenn er nur 20 Meter über den Boden rollt. Das ist so peinlich.«

»Ich bin wie dein Doktor – vor dem muss einem nichts peinlich sein. Guck den Ball gut an and hit it!«

Sie nahm das Holz sieben aus dem Bag und machte einen Probeschwung, an dem Padraig nur wenig auszusetzen hatte. Danach setzte sie den Schlägerkopf hinter dem Ball auf, versuchte ihren Körper in die richtige Ansprechposition zu bringen, und erst dann leitete sie die Drehung mit der linken Schulter ein. Trotz der sorgfältigen Vorbereitung traf sie den Ball nicht perfekt. Er stieg immerhin gerade gen Himmel, machte am Höhepunkt leider eine Kurve, einen sogenannten Slice, der ihn ins rechte Rough trug. Weil das Gras dort zehn Zentimeter höher stand als auf dem kurzgeschnittenen Fairway, kam man schwerer aus der Lage heraus. Manchmal war der Ball auch einfach verschwunden. Pech und Strafschläge für den Spieler.

»Try again!« Padraig legte ihr einen zweiten Ball auf den Rasen. »Du bist mit leicht geöffnetem Schlägerblatt an den Ball gekommen. Zieh richtig durch.«

Das tat sie, so gut, dass der nächste Ball ins linke Rough hineinschoss.

»Okay – jetzt einen für die Mitte«, grinste Padraig und legte einen weiteren Ball vor die Füße seiner Schülerin.

Tatsächlich landete er in der Mitte, hatte die geschätzte Flughöhe von einem Meter zu ihrem Entsetzen aber nicht überschritten.

»Du bist heute nicht bei der Sache«, kritisierte der Golfpro und sie gab ihm recht.

»Tatsächlich – ich bin zu sehr mit dem Mordfall beschäftigt«, gab Theresa zu. »Können Sie sich vorstellen, Padraig, dass der Mörder von außerhalb eingedrungen ist?«

Der Trainer ließ sich Zeit mit der Antwort. »Möglich ist das«, kam es zögerlich aus ihm heraus. »Nur müsste ein Eindringling sich sehr gut auskennen, um von der Straße aus auf das sechste Fairway vorzudringen. Da ist überall Wald und keine Wege, glaube ich. Ich bin von dort nie auf den Platz gekommen. Warum auch, es gibt einen offiziellen Eingang, da kann ich bequem mit dem Auto vorfahren«, sagte er lachend. »Wir sind gleich auf Loch sechs, da können Sie sich umschauen. Jetzt der Schlag zum Grün. Was schätzt du – wie weit bis zur Fahne?«

»30 Meter – ungefähr.«

»Okay – welcher Schläger?«

»Pitching wedge?«

»Allright – los geht's – vielleicht kein voller Schwung«, riet er seiner Schülerin.

Der Ball blieb circa fünf Meter neben der Fahne liegen.

»Gar nicht so schlecht – ein Putt, dann haben wir das Loch fünf gemeistert.«

Sie brauchte drei Putts. Der erste Versuch endete mindestens drei Meter hinter der Fahne.

»Gute Zwischenzeit«, kommentierte Padraig gnadenlos, als der Ball am Loch vorbeisauste.

Der Rückputt traf auch nicht, erst der dritte fiel.

»Das kann doch nicht sein«, schimpfte sie verzweifelt. »Da liege ich hier komfortabel und brauche drei Schläge für diese läppischen fünf Meter bis zum Loch!«

»Jetzt weißt du, warum das Spiel rund ums Grün gewonnen wird. Es lohnt sich, viel Zeit am Übungsgrün zu verbringen.«

Mittlerweile hatten sie den Damenabschlag des sechsten Lochs erreicht.

»Was ist da links?«, fragte sie den Trainer.

»Noch ein Stück von Loch acht und danach beginnt die Driving Range, links von den hohen Zäunen«, erklärte er. »Und hier auf der rechten Seite ist alles Autobahn, von da zu kommen, wäre sehr gefährlich.«

Die Kommissarin griff nach ihrem Holz fünf und ging auf die durch zwei rote Kugeln als Abschlag markierte Stelle.

»Loch sechs, ein 378 Meter langes Par 5, Grün ist links hinter der Kurve, im letzten Stück ziemlich ansteigend. Mit dem Bunker da rechts hast du nichts zu tun – da kommst du mit dem Holz fünf nicht hin, also, full swing and good luck!«, ermunterte Padraig seine Schülerin.

Diesmal schaltete Theresa ihre Gedanken an die Arbeit ab und konzentrierte sich nur auf den Schwung – mit Erfolg. Der Ball startete im idealen Winkel und flog hoch und gerade in Richtung Mitte Fairway.

»Wonderful – mehr ist doch gar nicht dabei – easy, oder?«

»Total einfach.« Theresa strahlte.

Auf dem Weg zum Ball hielten sie sich auf der rechten Fairwayseite.

»Die Autobahn läuft immer parallel zu Loch sechs«, sagte Padraig. »Die lassen uns nur diese 20 Meter Grünstreifen. Dahinter kommt der Bretterzaun, den Sie dort sehen, soll ein Lärmdämpfer sein, bringt nur wenig, wie Sie hören. Dabei ist es sonntagmorgens noch relativ ruhig. Direkt dahinter ist die Fahrbahn.«

»Sie haben recht«, erwiderte Theresa. »Von da kann keiner eindringen.« Die Kommissarin hatte von Anfang an nicht an den auswärtigen Täter geglaubt. Am Tatort hatte es keine Kampfspuren gegeben. Deshalb ging sie davon aus, dass Julia Buenlago ihren Mörder gekannt hatte. Als erfahrene Kriminalistin wusste sie, dass man durch frühe Festlegungen Dinge übersah und Fehler machte, also blieb der Eindringling weiterhin eine Möglichkeit, die sie im Hinterkopf behielt.

»Hundert Meter weiter biegt die Autobahn nach rechts weg, dahinter kommt ein Waldstück, das irgendwo an einer Landstraße enden müsste. Ich könnte schwören, dass von den Clubmitgliedern nie jemand weiter in diese Richtung vorgedrungen ist, zumindest nicht weiter, als ein Ball von der Bahn abkommt.«

Die Kommissarin machte einen weiteren Schlag und danach setzten sie den Weg fort, bis zu der Stelle, an der die tote Julia Buenlago gelegen hatte. Am Tatort steckte ein kleines hölzernes Kreuz in der Erde, ein Sträußchen bunter Frühlingsblumen lag daneben.

»Wissen Sie, wer das gemacht hat – die Blumen dort?«, wollte Theresa wissen.

Der Trainer schüttelte den Kopf. »No idea! Vorgestern war das noch nicht, gestern bin ich nicht auf der Runde gewesen.«

Das war die Geste eines Liebenden oder einer Liebenden. Die Kommissarin ahnte, wer in Frage kam. Sie gingen wieder auf die rechte Seite hinüber, zu dem Sandbunker, in dem Theresa ihren dritten Schlag versenkt hatte. Da sich der Ball tief in den von Tau getränkten Sand eingebohrt hatte, nahm sie ihn auf, um die Lage ein wenig zu verbessern.

»Damit hast du dir gerade zwei Strafschläge eingehandelt, Sweetheart!«, ermahnte Padraig sie. »Bis auf wenige

Ausnahmen muss der Ball gespielt werden, wie er liegt. Du hast dich selbst in die ungemütliche Lage gebracht, also hilf dir selbst wieder heraus.«

»Upps!«

»Ja, upps! Wir fangen gerade erst mit den Regeln an. Es gibt kaum ein Spiel, das ein so kompliziertes Regelwerk hat wie Golf. Bevor du die Platzreife von mir bekommst, musst du lernen – Rules und Etikette.«

»Hoffentlich werde ich nicht alt und grau, bis ich mein erstes Wettspiel mitmachen darf.«

»Keine Panik, du brauchst nur die Basics, but – believe me – Regeln sind nützlich, manchmal sind sie gegen dich, aber du kannst sie genauso oft zu deinem Vorteil verwenden«, erklärte ihr der Pro. »Denk darüber nach, was einem während des Spiels alles passieren kann. Jede Situation muss nach Regeln entschieden werden. Mir ist auf einer Runde in Irland etwas passiert …« Padraig schmunzelte stillvergnügt in sich hinein, bevor er weitererzählte. »Ich machte an einem Par-3-Loch einen feinen Abschlag. Der Ball landete auf dem Grün, vielleicht drei Meter von der Fahne entfernt. Auf dem Weg zum Grün sehe ich, wie sich eine Krähe herabstürzt und mit meinem Ball im Schnabel auf und davon fliegt.«

»Ich glaube es nicht!«, rief Theresa lachend. »Das klingt mir sehr nach Golferlatein.«

»Ich hatte einen Freund dabei, der es bezeugen kann«, protestierte Padraig.

»Und welche Regel galt dafür?«, fragte Theresa neugierig.

»Depends – je nachdem, ob der Vogel den Ball fallen lässt oder damit verschwindet. Ich bin brüllend hinter dem Viech her, worauf es den Ball vor Schreck droppte.

Ich habe ihn straflos weitergespielt. Wenn er weg gewesen wäre, hätte ich einen zweiten mit Strafschlag spielen müssen. Ich habe mir nicht die Mühe gegeben in St. Andrews nachzufragen«, fügte er grinsend hinzu.

»St. Andrews?« Theresa hob fragend ihre Augenbrauen.

»The Royal and Ancient Golf Club of St. Andrews – der war bis vor einiger Zeit für alle Regelfragen zuständig«, klärte Padraig sie auf. »Come on, jetzt dein Bunkerschlag. Im Hindernis darfst du den Schläger nicht aufsetzen, vor dem Schlag keinen Sand berühren, das macht die Sache etwas diffizil, just try!«

Nach drei Versuchen gab Theresa auf. Der Ball blieb im Sand hängen. Erst als Padraig ein paar Tipps gab, gelang es ihr, den Ball aus dem Hindernis herauszuschlagen. Langsam begriff Theresa, wie weit sie von einer Platzreife entfernt war. Auf dem sechsten Grün wollte sie wenigstens den Drei-Meter-Putt nah ans Loch heranbringen oder – wenn möglich – versenken. Während sie sich konzentrierte, hörte sie im Wald hinter sich ein Rascheln. Erschreckt blickte sie sich um.

»Nur ein Eichhörnchen«, beruhigte Padraig sie.

»Das muss ein großes Eichhörnchen gewesen sein«, spottete die Kommissarin und blickte angestrengt in die Richtung, aus der das Geräusch gekommen war. Zwischen den dicht stehenden Bäumen schimmerte etwas Blaues, und als sie ein paar Schritte auf den Waldrand zuging, hörte sie von dort ein verdächtiges Knacken, das gar nicht mehr nach Eichhörnchen klang. Sie rannte auf die Stelle zu und sah, wie ein junger Mann in einem blauen Hemd sich durch das Unterholz davonmachte.

»Halt!«, brüllte sie und hetzte hinter ihm her. Der Eindringling war schneller als sie. Er schlängelte sich geschickter an den herunterhängenden Zweigen vorbei. Sie hätte den Kürzeren gezogen, wenn er nicht über einen Baumstumpf gestolpert und daraufhin gestürzt wäre. Sie hörte, wie er laut »Scheiße!« rief, sich wieder aufrappelte und hinkend weiterfloh. Um schneller voran zu kommen, ließ er einen weißen Plastikbeutel fallen, aus dem jede Menge Golfbälle herauskullerten.

»Polizei – halten Sie verdammt noch mal an!«, rief sie keuchend.

Der Mann blieb tatsächlich stehen. Als er sich zu ihr umdrehte, erkannte die Kommissarin, dass es sich eher um einen Jugendlichen handelte, der vielleicht 14 oder 15 Jahre alt war, fast noch ein Kind, worauf sie den Jungen nun viel freundlicher fragte: »Was machst du hier? Das ist Privatgelände.«

»Ich sammele Bälle, das ist doch nicht verboten«, antwortete er trotzig.

Mittlerweile war Padraig eingetroffen, der in aller Gemütsruhe hinter Theresa hergeschlendert war und sich offensichtlich keine großen Sorgen wegen des Eindringlings machte.

»Der ist in Ordnung«, beruhigte der Trainer die Kommissarin. »Hier treiben sich immer mal ein paar Jungens rum, die verlorene Bälle einsammeln und sie an die Golfspieler zurückverkaufen. – Passt nur auf, dass euch nicht irgendwann ein Ball an den Kopf knallt«, wandte er sich an den Jugendlichen.

»Nein, ich passe immer auf«, antwortete der Junge, froh, dass er nicht mehr Ärger bekam, sammelte seine Bälle auf und versuchte, sich nun schnellstens zu verdrücken.

»Moment!«, rief die Kommissarin. »Wie kommst du denn auf das Golfplatzgelände?«

»Meist von da unten.« Er deutete mit dem Finger in die Richtung, die vom Platz wegführte.

»Was ist da – eine Straße?«

»Ja – kann ich jetzt gehen?«, fragte er, und als die Kommissarin zustimmend nickte, verdrückte er sich schnell durch ein Gebüsch und war nicht mehr zu sehen. Theresa blickte dem Jungen nachdenklich hinterher.

»Der Mörder hätte also theoretisch von hier kommen können«, überlegte sie, »macht nur wenig Sinn. Wie sollte er wissen, dass sie an dem Tag zu der Stunde hier allein vorbeikommt. Das ist mir zu abwegig.«

Den Rest der Runde widmete sie ganz dem Golfspiel.

32. KAPITEL

Als Theresa Rosenthal und Padraig gegen halb zwölf das Clubhaus erreichten, versammelten sich dort gerade die Spieler für ihr Sonntagsturnier. Einige hielten sich auf dem Übungsgrün auf und putteten, andere standen in Grüppchen beieinander, plauderten und lachten. Theresa grüßte hinüber zu denen, die sie kannte, und ließ sich mit Padraig an einem der Terrassentische nieder, um von dort aus das Startgeschehen zu beobachten.

Rasmussen tauchte mit seiner Frau auf und gab nur durch ein kurzes Kopfnicken zu erkennen, dass er die

Kommissarin registriert hatte. Mit der Ehefrau in der Nähe wurde der Flirt vorsichtshalber auf Eis gelegt.

»Feigling«, brummelte Theresa kaum hörbar und setzte den Arzt auf der nach oben offenen Sympathieskala mehrere Stufen herab.

Ingo Posch wedelte zum Gruß mit beiden Armen und schien nur aus guter Laune zu bestehen. Er deutete gestenreich an, dass er sich beeilen müsse, zum Abschlag zu kommen.

Dr. Spethmann kam aus dem Clubrestaurant und machte eine steife Verbeugung in ihre Richtung. Was für ein Stiesel, dachte sie, während ihr Blick hinüber zu Herrn und Frau Wirtz schwenkte, die ihre Golfwagen in Richtung Übungsgrün schoben, sie einige Schritte hinter ihrem Mann. Wirtz hatte den breit ausladenden Gang eines Herrn Wichtig, der mit seinem forschen Auftreten den Mangel an innerer Stärke verbarg. So gingen Bauarbeiter oder Matrosen. Über den Zustand von Katja Wirtz traute Theresa sich kein Urteil zu fällen, da die Ärztin verschlossen wirkte und nur einmal verstohlen und mit der Andeutung eines Grußes zu der Kommissarin hinüberblickte. Anders Maja Sonntag, die sofort zur Terrasse stürmte, sobald sie die Kommissarin entdeckte.

»Frau Rosenthal, ich habe gehört, dass Sie der aufgehende Stern am Golfhimmel sind – herzlich willkommen«, grüßte sie überschwänglich. »Wir freuen uns über Verstärkung. Sie haben Talent, hört man.«

»Padraig hat so etwas erwähnt, wahrscheinlich wollte er mich nicht gleich demotivieren«, antwortete Theresa mit einem dankbaren Blick hinüber zu dem neben ihr sitzenden Pro. Sie merkte, wie sehr das Kompliment sie freute.

»Padraig ist nicht gerade als Schmeichler bekannt«, mischte sich nun lächelnd Frau Seidel ein, die hinter Maja Sonntag aufgelaufen war, um schnell Guten Tag zu sagen.

»Ich muss los, ich starte an Loch sechs«, rief sie. »Der Herr Gemahl winkt ungeduldig.«

»Kanonenstart«, kommentierte Maja Sonntag, »da wird an allen Löchern gleichzeitig losgespielt. Ich muss gehen. Und bleiben Sie dran, Frau Rosenthal!«

»Wer ist der Herr dort? Der kommt mir bekannt vor«, fragte Theresa den Pro und deutete auf einen Mann in einer buntkarierten Hose, die so ziemlich alle nur möglichen Farbschattierungen enthielt. Trotzdem hatte er es geschafft, ein lila Hemd auszusuchen, das mit keiner der Farben korrespondierte. Mit anderen Worten – es passte einfach nicht. »Sieht scheiße aus«, hätte Marco es schlichter formuliert.

»Das ist Herr Rossmann, Peter Rossmann, erster Bürgermeister dieser Stadt«, gab Padraig willig Auskunft. Theresa erkannte an seinem Gesichtsausdruck, dass er den Herrn nicht schätzte.

Maja Sonntag hatte die Frage der Kommissarin im Weggehen gerade noch gehört, wandte sich um, verdrehte die Augen und sagte gut hörbar: »Salonsozialist.« Und in gekonnter Kölsch-Imitation fügte sie hinzu: »Der Peter, der kann jut mit dem Wirtz.«

Die Kommissarin beobachtete, wie die Spieler sich vor dem Übungsgrün versammelten, wo Rasmussen eine kleine Ansprache hielt. Sie konnte nicht jedes Wort verstehen, bekam nur mit, dass er die Paare ermahnte, höflich miteinander umzugehen.

»Denn wir wollen doch nicht, dass sich wegen einer gemeinsamen ehelichen Golfrunde die Scheidungsrichter der Stadt an uns bereichern«, schloss er seine Rede und erntete dafür Gelächter. Er verteilte die Scorekarten und schickte die einzelnen Paarungen zu den unterschiedlichen Löchern.

»Punkt zwölf Uhr schlagt ihr alle ab«, rief er den Davongehenden hinterher.

Kurz darauf verabschiedete sich Theresa Rosenthal von ihrem Trainer und machte sich auf den Nachhauseweg.

33. KAPITEL

Als der Caddie-Master Thomas Hauser die Kommissarin Theresa Rosenthal anrief, circa drei Stunden nachdem sie den Club verlassen hatte, wusste sie sofort, dass etwas Schreckliches passiert war. Der arme Hauser stand so unter Schock, dass er kaum einen vernünftigen Satz herausbrachte, aber sie verstand, dass ihre Anwesenheit sofort nötig sei.

»Ist das der Club der Massenmörder«, grunzte Georg unwillig, als sie ihn kurz informierte, warum sie wieder in den Golfclub fahren müsse. Da er sowieso seit Stunden auf den Bildschirm seines Laptops starrte, würde der Gemahl sie nicht sehr vermissen, vermutete sie.

Hauser fuhr die Kommissarin zum siebten Loch. Sie selbst hatte es gerade vor ein paar Stunden gespielt, ein kurzes Par-3, das links am Weg zur Driving Range lag. Auf dem Grün herrschte Chaos, das sah sie von Weitem. Ein Krankenwagen parkte dort. Mindestens 15 Menschen standen aufgeregt gestikulierend herum. Die karierte Hose des Bürgermeisters fiel ihr ins Auge, das lila Hemd. Beim Näherkommen sah sie Frau Wirtz, die am Rand des Grüns saß, die Hände vor das Gesicht geschlagen, schluchzend. Zwei Frauen kümmerten sich um sie, eine der Damen war Frau Seidel, die andere kannte sie nicht. In der Mitte des Grüns, nah an der Fahne, lag am Boden zusammengekrümmt ein Mann. Ein Arzt in weißer Kluft versorgte ihn und diskutierte dabei mit Dr. Rasmussen. Zwei Sanitäter hatten eine Trage aufgestellt und zerstörten damit das heiliggehaltene Grün. Nichts auf dem Platz wurde so geschützt wie diese kurzgeschorene Rasenfläche, auf der nun alle herumtrampelten. Als die Kommissarin den Tatort betrat, machten die Herumstehenden ihr Platz, sodass sie nun den verletzten Mann erkennen konnte. Wirtz. Blut strömte aus seinem Kopf, Blut auch überall um ihn herum, obwohl der Rasen es schon aufsaugte und das Rot weniger aggressiv erscheinen ließ.

»Rosenthal, Mordkommission«, stellte sich die Kommissarin vor. »Lebt er noch?«

Der Arzt nickte, ohne sich umzudrehen. Er konzentrierte sich auf die Versorgung des Schwerverletzten, dem bereits eine Kanüle im Arm steckte. Eine Maske über dem Gesicht versorgte ihn mit Sauerstoff.

»Was ist passiert?«, wandte die Kommissarin sich an Dr. Spethmann, in der Hoffnung von dem Juristen ein paar klare Auskünfte zu erhalten. Da hatte sie sich getäuscht. Spethmann stammelte nur, er sei gerade erst dazugekommen, da habe Wirtz schon blutend dagelegen. »Keine Ahnung, was hier los ist.«

Sie ging hinüber zu Katja Wirtz, die immer noch das Gesicht in den Händen verbarg, doch etwas ruhiger wirkte. Als die Kommissarin sie ansprach, hob Frau Wirtz den Kopf und schaute sie orientierungslos aus glasigen Augen an. Es war kein vernünftiger Satz aus ihr herauszubekommen. Das einzige Wort, was immer wieder mit Klarheit aus ihrem Mund drang, war: »Mörder, Mörder!«

»Das sagt sie nun zum hundertsten Mal«, wunderte sich die bestürzte Frau Seidel kopfschüttelnd. »Der Arzt hat ihr ein starkes Beruhigungsmittel gegeben, vorhin schrie sie nur.«

»Können Sie mir sagen, was hier passiert ist?«, versuchte es die Kommissarin erneut.

»Ich war zwei Flights hinter den Wirtz'. Als wir an den Abschlag von der Sieben kamen, ahnten wir gleich, dass etwas geschehen war, weil sich so viele Leute auf dem Grün aufhielten, und wir hörten Schreie, furchtbare Schreie«, erinnerte sich Barbara Seidel. »Wir haben sofort alles stehen lassen und sind hinübergelaufen. Und dann sahen wir Wirtz da liegen und Katja brüllte völlig außer sich. Mehr weiß ich nicht.«

Die andere Dame, die sich um Frau Wirtz kümmerte, erzählte, dass sie auf dem Weg zur Driving Range gewesen sei. Sie bemerkte das Durcheinander an Loch sieben und war gleich herübergeeilt, wusste aber nicht, wieso sich dort ein schwer verletzter Herr Wirtz auf dem Boden krümmte.

Die Kommissarin griff zu ihrem Handy und drückte die Nummer von Marco Bär, der sich sofort meldete.

»Marco, ich brauche dich dringend hier im Golfclub. Ein Schwerverletzter und ein totales Durcheinander. Den Rest erkläre ich dir gleich. Wann kannst du hier sein?«

Marco saß in seinem Lieblingscafé in der Südstadt, nicht weit entfernt und machte sich auf den Weg, während sie mit ihm telefonierte.

»20 Minuten«, sagte er.

»Guter Junge«, lobte sie und war erleichtert, dass sie so schnell Verstärkung bekommen würde. »Und bring Leute für die Tatortsicherung mit.«

Nach dem Gespräch mit Marco nahm sie die Szene wieder in Augenschein und wandte sich der karierten Hose zu. Peter Rossmann hielt seine schluchzende Frau im Arm. Während er beruhigend auf sie einredete, machte er selbst den Eindruck, als sei er kurz vor einem Nervenzusammenbruch.

»Herr Bürgermeister, ich ermittele hier in der Sache. Rosenthal ist mein Name, Kripo Köln. Waren Sie zusammen mit Herrn und Frau Wirtz auf der Runde?«

Der Bürgermeister war keine große Leuchte. Seine Referenten wussten, dass sie ihm nicht zu viele Fremdwörter in seine Ansprachen hineinschreiben durften. In diesem Moment war Theresa froh, dass der Mann nur für die Eröffnung von Volksfesten und für das Streicheln von Kaninchen bei Züchtervereinen zuständig war. Denn hinge ihr Leben von so einem Menschen ab, würde sie sich ernste Sorgen machen. Der Mann bekam es gerade noch hin zu bestätigen, dass er in einem Flight mit Herrn und Frau Wirtz gespielt hatte. Alles Weitere ging in einem wirren Wortschwall unter. Seine Frau wimmerte nur immer wieder: »Es ist so furchtbar, es ist alles so furchtbar.« Das sah die Kommissarin auch. Sie hätte nur gern mit einem

Menschen gesprochen, der bei Sinnen war und erklären konnte, wie es dazu gekommen war, dass sich Wirtz mit eingeschlagenem Schädel auf dem Grün befand.

Theresa Rosenthal geleitete die Rossmanns zu dem Elektrocart, mit dem sie und Hauser gerade angefahren waren, und nahm das Ehepaar bewusst aus der Schusslinie der Ärzte, die hier wahrscheinlich gleich weitere Beruhigungsmittel gespendet hätten. Die Kommissarin war nicht scharf auf noch mehr sedierte Zeugen. Sie versorgte die verstörte Frau des Bürgermeisters mit Wasser und ließ das Ehepaar etwas zur Ruhe kommen in der Hoffnung, dass die beiden ihr nach der Verschnaufpause erklären würden, was hier vorgefallen war.

Den Caddie-Master bat sie, den Platz zu sperren.

»Ich habe einen zweiten Elektrowagen. Damit fahre ich herum.« Theresa merkte ihm an, dass er froh war, die Szenerie verlassen zu dürfen.

Mittlerweile hatten die Sanitäter Herrn Wirtz auf die Trage gelegt und waren gerade dabei, ihn in den Krankenwagen zu schieben.

»Wohin transportieren Sie ihn?«, fragte die Kommissarin.

»Uniklinik«, antwortete der Arzt. »Und bringen Sie seine Frau ins Krankenhaus, ich habe ihr Lexatonil gegeben. Der Kollege Rasmussen weiß Bescheid, er schreibt Ihnen die Dosierung auf, damit die im Krankenhaus Bescheid wissen. Sie muss beobachtet werden.«

Mit diesen Worten verschwand der Notarzt in dem Wagen, der sich kurz darauf in Bewegung setzte. Gott sei Dank verzichtete der Fahrer darauf, das Einsatzhorn zu betätigen. Das hätte den Menschenauflauf auf dem Grün erneut aufgescheucht.

Als Nächstes schnappte sich die Kommissarin Herrn Rasmussen, der nach Wirtz' Abtransport von seinen Arztpflichten befreit war.

»Ich bin völlig fassungslos«, meinte der Herren-Captain, machte entgegen seiner Beteuerung aber einen eher ruhigen Eindruck. Er gab eine exakte Beschreibung dessen, was er gesehen hatte. Zur Aufklärung trug das wenig bei.

»Ich war im Flight dahinter. Wir hatten ziemlich viel Zeit mit Suchen verbracht und mittlerweile fast ein ganzes Loch Abstand zu den Spielern vor uns«, erinnerte sich Rasmussen. »Sie wissen, von der Sechs können Sie das Loch sieben nicht einsehen, erst wenn man auf dem Abschlag steht. Als wir den erreichten, merkten wir gleich, dass da vor uns irgendetwas nicht in Ordnung war. Wirtz lag auf dem Boden, der Rossmann hielt Katja fest, Schreierei und Gefuchtel. Wir lachten, weil es so aussah, als ob sie sich da oben auf dem Grün prügelten. Maja Sonntag frotzelte ihren Mann: ›Siehst du, die Katja hat bestimmt auch einen Putt daneben geschoben. Passiert anderen Frauen genauso.‹ ›Ich bin doch gelassen geblieben‹, antwortete er und währenddessen hörte das Gekreische vor uns nicht auf. Plötzlich wurde uns klar, dass da etwas passiert sein musste. Michael Sonntag und ich sind vorgelaufen, um zu schauen, ob wir helfen können.«

»Und was fanden Sie vor? Versuchen Sie, sich genau zu erinnern«, bat die Kommissarin.

»Die herumschreiende Katja und der Rossmann, der sie festhielt und von ihrem Mann wegzerrte. Erst danach sah ich, dass der Wirtz blutend auf der Erde lag. Ich lief sofort zu ihm hin. Er war ohne Bewusstsein und sah fürchterlich aus, der Kopf voller Wunden. Ich hatte mein Handy im Golfbag gelassen und fragte Michael Sonntag. Der hatte seins Gott sei Dank in der Hosentasche, und damit habe ich die Rettung gerufen. Danach kümmerte ich mich weiter um Wirtz. Michael beruhigte Frau Rossmann, die ziemlich durch den Wind war. Rossmann kümmerte sich weiter um die schreiende Wirtz. Nach und nach kamen immer mehr Leute auf das Grün: die Seidels und Spethmanns liefen von hinten auf und irgendwelche Leute, die auf dem Weg zur Driving Range waren, das habe ich gar nicht mehr genau mitbekommen.«

»Hat Frau Wirtz etwas Bestimmtes geschrien?«, wollte die Kommissarin wissen.

»Komisch, dass Sie das fragen«, meinte Rasmussen nachdenklich.

»Wieso?«

»Weil ich es über die Aufregung vergessen habe. Tatsächlich hat sie immer wieder ›Mörder‹ gerufen, das war das einzige Wort, das ich verstehen konnte. Irgendwie seltsam.«

Die Kommissarin bedankte sich bei Dr. Rasmussen. »Sie und Ihre Frau müssen bitte bleiben. Gleich kommt mein Kollege, dann werden wir alle Zeugenaussagen protokollieren. Natürlich können Sie im Restaurant warten. Und nehmen Sie am besten Herrn und Frau Sonntag, die Seidels und Spethmanns mit«, schlug sie vor. Es war Zeit, dass sie Ordnung in das Geschehen hineinbrachte. Von hinten liefen weitere Turnierspieler auf, die neugierig schauten, was da am siebten Grün los war, Fragen stellten und weiter zum Durcheinander beitrugen. Theresa Rosenthal war froh, als Marco Bär auftauchte. Zu zweit konnten sie die Meute besser in den Griff bekommen. Die meisten der Herumstehenden waren als Zeugen nicht zu gebrauchen, weil sie den Vorfall gar nicht beobachtet hatten.

Sie brachte Marco kurz auf den Stand der Dinge, übergab ihm die Absicherung des Tatorts und bat ihn, sich um die immer noch nicht ansprechbare Frau Wirtz zu kümmern. Sie selbst wandte sich erneut dem Ehepaar Rossmann zu, ihren wichtigsten Zeugen. Die beiden warteten in dem Wagen, hatten sich tatsächlich ein wenig beruhigt und waren vernehmungsfähig. Bei dem Gespräch erhielt die Kommissarin ein ungefähres Bild von den Vorgängen auf dem Grün Nummer sieben, obwohl es nicht einfach war, den roten Faden zu verfolgen. Die Rossmanns fielen sich, wie es bei alten Ehepaaren oft geschieht, immer wieder gegenseitig ins Wort. Frau Rossmann war eine muntere Dame in den Sechzigern. Das Wort Dame griff allerdings sehr hoch, da sie dafür zu blond und zu toupiert war: Ihre Frisur betonierte Frau Rossmann mit viel zu viel Haarspray, das Make-up trug sie gar nicht ladylike zu dick auf, in die enge Kleidung zwängte sie sich wahrscheinlich mit einem Schuhlöffel, aber sie strahlte eine freundliche Gemütlichkeit ab, die sie sympathisch machte.

Die Ehepaare Rossmann und Wirtz waren um zwölf Uhr an Loch vier gestartet, das war das Loch, an dem Margot Wallmann ihren letzten Atemzug getan hatte.

»Die Stimmung war von Anfang an nicht erbaulich«, berichtete der Bürgermeister.

»Nicht erbaulich?«, fiel ihm seine Frau ins Wort. »Es war furchtbar. Katja und Willi kriegten sich bei jedem Schlag in die Wolle. Er nörgelte nur an ihr herum und Katja wurde immer wütender.«

»Das stimmt«, gab der Gemahl zu. »Wir spielten ›Klassischen Vierer‹, da wird immer abwechselnd geschlagen. Wenn meine Frau in die Büsche haut, muss ich den Ball wieder rausholen.«

»Richtig, außer, dass meist die Männer in die Wälder dreschen. Wirtz' Drives landeten teilweise tief im Wald. Darüber beschwerte Katja sich gar nicht, aber er meckerte bei jedem Putt, den sie vorbeischob.«

»Richtig«, bestätigte Rossmann nun wieder. »Für uns war das nicht gerade angenehm. Die Qualität unseres Spiels litt erheblich. Ich habe nur noch herumgehackt. Als wir nach etwa drei Stunden zum zweiten Mal an Loch sieben kamen, war die Stimmung auf dem Tiefpunkt.«

»Furchtbar, die beiden redeten kein Wort mehr miteinander, höchstens, um sich anzublaffen. Wir hatten es mittlerweile aufgegeben, gute Laune zu verbreiten. Ich wollte einfach nur nach Hause.«

»An der Sieben war Wirtz als Erster dran und schlug eine flache Banane. Ein Scheißschlag, der es aber irgendwie auf das Grün schaffte. Ich landete im Bunker, war mir völlig egal«, erzählte der Bürgermeister, worauf seine Frau fortfuhr:

»Und darauf sind wir alle schweigend in Richtung Fahne marschiert.« Nach der Überwindung des ersten Schocks sprudelte es plötzlich aus ihr heraus. »Katja brütete vor sich hin und Willi, der sonst immer gern seine Witzchen reißt, starrte wütend auf den Boden. Ich musste den Bunkerschlag machen und danach standen wir alle mit unseren Puttern auf dem Grün. Katja war als Nächste dran, sie hatte etwa vier oder fünf Meter bis zum Loch. Ich merkte, dass ihr alles wurscht war. Sie guckte sich die Puttlinie kaum an, stellte sich hin und haute lustlos zu. So wirkte es auf mich, und der Ball ging deshalb natürlich weit am Loch vorbei.«

»Sie hätten den Willi erleben müssen, der bekam einen totalen Anfall, beschimpfte seine Frau – sie sei zu blöd, eine Puttlinie zu lesen, und wenn er ihr den Ball so schön servierte, könnte sie ihn doch wenigstens in die Nähe des Lochs schieben. Er gab keine Ruhe, nörgelte immer weiter an ihr herum. Daraufhin ging das Drama los, oder?«, wandte sich Rossmann an seine Frau.

»Sie rastete völlig aus, als er meinte, sie sei zu blöd. Während er sich auf den Boden hockte, um die Puttlinie zu lesen, er machte daraus einen Riesenzirkus, da fing sie an zu brüllen. Ich weiß gar nicht mehr, welche furchtbaren Schimpfwörter sie benutzte. Er antwortete irgendetwas wie ›hysterische Kuh‹ und das war, glaube ich, der Auslöser. Während er da kniete wegen der bescheuerten Linie, schlug sie plötzlich mit dem Putter auf ihn ein. Der erste Schlag traf ihn direkt an die Schläfe und hat ihn gleich niedergestreckt. Das stoppte sie nicht. Sie machte weiter, schlug noch mal zu und immer wieder.«

Die Kommissarin hörte das Alarmglöckchen, das in ihrem Kopf klingelte, nur war das Gespräch mit den Rossmanns im Moment wichtiger. Sie registrierte das Signal zwar, konnte es aber nicht sofort deuten. Sie nahm sich fest vor, später darüber nachzudenken.

Währenddessen fuhr Herr Rossmann fort: »Ich kam gar nicht an die Katja heran, weil sie mit dem Ding um sich haute. Erst, als sie atemlos eine Pause machte, erwischte ich ihren Arm, entriss ihr den Schläger und hielt sie fest.«

»Wo ist der Schläger?«

Herr Rossmann schaute verwirrt in Richtung Grün. »Keine Ahnung, ich habe ihn wahrscheinlich gleich fallen lassen. Ich musste Katja mit beiden Händen festhalten.«

»Gut, ich schau gleich danach. Frau Rossmann, fällt Ihnen noch irgendetwas ein, ein Detail, das Ihr Mann übersehen hat?«, fragte die Kommissarin. »Alles ist wichtig.«

Die Beschreibung des Geschehenen verstörte die Frau des Bürgermeisters erneut. Trotzdem antwortete sie umgehend. »Ich bin sicher, dass Katja, während sie wie wahnsinnig auf ihren Mann einschlug, immer wieder ›Mörder‹ rief. Ganz bestimmt rief sie ›Mörder‹. Ich erinnere mich so genau, weil ich das völlig verrückt fand und nicht wusste, was sie damit meinte, obwohl …« Sie stockte.

»Obwohl?«, ermunterte die Kommissarin sie. »Sagen Sie ruhig, was Sie denken. Es bleibt unter uns.«

»Der Tod von Julia Buenlago, daran habe ich natürlich gedacht – ob er vielleicht …«

»Das ist doch Quatsch«, unterbrach ihr Mann sie. »Der Willi ist doch kein Mörder.«

»Nein, das glaube ich auch nicht«, korrigierte sie hastig ihre Aussage. »Es war nur mein erster Gedanke, als Katja immer dieses Wort schrie. Wahrscheinlich alles Blödsinn, ich bin eben völlig durcheinander.«

»Natürlich«, beruhigte die Kommissarin sie. »Das ist doch klar. Gehen Sie hinüber ins Restaurant, trinken Sie etwas, aber bleiben Sie bitte auf dem Gelände. Es könnte sein, dass ich Nachfragen habe. Ach, übrigens«, fiel ihr im Weggehen ein. »Haben noch andere Leute das Geschehen beobachtet?«

»Ich glaube eher nicht«, erinnerte sich der Bürgermeister. »Die Spieler hinter uns hatten ziemlich viel Abstand und auf dem Weg zur Driving Range habe ich keinen gesehen oder hast du jemanden …?«, wandte er sich an seine Frau. Sie schüttelte den Kopf.

»Beschwören kann ich natürlich nichts«, ergänzte sie, »denn bei dem Chaos und der Aufregung hätte da ein Menschenauflauf sein können, ich hätte es wahrscheinlich nicht bemerkt.«

Die Kommissarin erkundigte sich nach Angehörigen von Willi und Katja Wirtz, die sie informieren mussten.

»Oh Gott!«, entfuhr es Frau Rossmann. »Der arme Pascal, an den habe ich noch gar nicht gedacht. Das ist der Sohn, ein netter Kerl.«

»Wo erreichen wir ihn?«, wollte die Kommissarin wissen.

»Er studiert in England. Willi hat mir eben noch stolz von ihm erzählt«, erinnerte sich Frau Rossmann mit traurigem Blick. »Soll ich mich vielleicht um ihn kümmern?«

»Das wäre nett«, sagte Theresa, froh, dass man ihr diese unangenehme Aufgabe abnahm.

Die Kommissarin bedankte sich bei den Rossmanns und wandte sich den Kollegen zu, die gerade eingetroffen waren.

»Tut mir leid, Leute, dass ich eure Sonntagsruhe störe. Es wird alles schnell gehen. Nach dem Bericht der Augenzeugen gibt es hier wenig zu untersuchen. Sperrt rund um das Grün ab und findet einen Schläger, der da noch herumliegt, er ist die Tatwaffe.«

Sie informierte die Kollegen kurz über den Tathergang, auch Marco Bär, der sich um Katja Wirtz kümmerte. Gemeinsam versuchten sie, irgendeinen vernünftigen Satz aus ihr herauszubekommen – erfolglos. Sie stierte vor sich hin und brabbelte unzusammenhängendes Zeug.

»Wir müssen sie festnehmen«, sagte die Kommissarin. »Auf jeden Fall legen wir sie in die Krankenstation. Sie steht unter starken Beruhigungsmitteln. Nach allem, was ich gehört habe, können wir sie in diesem Zustand nicht sich selbst überlassen.«

34. KAPITEL

Theresa fuhr mit Bär in die Uniklinik. Willi Wirtz lag auf der Intensivstation der Neurochirurgie. Der behandelnde Arzt ließ die Kommissare nicht zu seinem Patienten.

»Verhören können Sie ihn sowieso nicht. Der Mann ist bewusstlos und wir werden ihn mehrere Tage in diesem Zustand halten«, erklärte der Doktor. »Wenn er die Nacht überlebt, ist viel gewonnen. In der Chefarztbesprechung werden wir entscheiden, ob und wann wir ihn operieren.«

»Was glaubst du, Marco – ist das unser Mörder, der da drinnen im Koma liegt?« Die Kommissarin deutete auf die Tür der Intensivstation. Dahinter hing das Leben des Schwerverletzten an Schläuchen und Apparaten. »Ist Wirtz der Mörder von Julia Buenlago?«

Bär spürte Theresas Zweifel, vertrat aber seine eigene Meinung. »Alles spricht dafür. Seine Frau hat es herausbekommen und ist durchgedreht. Schließlich liebte sie Frau Buenlago, das hast du selbst gesagt. Wir müssen Frau Wirtz möglichst schnell befragen, solange sie unter Schock steht. Wenn sie zu viel Zeit hat nachzudenken, überlegt sie es sich vielleicht anders und schützt ihren Mann wieder.«

»Und Wirtz' Motiv? Mit dem Mord hat er nicht verhindert, dass seine korrupten Geschäfte bekannt wurden. Das musste ihm klar sein«, wandte Theresa ein.

»Er ist ein Choleriker«, gab Bär zu bedenken. »Und er hatte die Gelegenheit.«

»Nur so halb«, korrigierte Theresa. »Solveig Laumann konnte sich nicht genau erinnern. Sie gibt ihm aber ein gutes Alibi für die Zeit zwischen halb zwei und kurz vor zwei. Sie scheint mir eine glaubwürdige Zeugin zu sein. Natürlich hätte Wirtz es schaffen können, den Mord zu begehen, aber an einem recht betriebsamen Tag ungesehen vom Caddiehaus zum Tatort und zurück zu gelangen, wäre eine Meisterleistung.«

»Hast du von dem Anruf bei Wirtz heute Morgen gehört?« fragte Bär, dem plötzlich einfiel, dass Theresa darüber nicht informiert sein könnte.

»Nein – ich weiß von nichts.«

»Ich habe vorhin mit einem Kollegen telefoniert. Der berichtete, dass Wirtz heute Morgen einen Anruf bekommen hat, ein Mann mit einem russischen Akzent. Nannte keinen Namen, Handy natürlich nicht identifizierbar. War alles sehr verschlüsselt, nur mit unterschwelliger Drohung. Es klang, als ob jemand fürchtete, dass Wirtz plaudert. Da hat man ihm ein bisschen Feuer unterm Arsch gemacht.«

»Die Sache nimmt Fahrt auf«, bemerkte Theresa. »Lass uns Katja Wirtz vernehmen. Wir müssen es zumindest versuchen.«

Sie nahmen Bärs Wagen. Da der Kollege fuhr, lehnte sich die Kommissarin zurück und ließ die Szenerie im Golfclub Revue passieren. Sie erinnerte sich an das Alarmglöckchen, das sich gemeldet hatte, als Rossmann ihr den Verlauf der Gewalttat schilderte. Ihr wurde ein wenig mulmig. Hatte sie nicht selbst vor ein paar Tagen im Gespräch mit Katja Wirtz darauf hingewiesen, dass für Totschlag eine geringere Freiheitsstrafe verhängt wurde? Und nun diese Tat im Affekt – womöglich ein gut geplanter Affekt? Und die ganze Brüllerei, das »Mörder«-Geschrei und das zusammenhanglose Gebrabbel – alles nur gespielt? Möglich war es. Wahnsinn ging häufig mit einer unglaublichen Klarheit im Handeln einher.

Katja Wirtz war auf die Krankenstation der JVA gebracht worden. Der behandelnde Arzt, Dr. Jelneck, machte den Kommissaren keine große Hoffnung, dass sie einen vernünftigen Satz aus seiner Patientin herausbekommen würden.

»Frau Wirtz' Zustand ist stabil. Der Notarzt hat ihr ein starkes Beruhigungsmittel gegeben. Damit wird sie sich für weitere Stunden im Nirwana aufhalten. Ich habe sie unter ständiger Beobachtung, da ich eine Suizidgefährdung nicht ausschließen kann. Wir ziehen eine Psychologin hinzu. Sonntags alles etwas schwierig. Ich hoffe, dass sie es heute schafft.«

»Ich habe immer den Eindruck, dass es in unserem Land Psychologen wie Sand am Meer gibt«, bemerkte Theresa erstaunt.

»Die kümmern sich alle um die Burn-outs, damit lässt sich wahrscheinlich mehr verdienen. Wenn eine Krankheit einen Namen erhält, steigt die Zahl der Patienten ins Astronomische, ist auf jeden Fall mein Eindruck«, antwortete Dr. Jelneck genervt.

»So leistet sich jede Generation ihre eigene Modekrankheit. Vor hundert Jahren war es die Neurasthenie«, gab Theresa zu bedenken. »Meine Großmutter sagte immer: ›Raste nie und haste nie, sonst haste die Neurasthenie.‹«

»Ich wünschte, uns würde hier jemand nach unserer Neurasthenie oder unserem Burn-out fragen«, stöhnte der Arzt. »Seit meiner Studentenzeit habe ich – gefühlt – nicht mehr acht Stunden am Stück geschlafen.«

»Zu dem Thema könnte ich einiges beitragen, aber zurück zu Frau Wirtz. Dürfen wir kurz mit ihr reden?«, bat die Kommissarin. »Nur zwei, drei Fragen, das wäre wichtig.«

»Zwei Fragen«, erlaubte der Arzt, »und keine Aufregungen. Ich stehe daneben. Wenn ich Schluss sage, ist Schluss.«

»Okay, okay!« Theresa Rosenthal lächelte einlenkend.

Gemeinsam betraten die beiden Kommissare und der Arzt das Krankenzimmer. Katja Wirtz schlief nicht. Sie lag auf dem Rücken und schaute starr zur Decke, wendete den Kopf nicht, als die kleine Gruppe nah an ihr Bett herantrat.

»Frau Wirtz«, begann die Kommissarin vorsichtig und mit gedämpfter Stimme. »Wie geht es Ihnen?«

Ganz langsam drehte Katja Wirtz den Kopf zu der Sprechenden hin und schaute mit unstetem Blick auf die Kommissarin. Offensichtlich versuchte sie die Augen auf irgendeine Stelle zu fokussieren. Sie schaffte es allmählich, sich an irgendetwas im Gesicht von Theresa Rosenthal festzuhalten.

»Erkennen Sie mich?«, wollte Theresa wissen.

»Mein Mann, ist er tot?« Die Patientin brachte die Frage nur schleppend heraus.

Die Kommissarin blickte Hilfe suchend auf den behandelnden Arzt, der sie drohend fixierte.

»Er lebt«, gab Theresa Auskunft. »Er wird in der Uniklinik versorgt. Die Ärzte sind optimistisch«, fügte sie hinzu, um es sich nicht mit Dr. Jelneck zu verderben.

Als ob das Gespräch damit für sie beendet sei, drehte Katja Wirtz ihren Blick zur Wand und schloss die Augen.

»Frau Wirtz!« Marco Bär machte einen erneuten Anlauf, Kontakt zu der Patientin aufzunehmen.

»Das war's«, sagte der Arzt streng und schob die Kommissare in Richtung Tür. »Kommen Sie morgen wieder, frühestens gegen Mittag.«

»Was meinst du, Marco?«, fragte Theresa, als sie wieder im Auto saßen.

»Ich weiß, was du denkst«, antwortete Marco, der seine Kollegin gut genug kannte, um ihre Gedankengänge zu erraten. »Und ja, ich hatte auch so einen Verdacht, als ob die Wirtz uns was vorgespielt hat. Sie wollte herausbekommen, ob ihr Mann lebt, wirkte nach deinem Bericht jedoch weder glücklich noch erleichtert.«

»Und jetzt hat sie die ganze Nacht Zeit, um in aller Ruhe an ihrer Aussage zu arbeiten.«

»So ein Scheiß!« Marco schlug wütend mit der flachen Hand auf das Armaturenbrett. »Die verlädt uns und wir können nichts machen.«

»Nichts – würde ich nicht sagen«, beruhigte Theresa den Aufgebrachten. »Morgen früh gehen wir gemeinsam durch das Material, das wir zu Herrn und Frau Wirtz gesammelt haben. Vielleicht ergibt sich durch die neuen Erkenntnisse ein anderes Bild. Und falls du heute Nacht ein paar schlaflose Minuten haben solltest …«

»Für die Schlaflosigkeit bist du doch zuständig.«

»Leider, aber falls dich unser Fall nachts auch umtreibt, dann denk doch mal über den Zufall nach, dass wir zwei Todesfälle in zwei Tagen auf einem Golfplatz haben. Gibt es vielleicht doch eine Verbindung? Morgen beginnen wir das Puzzlespiel, das macht mein Jüngster doch so gern.«

»Genau, Mütterchen Theresa!« Marco grinste und sah etwas zuversichtlicher aus, als er seine Kollegin bei ihrem im Golfclub zurückgelassenen Auto absetzte.

»Theresa«, hörte sie Marcos Stimme hinter sich, als sie gerade den Schlüssel ins Schloss steckte.

»Ja?«

»Bist 'ne gute Kommissarin.«

»Wow, wenn es nicht dunkel wäre, könntest du jetzt sehen, dass ich knallrot im Gesicht geworden bin. Ciao, Herr Kollege, bis morgen.«

»Bis morgen. Und Theresa, wir kriegen den Mörder.«

»Ist nur eine Frage der Zeit.«

35. KAPITEL

Die Nachrichten überschlugen sich, als die Kommissarin am Montagmorgen das Büro betrat. Auf ihrem Schreibtisch lag eine Abschrift der Telefonate, die Wirtz in den letzten 48 Stunden geführt hatte. Der Drohanruf des Mannes mit russischem Akzent machte klar, dass die Nervosität der Geschäftspartner wuchs. Das war gut, irgendwann musste jemand einen Fehler machen. Darüber würden sich die Kollegen vom Betrugsdezernat freuen, und vielleicht fiel dabei etwas Erhellendes für die Mordkommission ab.

Aus der Uniklinik erhielten sie die Nachricht, dass Willi Wirtz die Nacht überlebt hatte, doch weiterhin im Koma lag. Zustand stabil. Solange sie nicht mit ihm reden konnten, brachte das nichts.

Der behandelnde Arzt von Katja Wirtz meldete, dass seine Patientin gegen Mittag vernehmungsfähig sei. Bis dahin mussten sie ihr Puzzle zu einem möglichst vollständigen Bild zusammenfügen.

»Keine Störungen mehr«, wies Theresa Rosenthal die Telefonzentrale an. »Wir brauchen mindestens eine Stunde, um unser Material konzentriert zu sichten.«

Alle, die mit dem Fall zu tun hatten, versammelten sich im Besprechungsraum. Der Leiter der Mordkommission, Dr. Karl Hehemann, stieß dazu, um beim Showdown dabei zu sein. Denn genau darum würde es an diesem Morgen gehen. Davon waren beide überzeugt, Marco Bär und Theresa Rosenthal. Zwei Kollegen vom Betrugsdezernat ergänzten die Runde. Rainer Sauer, der seine 120 Kilo kaum auf dem schmalen Bürostuhl unterbrachte. Er war ein netter Kerl, der nur ungemütlich wurde, wenn er eine heiße Spur verfolgte. Sein Kollege Fabian Esser, der ihn begleitete, wirkte dagegen wie eine halbe Portion. Klein, schlank und drahtig erledigte er alles, was Sauer körperlich zu anstrengend wurde. Er hatte sich einen Namen als Sauers kleiner Terrier gemacht.

Als leitende Ermittlerin ergriff Theresa Rosenthal als Erste das Wort und begrüßte die Kollegen.

»Sie wissen alle, dass wir es mit zwei Todesfällen im Golfclub Siebeneichen zu tun haben«, begann sie. »Der erste: Frau Wallman, sie ist auf natürliche Weise gestorben. Einen Tag nach dem Unglücksfall wurde Julia Buenlago ermordet aufgefunden. Zufall? Vielleicht gibt es aber auch eine Verbindung. Als der Mörder Julia Buenlago tötete, wusste er noch nicht, dass Frau Wallmann einem Herzinfarkt erlegen war. Ist der Täter ein Trittbrettfahrer, der die Gunst der Stunde nutzte?«

Die Kommissarin brachte die Kollegen auf den Stand der Dinge und erklärte, dass sie bei dem heutigen Treffen alle Unterlagen zu den Hauptverdächtigen, Herrn und Frau Wirtz, gemeinsam begutachten würden.

Marco Bär hatte das gesamte Material auf dem Computer gespeichert und unterstützte sie bei der Präsentation der Fakten.

Ein Bild von Frau Wirtz erschien auf der Leinwand.

»Das ist Katja Wirtz«, kommentierte die Kommissarin. »52 Jahre alt, Ärztin mit einer Praxis in der Südstadt. Eine groß gewachsene Frau, fast 1,80 Meter, schätze ich, sehr kräftig gebaut. Ich erwähne das nur, damit Ihnen klar ist, dass wir es hier mit einer weiblichen Person zu tun haben, die physisch zu einer Gewalttat in der Lage ist. Das hat sie im Übrigen gerade mit dem Anschlag auf ihren Mann bewiesen. Katja Wirtz ist verheiratet mit Willi Wirtz, Inhaber einer kleinen Baufirma.«

Die Kommissarin übergab an die Kollegen, die über die Betrugsdelikte besser Bescheid wussten. Sie berichteten über den Korruptionsfall und die Vernetzung mit der russischen Mafia.

»Für uns ist das interessant, weil Wirtz ein Verdächtiger ist.« Theresa Rosenthal übernahm erneut die Gesprächsführung. »Er hatte ein starkes Mordmotiv. Julia Buenlago berichtete bereits vor zwei Jahren über seine Verwicklungen in einen Korruptionsskandal. Jetzt recherchierte sie in dieser neuen Korruptionsaffäre. Ihr Artikel stand kurz vor der Veröffentlichung. Das wäre das Ende für ihn gewesen: geschäftlich und gesellschaftlich.«

»Wirtz hatte die Journalistin bereits einmal bedroht«, ergänzte Marco Bär. »Für die Tatzeit hat er nur so ein halbes Alibi von seiner Geliebten Solveig Laumann, die sich nicht genau erinnert, wann und wie lange sie mit Wirtz an dem fraglichen Donnerstag gesprochen hat. Sie meint, ungefähr eine Viertelstunde, irgendwann zwischen halb zwei und zwei. Wirtz sei danach in sein

Auto gestiegen. Sie hat aber nicht gesehen, ob er weggefahren ist.«

»Katja Wirtz' Alibi ist ebenfalls sehr dünn«, übernahm nun wieder die Kommissarin. »Sie hatte um 13 Uhr eine Golfstunde, das bestätigt der Trainer. Gegen 13.45 Uhr hat sie die Driving Range verlassen, ist aber von Frau Berkhoff, die die nächste Stunde gebucht hat, nicht gesehen worden. Normalerweise begegnen sich die Schüler auf dem Weg zur Range. Frau Wirtz behauptet, sie sei zum Übungsgrün abgebogen. Kann sein, dafür gibt es keine Zeugen. Jetzt kommen die Merkwürdigkeiten. Marco, hilf mir, damit ich nichts vergesse. Die Ehe Wirtz ist eine Katastrophe, er behandelt sie schlecht und betrügt sie nach Strich und Faden.«

»Schnappt sich alles, was nicht bei drei auf dem Baum ist«, grinste Marco. »Sorry, ist nicht meine Formulierung. Kommt von einer der feinen Golfdamen.«

»Stimmt«, bestätigte Theresa. »Ich glaube, es ist dieselbe, die über Katja Wirtz sagt, sie sei ein liebes, ihrem Mann ergebenes Schaf.«

»Das liebe Schaf hat aber genug Mumm in den Knochen gehabt, um Material an Julia Buenlago weiterzugeben, das ihren eigenen Mann in einem Bauskandal belastet«, unterbrach Marco.

»Richtig!« Theresa nickte. »Was ist also passiert? In letzter Zeit scheint sich Katja Wirtz von ihrem Mann abgenabelt zu haben. Sie wurde dabei unterstützt oder sogar geführt von Julia Buenlago, die das Elend der Wirtz-Ehe nicht mehr mit ansehen mochte. Die gute Frau Wirtz scheint der Typus zu sein, der ein Leittier braucht. Nun war es plötzlich die Buenlago, der sie sich unterwarf. Sie entwickelte sogar Ehrgeiz im Golf, ein Sport den sie eigentlich hasst. Es war ihr Ziel, in einer bestimmten Golfclique dabei zu sein, zu der auch unser Mordopfer gehörte.«

»Ach, übrigens, ich habe gehört, dass Sie unter die Golfer gegangen sind?«, unterbrach Hehemann die Kommissarin mit einem süffisanten Lächeln. »Macht's Spaß?«

»Sehr«, antwortete Theresa fröhlich. »Dadurch habe ich die seltsame Faszination dieses Sports begriffen. Der Ball im Mund des Opfers hat mich irritiert. Ich glaube, das war der Auslöser. Ich wollte verstehen, warum der Mörder das gemacht hat.«

»Und – haben Sie es verstanden?«, fragte Hehemann.

»Ich glaube schon. Golf hat so etwas Persönliches – nur du und der Ball. Wenn Sie schlecht spielen, fühlen Sie sich wie ein Versager«, lachte Theresa. »Vielleicht erklärt das die Wut, in die sich der Täter hineingesteigert hat.«

»Sport ist Mord«, grinste Rainer Sauer, »im wahrsten Sinne des Wortes.«

»Hast du nix mit am Hut«, zog ihn sein Kollege Fabian Esser auf.

»Ich komme jetzt zu ein paar Merkwürdigkeiten«, nahm die Kommissarin den Faden wieder auf. »Frau Buenlago zog sich an dem Ort, an dem sie gefunden wurde, einen Bänderriss zu. Bekanntlich eine sehr schmerzhafte Verletzung. Wenn es passiert, schreien die meisten laut auf, aber in diesem Fall hat niemand etwas gemerkt, auch nicht Herr Rasmussen, der sich ganz nah am Tatort aufhielt, nämlich auf der oberhalb gelegenen Driving Range.«

»Allerdings dringen dort die Autobahngeräusche stark durch, auch Fluglärm. Es ist also möglich, dass er den Schrei nicht hörte«, unterbrach Marco Bär. »Nun die nächste Merkwürdigkeit: Die Verletzte hat keine Hilfe geholt. Der Gerichtsmediziner meint, sie sei nicht fähig gewesen zu laufen. Sie hatte ein Handy dabei. Warum rief sie nicht beim Caddie-Master an, um sich zurück zum Clubhaus fahren zu lassen?«

»Wir vermuten«, spekulierte Theresa, »dass sie ihren Mörder …«

»Oder ihre Mörderin, Political Correctness nicht vergessen«, ging Hehemann dazwischen.

»Oder ihre Mörderin, natürlich! Schriftlich versehe ich das Wort selbstverständlich mit einem Gendergap. Für die Kollegen, die nicht wissen, was das ist – bitte bei Google schauen. Da findet ihr eine mehrseitige Erklärung.« Theresa grinste. »Zurück zu der Ermordeten. Es könnte also sein, dass sie die Person, die auftauchte, kannte und auf Hilfe hoffte. Deswegen telefonierte sie nicht.«

»Vielleicht ging alles zu schnell«, meinte Korte. »Ein Eindringling von außen springt aus dem Busch, zack, Kopf auf den Stein und schnell wieder weg.«

»Ein Mensch mit einer Mordabsicht ist doch bewaffnet«, erwiderte Theresa Rosenthal.

»Aber vielleicht bot sich ihm durch den Sturz des Opfers eine bessere Gelegenheit«, beharrte Oliver Korte.

»Das werden wir nicht aus dem Auge verlieren«, versprach die Kommissarin. »Ich zeige jetzt ein paar Fotos vom Tatort und vom Opfer. Uns ist die gewisse Fürsorglichkeit aufgefallen, mit der die Tote dorthin gebettet wurde, abgesehen von der brutalen Geste mit dem Ball. Es sieht so aus, als ob die Blätter wie ein Kissen unter den Kopf geschoben wurden. Die Haare hat ihr jemand fast liebevoll aus dem Gesicht gestrichen. Das war mein erster Eindruck, als ich an dem Donnerstag zum Tatort kam. Es gibt also eine Diskrepanz zwischen Brutalität einerseits und Fürsorglichkeit andererseits.«

»Vielleicht zwei Täter?«, warf Hehemann ein.

»Vielleicht. Auf jeden Fall deutet beides auf eine emotionale Verbindung hin. Wir vermuten, dass Frau Wirtz Julia Buenlago nicht nur bewunderte. Wir gehen davon aus, dass sie sich in sie verliebt hat.« Theresa Rosenthal machte eine kleine Pause, um ihre Aussage wirken zu lassen. Neugierig musterte sie die Gesichtsausdrücke der Zuhörer und merkte, dass der Vortrag Wirkung zeigte. Sie fuhr fort. »Frau Wirtz schenkte der Buenlago ein umfassendes Werk von Uwe Johnson und schrieb dazu einen Brief, der diesen Schluss zulässt.«

Auf der Leinwand erschien die handgeschriebene Nachricht von Katja Wirtz. Die Kommissarin gab den Anwesenden Zeit, den Text durchzulesen.

»Enttäuschte Liebe also?«, fragte Dr. Hehemann und schaute kritisch.

»Sie zweifeln, weil es sich um die Liebe einer Frau zu einer anderen Frau handelt?« Theresa nahm ihren Chef ins Visier.

»Möglich«, brummelte Hehemann. »Wo die Liebe hinfällt.« Es war ihm sichtlich unwohl bei der Vorstellung.

»Genau! Und in diesem Fall fiel die Liebe von Katja Wirtz auf ihre Golffreundin Julia Buenlago, die mit dieser Liebe nichts anfangen konnte. Davon gehe ich aus«, gab die Kommissarin zu bedenken. »Was auf dem sechsten Fairway an dem Donnerstag passiert ist, das müssen wir aus Katja Wirtz herauslocken.«

»Wir wollen niemanden abhalten, andere Möglichkeiten auszuloten. Dafür sitzen wir hier beieinander. Lasst uns spekulieren!«, forderte Marco Bär die Kollegen auf, weitere Ideen zu äußern.

»Heißt das«, meldete sich Oliver Korte zu Wort, »wir streichen Willi Wirtz von der Liste der Verdächtigen?« Man merkte ihm an, dass er mit dieser Entwicklung unzufrieden war. »Es wäre doch durchaus denkbar, dass seine Frau ihm auf die Schliche gekommen ist. Sie hat erfahren, dass er etwas mit dem Mord zu tun hat oder vielleicht sogar der Mörder ist. Da passt das Liebesszenario immer noch dazu. In ihrer Verzweiflung über den Tod der Geliebten prügelt sie auf den Ehemann ein.«

»Völlig richtig, Oliver«, bestätigte Marco Bär. »Sie hat, nach mehreren Zeugenaussagen, wiederholt ›Mörder‹ gerufen, als sie auf ihren Mann einschlug. Das würde deine Theorie stützen. Wir behalten Willi Wirtz weiterhin im Visier. Seine Frau hat aber auch die Gelegenheit gehabt und sie hatte ein Motiv. Das ist uns leider erst durch den Fund des Briefes klar geworden.«

»Gibt es sonst irgendwelche Fragen oder Ideen?«, wollte die Kommissarin wissen. »Haben wir etwas übersehen? Und nächste Frage: Wie gehen wir weiter vor? Was machen wir mit Katja Wirtz? In etwa einer Stunde können wir sie im Krankenhaus sehen.«

»Der Notarzt hat ihr gestern eine volle Dröhnung Valium oder so was Ähnliches gegeben«, erinnerte Marco Bär. »Als wir sie danach sahen, war sie deshalb ganz cool. Wenn die Happy-Pille heute nicht mehr wirkt, müsste sie doch über die eigene Tat entsetzt sein: Gewissensbisse, Verzweiflung, Panik – das ganze Programm. Wir sollten das ausnützen. Ein bisschen Druck und es wird aus ihr heraussprudeln. Ich mache den Bad Guy und Theresa kann die Beichtschwester spielen.«

»So machen wir es«, bestätigte die Kommissarin.

36. KAPITEL

Sie betraten zur Mittagsstunde das Krankenzimmer von Katja Wirtz. Auf ihr Klopfen bekamen die Kommissare keine Antwort, also gingen sie ungebeten in den Raum. Die Patientin lag auf dem Rücken, das Gesicht von der Tür abgewandt. Auf die Begrüßung der beiden Besucher reagierte sie nicht, sodass die Kommissare erst dachten, Frau Wirtz schlafe. Das war nicht der Fall. Mit weit aufgerissenen Augen starrte sie die Wand an. Theresa Rosenthal ging um das Bett herum und versuchte es mit Blickkontakt und einigen aufmunternden Worten, auf die ebenfalls keine Erwiderung kam.

»Frau Wirtz, wir müssen mit Ihnen reden«, preschte Marco Bär nun ziemlich forsch vor. »Und es wäre besser, Sie kooperierten mit uns. Es geht hier um zweifachen Mord – vielleicht, wenn Ihr Mann Ihren brutalen Anschlag nicht überlebt.«

Katja Wirtz wirkte nicht unbedingt sediert, eher desinteressiert. Der Stationsarzt hatte der Patientin keine weiteren Beruhigungsmittel verabreicht. Sie sei den Vormittag über sehr ruhig und gefasst gewesen, teilte er mit, als die Polizisten ihn über den Zustand der Patientin befragten.

»Frau Wirtz, wir müssen Sie wegen der Attacke auf Ihren Mann befragen und Sie stehen im Fall Julia Buenlago unter Mordverdacht, verstehen Sie das?« Marco ließ nicht locker. »Haben Sie Ihre Freundin umgebracht? Aus gekränkter Liebe? Sie haben Frau Buenlago doch geliebt und sie wollte nichts von Ihnen wissen?«

»Vielleicht war es ein Unfall«, fiel Theresa Rosenthal ein. »Erzählen Sie uns, was an dem fraglichen Donnerstag passiert ist.«

»Mörder!«, stieß Katja Wirtz plötzlich hervor, während sie weiter die weiße Krankenzimmerwand fixierte. »Mörder – er ist der Mörder.«

»Wer ist der Mörder, Frau Wirtz?«

»Willi – er hat sie ermordet.«

»Woher wissen Sie das?«, fragte Theresa mit sanfter Stimme. »Schauen Sie mich an, Frau Wirtz und sagen Sie mir, ob Sie irgendwelche Beweise für diese Behauptung haben.«

»Er ist der Mörder!«, wiederholte die Patientin monoton, ohne weitere Erklärungen abzugeben.

»Haben Sie deshalb versucht, Ihren Mann zu töten«, fragte die Kommissarin. »Weil er Julia Buenlago umgebracht hat?«

Die Kommissarin wurde von einem Blick getroffen, den sie nur als verschwörerisch deuten konnte. Ihr lief ein kalter Schauer über den Rücken. Hatte sie mit ihrem juristischen Vortrag über den Unterschied zwischen Mord und Totschlag Katja Wirtz zu der Gewalttat gegen ihren Mann angestiftet? Der Gedanke schoss ihr durch den Kopf. Erschreckt versuchte sie in den Augen der Patientin zu lesen, eine Bestätigung für diesen Verdacht zu finden. Nach einem fast verschmitzten, komplizenhaften Ausdruck in den Gesichtszügen schloss Frau Wirtz die

Lider. Auf weitere Fragen reagierte sie nicht. Ob sie nun schlief oder sich schlafend stellte, konnten die Kommissare nicht feststellen.

»Frau Wirtz«, rief sie noch einmal, erhielt aber keine Reaktion.

Ein altes chinesisches Sprichwort sagt: Es ist unmöglich den zu wecken, der sich schlafend stellt.

Sie gaben auf, Rosenthal und Bär verließen den Krankenraum. In der Tür stehend, zögerte Theresa einen Augenblick, drehte sich um und rief in den Raum hinein: »Wir kommen morgen wieder, Frau Wirtz.«

»Und übermorgen auch«, knurrte ihr Kollege mit nur mühsam unterdrücktem Zorn.

Bevor die Tür ins Schloss fiel, sahen sie durch einen Spalt noch gerade, dass Katja Wirtz sich in ihrem Bett zusammenrollte wie ein kleines Kind, dabei hielt sie ein Kopfkissen in den Armen und drückte es fest an ihren Körper.

»Ich sag mal so«, begann die Kommissarin, »die Gefahr, dass sie Ihren Mann deckt, besteht wohl nicht.«

»Das ist die gute Nachricht«, meinte Bär mit ironiegetränkter Stimme. »Sensationell! Wir haben zwei Verdächtige: Einer liegt im Koma, der andere zieht sich zurück in den Schlaf der Gerechten. Was machen wir jetzt?«

Theresa Rosenthal griff zu ihrem Telefon und drückte die Nummer von Dr. Bellutt.

»Sie wissen, dass wir zwei Hauptverdächtige haben?«, begann sie das Gespräch.

»Gratulation! Toll!«, beglückwünschte sie der Pathologe trocken.

»Wir haben ein kleines Problem«, gestand die Kommissarin. »Einer der Kandidaten ist schwer verletzt und die Ärzte können nicht einmal sagen, ob er überleben wird, der andere, die Ehefrau des Komatisierten, zieht sich zurück in den Schlaf und redet nicht mit uns.«

»Bad luck! Was soll ich tun? Wenn Sie bei mir landen, werden sie auch nicht mehr reden.«

Theresa lachte laut auf. Sie mochte den Pathologen-Humor.

»Die Hoffnung hatte ich aber. Jetzt, wo wir den Kreis der Verdächtigen auf zwei eingeengt haben, können wir Spuren vergleichen. Untersuchen Sie bitte jede Faser, jedes bisschen Material, ob Sie es unter den Fingernägeln, meinetwegen auch unter den Fußnägeln ausgegraben haben. Wir müssen etwas finden, das auf den Täter deutet.«

»Den Ball«, flüsterte Marco, »er soll jedes Dimple, oder wie die verschissenen Löcher auf den Bällen heißen, noch mal unter die Lupe nehmen.«

Theresa legte auf und schaute ihren Kollegen an. »Aktionismus, oder nicht?«

»Scheißaktionismus!«, bestätigte Bär. »Aber mir fällt im Moment auch nichts Besseres ein.«

»Doch, Kaffee.«

»Unbedingt«, bestätigte Bär. »Ich muss diesen Krankenhausgeruch loswerden. Der turnt total ab.«

»Halt noch ein paar Sekunden durch«, bat Theresa. »Ich muss den behandelnden Arzt fragen, ob mittlerweile ein Psychologe unsere Dame befragt hat.« Sie deutete mit dem Kopf in Richtung Krankenzimmertür.

Der Arzt war im Stress und wusste nur, dass die Psychologin Frau Dr. Sell am Vormittag bei der Patientin war.

»Wenn Sie Näheres wissen wollen, lassen Sie sich die Nummer von der Schwester geben«, sagte er und rauschte davon. »Gute Frau«, bemerkte er noch im Abgehen. »Sehr kompetent. Psychiaterin und Psychologin. Topärztin.«

37. KAPITEL

»Latte macchiato«, bestellte Marco im Café. Die Art, wie er mit dem Löffel den Schaum abschöpfte, um ihn genüsslich über die Zunge gleiten zu lassen, wirkte unmännlich und bestärkte Theresa in ihrer Meinung, dass die Sache mit dem Erwachsenwerden bei ihrem Kollegen keine Fortschritte machte. Sie bevorzugte den starken Espresso, was immer das über sie selbst aussagte.

»Reicht unser Belastungsmaterial eigentlich für eine Hausdurchsuchung bei den Wirtz'?«, wollte die Kommissarin wissen.

»Das schon, aber es wird auf jeden Fall dauern, bis der Herr Staatsanwalt geprüft hat«, meinte Marco und bestätigte damit ihre Befürchtung. »Ich bin aber Spezialist für unbürokratische Hausbesuche.«

»Das habe ich jetzt nicht gehört, Marco.«

»Aber die Wirtz werden bestimmt eine Haushälterin haben«, überlegte Bär. »Wahrscheinlich schwarz beschäftigt, so wie ich das Arschloch Wirtz einschätze. Da bietet sich ein kleiner Besuch an, oder?«

»Eine höfliche Aufwartung, meinst du?«

»Total super höflich!«

»Lass Korte das herausfinden: wie die Frau heißt und wann sie im Haus sauber macht«, bat Theresa. »Ich bin sicher, dass es eine Putzfrau gibt.«

»Klar, die Wirtz wird doch nicht selbst auf den Knien herumrutschen.«

»Du hilfst Korte bei den Recherchen und ich treibe Frau Dr. Sell auf«, schlug die Kommissarin vor. »Ich bin sehr gespannt auf ihre Beurteilung.«

Das war sie wirklich. Seit Katja Wirtz ihr den verschwörerischen Blick zugeworfen hatte, fühlte sich Theresa Rosenthal wie eine Komplizin. Schuldbewusst erinnerte sie sich an das Gespräch in der Praxis, bei dem sie der Ärztin die juristische Unterscheidung zwischen Mord und Totschlag erklärt hatte. Sie brauchte dringend die Einschätzung der Psychologin. Da sie gerne ein paar Schritte ging, machte sie sich zu Fuß auf den Weg zur Praxis, die am Chlodwigplatz lag, im Herzen der Kölner Südstadt, nur ein paar Minuten entfernt von dem Café.

38. KAPITEL

Die junge Dame am Desk wollte die Kommissarin nicht zu der Chefin vorlassen. Ein Namensschildchen an der adretten blauen Bluse verriet, dass es sich um Manuela handelte, die den Zerberus spielte.

»Mittagspause«, wisperte die junge Frau, als ob die Psychologin ein Nickerchen hinter der Tür halte, das keinesfalls gestört werden durfte.

»Polizei«, flüsterte Theresa und hoffte, dass die Empfangsfee sich veräppelt fühlte. »Ich muss Frau Dr. Sell leider jetzt gleich sprechen, es ist dringend«, hauchte sie mit todernster Miene.

»Oh, ich werde versuchen …« Auf Zehenspitzen näherte Manuela sich einer Tür, öffnete sie vorsichtig nur einen Spalt. Die Kommissarin war aber schon hinter ihr und drängte sich an der zarten Manuela vorbei. Frau Dr. Sell hockte mit überkreuzten Beinen auf dem Boden, die Arme ausgebreitet, Handflächen nach oben geöffnet, als empfange oder gebe sie göttliche Segnung. Diese Psychologen haben alle ein Rad ab, dachte die Kommissarin und war froh, dass sie sich für einen anderen Berufsweg entschieden hatte.

»Entschuldigung, aber die Dame ist von der Polizei«, verkündete mit bestürzter Miene die Empfangsdame.

»Kein Problem«, rief Frau Dr. Sell munter und so entspannt, dass Theresa sie um die Wirkung der Übung beneidete und sich fragte, ob Yoga vielleicht ein Rezept gegen ihre Schlafstörungen sei. Als die über 60-Jährige dann auch noch dynamisch wie eine junge Turnerin vom Boden aufsprang, blieb der Kommissarin jeglicher Spott im Hals stecken. Sie mochte die Psychologin, vielleicht weil sie Falten im Gesicht trug, die verrieten, dass Frau Dr. Sell in ihrem Leben viel gelacht hatte. Das machte sie jung, jünger als die facegelifteten Damen im Golfclub.

»Ich würde gern mit Ihnen über Katja Wirtz reden«, begann Theresa Rosenthal. »Sie haben sie heute Morgen besucht.«

»Schwieriger Fall«, sagte die Psychologin. »Kaffee?«

»Gern. Ich gebe Ihnen zuerst ein paar Informationen zu den Geschehnissen.« Mit wenigen Sätzen erklärte Theresa, dass Frau Wirtz am Vortag ihren Ehemann attackiert und lebensbedrohlich verletzt hatte. Dann beschrieb sie den Mord an Julia Buenlago und Katja Wirtz' Beziehung zu dem Opfer.

»Und jetzt wollen Sie eine Diagnose von mir haben?«, fragte die Psychologin mit einem lebendigen Blitzen in den Augen, das ihre Jugendlichkeit betonte. Es sind die Augen, die Auskunft über das innere Alter geben, dachte Theresa. Manche Menschen sind erst 40 und haben schon tote Augen. Überhaupt laufen deprimierend viele Untote herum.

»Für eine Diagnose ist es zu früh«, fuhr die Ärztin fort. »Frau Wirtz versuchte, sich dem Gespräch mit mir zu entziehen. Nichts Ungewöhnliches. Ganz vorsichtig lässt sich vielleicht sagen, dass ich gewisse Symptome bemerke, die auf schizophrene Tendenzen deuten. Schlafstörungen, die sie anscheinend mit übermäßigem Tablettenkonsum behandelt; depressive Stimmungen; auch Perseveration, Sie wissen, was das ist?«

»Wenn ich mich recht erinnere, sechstes, siebtes Semester: stereotypes Wiederholen eines Wortes oder eines Gedankens.« Theresa kramte in ihrem Gedächtnis nach verschüttetem Wissen aus der Studienzeit.

»Ah, eine Kollegin«, freute sich Frau Dr. Sell und strahlte, sodass sich alle Falten um Augen und Mund herum zusammenzogen, während sich das Gesicht um die Wangen glättete. »Jedes Symptom für sich ist unbedenklich.«

»Da bin ich aber froh«, lachte Theresa Rosenthal. »Sonst würde das Ausmaß meiner Schlafstörungen eine feine Schizophrenie-Diagnose rechtfertigen.«

»Armes Kind!« Fürsorglich tätschelte die Psychologin Theresas Hand. »Keine Sorge, erst in der Häufung der Symptome kann man von einem Verdacht auf Schizophrenie reden«, beruhigte sie die Kommissarin. »Aber das wissen Sie wahrscheinlich selbst. Bei Frau Wirtz kommen einige Auffälligkeiten zusammen. Sie reagiert gemütsmäßig eingeschränkt auf bewegende Ereignisse, erscheint durch Erfreuliches wie Unerfreuliches wenig berührt. Der Zustand ihres Mannes lässt sie kalt. Obwohl ich die Patientin erst einmal gesehen habe, wage ich zu behaupten, dass ihre Mimik reduziert ist.«

»Ich habe auch inhaltliche Denkstörungen und eine motorische Unruhe bei ihr bemerkt«, fügte die Kommissarin hinzu.

»Erzählen Sie mir davon«, bat die Psychologin.

»Sie leugnet den Tod ihrer Freundin, spricht zeitweise von Frau Buenlago, als ob sie noch am Leben sei.«

»Interessant, das wäre ein weiterer Hinweis«, antwortete Frau Dr. Sell nachdenklich. »Sie haben also schon öfter mit Frau Wirtz gesprochen, haben Sie Wahnvorstellungen bemerkt?«

Theresa überlegte einen Moment und schüttelte dann den Kopf. »Nein, eher nicht. Halten Sie es für möglich, dass Frau Wirtz die Mörderin von Frau Buenlago ist? Ich muss dazu sagen, dass wir eindeutige Hinweise darauf haben, dass sie das Mordopfer geliebt hat, womöglich eine enttäuschte Liebe. Erneut! Die Liebe zu ihrem Mann, dem sie sich allem Anschein nach ganz unterworfen hatte, wurde auch enttäuscht. Die Unterwerfung scheint bei ihr ins Bild einer Liebe zu gehören. Frau Buenlago war eine sehr starke, attraktive Frau, die von Frau Wirtz geradezu verehrt wurde. Ähnliches Muster wie in ihrer Ehe.«

»Ich kann Ihnen nicht sagen, ob sie die Mörderin ist, die Sie suchen. Das ist auch nicht mein Job. Ich werde nach weiteren Gesprächen mit der Patientin eine medizinische und psychologische Einschätzung geben. Wir werden Frau Wirtz unter Beobachtung halten.«

»Suizidgefährdung?«

»Ausgeschlossen ist das nicht. Ich denke aber, keine akute Gefährdung. Kommt auf den Verlauf der Krankheit an.«

»Wissen Sie, dass Frau Wirtz ihren Mann beschuldigt, der Mörder von Julia Buenlago zu sein?«

»Diese Behauptung hat sie mehrfach wiederholt. Gibt es dafür Beweise?«

»Einen Verdacht, keine Beweise. Ich hätte da noch eine Frage«, Theresa zögerte. »Es ist nur so ein Gefühl.«

»Raus damit«, ermunterte Frau Dr. Sell. »Gefühle sind nichts Schlechtes – ganz im Gegenteil, oft sogar zuverlässiger als die wissenschaftlich begründete Diagnose. Wir Psychologen tappen doch oft genug im Dunkeln.«

»Halten Sie es für möglich, dass Frau Wirtz uns etwas vorspielt?«

»So etwas kommt immer wieder vor, gerade bei intelligenten Menschen.« Die Psychologin wog ihren Kopf hin und her, als ob sie den Gedanken prüfend durch alle Hirnwindungen schicke. »In diesem Fall ist mir eine Aussage darüber noch zu früh. Wie kommen Sie darauf?«

»Wie gesagt, ein Gefühl und ein Blick, den Katja Wirtz mir zuwarf, beinahe verschwörerisch.« Theresa erzählte vorerst nicht, dass sie selbst die Täterin womöglich auf gefährlich dumme Gedanken gebracht hatte. »Wir bleiben in Kontakt und entschuldigen Sie, dass ich Ihre Yogasitzung unterbrochen habe«, bat sie die Ärztin um Verzeihung. »Meinen Sie, das könnte gegen meine Schlafstörungen helfen?«, fragte sie im Hinausgehen.

»Unsere Berufe ähneln sich in einem Punkt«, antwortete Frau Dr. Sell. »Wir beide haben es mit schrägen Typen zu tun. Da braucht man etwas, das einen zurück ins Gleichgewicht bringt – bei mir ist es Yoga und hin und wieder ein Glas Wein. Versuchen Sie es!«

»Mit dem Wein?« Theresa lachte. »Eine Therapie, die mir sehr entgegenkommt.«

»Erst Yoga, dann der Wein. Das wäre mein Vorschlag«, erwiderte Frau Dr. Sell und strich der Kommissarin erneut liebevoll über den Arm. Theresa nahm das Gefühl mütterlicher Geborgenheit dankbar entgegen. Bei ihrer leiblichen Mutter hatte ihr genau das gefehlt.

»Zum Thema schräge Typen«, meinte Theresa spöttisch und die aufsteigende Rührung überspielend. »Uns gehen die Kunden nicht aus. Ich fange die Schwerverbrecher und unser Rechtssystem schickt sie in die Therapie. Übrigens, den Ehemann, Willi Wirtz, kann man nahtlos bei den Gestörten einordnen. Der hat eine narzisstische Persönlichkeitsstörung, da bin ich mir ziemlich sicher.«

»Gut zu wissen.« Frau Dr. Sell nahm die Information dankbar zur Kenntnis. »Interessante Kombination.«

»Mit einem gegenseitigen Verstärkungseffekt – eventuell«, gab die Kommissarin zu bedenken.

»Möglich.«

39. KAPITEL

Bär und Korte hatten inzwischen gute Arbeit geleistet.

»Frau Garcia Alvarez, Haushälterin bei Wirtz', kommt viermal wöchentlich, vormittags. Spanierin, schwarz beschäftigt«, berichtete Korte knapp. »Heißt mit Vornamen übrigens Conchita, klingt irgendwie nach spanischer Folklore – Conchita Garcia Alvarez, olé.«

Die Kommissarin wollte gar nicht wissen, wie die Kollegen das so schnell herausgefunden hatten. Die beiden waren einfach gut.

»Aufschlag im Hause Wirtz also am Dienstagvormittag«, schlug sie vor. »Das schlechte Gewissen in Sachen Schwarzarbeit dürfte Conchita kooperativ machen.«

»Aber so was von kooperativ«, grinste Korte. »Die KTU lässt uns übrigens ausrichten, dass es in dem edlen hellblauen Kaschmirpullover von Frau Buenlago jede Menge Fremdmaterial gibt, aber abgleichen können sie natürlich erst, wenn wir ihnen das passende Kleidungsstück des Verdächtigen liefern.«

»Versucht herauszufinden, was Katja und Willi Wirtz am Tag des Mordes trugen«, schlug Theresa vor. »Vielleicht finden wir die Teile im Haus. Und ich weiß«, fügte sie mit Blick auf die skeptischen Gesichtsausdrücke ihrer Kollegen hinzu. »die Nadel im Heuhaufen, aber was sollen wir machen? Ein Verdächtiger im Koma und eine wahrscheinlich schizophrene Verdächtige – da bleibt nur der Mut der Verzweifelten oder besser gesagt, die Hoffnung.«

»Was sagt denn die Klapsmühlentante?«, wollte Bär

wissen. Der strafende Blick seiner Kollegin rief ihn zur Ordnung. »Psychologin«, korrigierte er sich.

»Dr. Sell, eine sehr gute Frau«, lobte Theresa. »Sie hat die Wirtz heute Vormittag nur kurz gesehen. Mögliche Schizophrenie, meint sie, muss aber noch weitere Untersuchungen machen.«

»Wer braucht in diesem Land denn noch Gefängnisse«, stöhnte Korte. »Verbrecher gibt es gar nicht mehr, nur noch Geisteskranke. Jeder Dieb ist ein gesellschaftlich Geschädigter, jeder Knacki hatte eine schwere Jugend und bekommt als Therapie einen Mallorcaaufenthalt mit Ballspielen und Streicheleinheiten. Wozu machen wir hier noch unseren Job?«

Theresa verstand den Frust und hatte wenig entgegenzusetzen. Es war etwas dran an Kortes Klage. Wie oft überführte die Polizei einen Delinquenten und musste dann zusehen, wenn ein Gericht ihn zur Bewährung auf freien Fuß setzte.

»Yoga! Meine Antwort ist Yoga. Ich fange morgen damit an, macht ihr mit?«, fragte Theresa halb im Scherz und halb im Ernst. »Wir brauchen etwas gegen den täglichen Frust, ein Mittel, das unsere geschundenen Seelen wieder ins Gleichgewicht bringt.«

Korte schaute ungläubig auf seine Kollegin und Bär tippte sich an die Stirn. »Ein Besuch bei der Klapsmühlentante – und du tickst auch nicht mehr ganz richtig.«

»Lacht ihr nur, ich werde euch demnächst mit meiner unendlichen Geduld und Gelassenheit beeindrucken.«

»Da haben wir dann doch alle was von«, bemerkte der Leiter der Mordkommission, Dr. Hehemann, der gerade rechtzeitig das Büro betrat, um Theresas letzten Satz aufzuschnappen.

»Unsere Kollegin Rosenthal fängt jetzt mit Yoga an«, erklärte Marco Bär grinsend.

»Das trifft sich gut, denn für die Mitteilung, die ich habe, kann sie ein wenig Gelassenheit gebrauchen«, erwiderte Hehemann. »Frau Wirtz hat heute Nachmittag, unter Aufsicht eines Beamten, die Krankenstation verlassen. Sie gab an, ihren Mann sehen zu wollen, der angeblich im Sterben liegt.«

Die drei Ermittler nahmen die Nachricht mit Entsetzen auf.

»Ich weiß nicht, was da in der Kommunikation schiefgelaufen ist. Immerhin hat ein ganz Schlauer uns wenigstens davon in Kenntnis gesetzt, aber es hat etwas gedauert, bis die Nachricht bei mir auf dem Tisch lag.«

»Sofort los – Uniklinik!« Theresa trieb die Kollegen zur Eile. »Ich habe ein saudummes Gefühl.«

Korte bekam den Auftrag, für die Koordination im Kommissariat zu bleiben.

»Und ruf als Erstes in der Uniklinik an«, rief Theresa ihm zu, während sie schon halb zur Tür hinaus war. »Die müssen sofort eine Schwester in Willi Wirtz' Zimmer schicken, besser einen Pfleger. Und versucht, Kontakt zu dem Beamten zu bekommen, der Katja Wirtz begleitet.«

»Blaulicht!«, befahl Theresa, als sie und Bär den dunkelgrünen Audi bestiegen. Das Vorwärtskommen war trotzdem schwierig. Rushhour. Die Gasse bildete sich nur mühsam, die Autofahrer wussten im dichten Abendverkehr auch nicht, wohin mit ihren Fahrzeugen.

»Verpisst euch!«, brüllte Bär.

»Was sollen die Armen machen, sich in Nichts auflösen?«, fragte Theresa.

»Ist mir scheißegal.«

»Sieht so aus, als ob da vorne ein Bus liegen geblieben ist. So verstopft ist es hier sonst nicht.« Theresa nahm das Mikro und forderte die Verkehrsteilnehmer über Lautsprecher auf, eine Gasse zu bilden. »Aktionismus?«, fragte sie den Kollegen.

»Nee! Was sollen wir schon machen, mit Yogaübungen kriegen wir die Straße nicht frei.«

»Das Thema klebt jetzt wohl bis zum Ende meiner Tage an mir?«, beschwerte sich die Kommissarin lachend.

»Nur bis du in Pension gehst. Dann kannst du deinen Lebensabend im Schneidersitz verbringen und so viele ›Oms‹ ausstoßen, wie es dir gefällt.«

»Das muss ich mir von einem Bengel sagen lassen, der am Wochenende mit anderen Kindern auf der Skaterbahn spielt?«

»Touché.« Marco Bär nahm den Seitenhieb gelassen entgegen. »Brüll noch mal durchs Mikro. Wir kommen nicht voran.«

»Wer weiß, was die Wirtz mittlerweile anstellt. Ich versuche es bei Korte. Mal sehen, ob er einen vernünftigen Menschen im Krankenhaus erreicht hat.«

Theresa kam nicht durch.

»Besetzt«, erklärte sie genervt und versuchte es auf dem Handy, aber Oliver Korte ging nicht dran. Sie sprach ihm auf das Band und bat dringend um Rückruf.

Sie passierten den havarierten Bus, der eine Fahrbahn blockierte. Danach gab Marco Gummi und sie hatten nur noch ein paar Minuten zum Krankenhaus.

Korte meldete sich nicht.

Den Audi ließen sie mit laufendem Blaulicht am

Haupteingang der Uniklinik stehen. Willi Wirtz lag auf der Intensivstation der Neurochirurgie. Da sie am Vortag schon dort gewesen waren, mussten sie sich nicht erst durchfragen. Das sparte Zeit.

Die Aufzüge hielten sich alle zwischen der dritten und neunten Etage auf, das sah man an den jeweiligen Anzeigen. Sie mussten in die zwölfte. Zu Fuß machte es keinen Sinn. Sie waren gezwungen zu warten, bis eine der Kabinen im Erdgeschoss hielt. Kostbare Zeit verstrich, während sie auf die Leuchtziffern starrten.

»Der linke«, rief Bär. Tatsächlich öffnete sich die Tür. »Guten Tag!« Ein alter Mann im braunen Trainingsanzug trippelte mit kleinen Schritten vorwärts und schob dabei einen Galgen mit einer Infusion vor sich her. Sie hatten nicht das Herz, ihn anzutreiben. Hätte wahrscheinlich auch nichts genutzt. Der Senior war nicht auf der Höhe, das sah man seiner grauen Gesichtsfarbe an. Endlich hatte der Alte es geschafft. Die Kommissare drückten die Zwölf, konnten aber nicht verhindern, dass der Fahrstuhl an drei weiteren Etagen hielt. Das Öffnen und Schließen der Tür dauerte eine Ewigkeit.

Die Intensivstation war besser gesichert als der Knast in Ossendorf. Durch eine Gegensprechanlage mussten die Kommissare ihr Anliegen vortragen, aber offensichtlich verstanden die da drinnen nur Bahnhof. Es rührte sich nichts. Bär setzte sich auf einen der Stühle in dem kleinen Warteraum. Theresa marschierte ungeduldig auf und ab. Ein junger Mann in Uniform betrat den Raum. Er hielt einen Kaffeebecher in der Hand. Es war der Kollege von der JVA, der Katja Wirtz begleitete.

»Alles in Ordnung«, sagte er. »Frau Wirtz ist noch drinnen bei ihrem Mann.«

»Scheiße!« Marco Bär verdrehte die Augen in Theresas Richtung, gab sich aber nicht die Mühe, dem Kollegen zu erklären, warum womöglich nicht alles okay sei.

Als Theresa Rosenthal gerade auf die Gegensprechanlage eindreschen wollte, öffnete sich die Tür. Eine Schwester nahm sie in Empfang, führte sie in einen Zwischenraum und erklärte, wie sie grüne Schutzkleidung anlegen sollten.

»Dafür ist jetzt keine Zeit, Gefahr im Verzug!«, rief Bär und wollte die Schwester zur Seite drängen.

»Doch, dafür muss Zeit sein, sonst kommen Sie hier nicht rein«, sagte die Schwester ruhig und bestimmt. Also folgten sie der Aufforderung. Erst dann durften die Kommissare die Intensivstation betreten. Es empfing sie eine Atmosphäre der konzentrierten Geschäftigkeit: gedämpfte Stimmen, Kontrollleuchten und Signaltöne aus den verschiedenen Räumen. Die Schwester führte sie zu dem durch einen Vorhang abgetrennten Bett, in dem Herr Wirtz lag. Katja Wirtz stand daneben und hantierte an den Geräten, mit denen die Lebensfunktionen des Patienten kontrolliert wurden.

»Lassen Sie das!«, forderte die Kommissarin entschlossen.

Katja Wirtz drehte sich um. Sie schien überrascht, vielleicht auch erschrocken. Das konnte man in dem Dämmerlicht nicht ganz ausmachen.

»Ich bin Ärztin«, sagte sie.

»Und eine Ehefrau, die gerade versucht hat, ihren Mann umzubringen.«

»Ich habe nur …« Katja Wirtz deutete auf eines der Geräte, dann ließ sie die Arme resigniert sinken.

»Würden Sie uns bitte hinausbegleiten«, bat Marco Bär. »Wir müssen uns ein wenig mit Ihnen unterhalten.«

»Ich wollte wirklich nur kontrollieren ... Ich bin doch keine Mörderin.«

»Immerhin haben Sie versucht, Ihren Mann zu erschlagen, Frau Wirtz«, erinnerte die Kommissarin.

»Da war ich völlig außer mir, ich war nicht ich selbst. Er hat Julia umgebracht.«

»Bitte etwas Ruhe hier drinnen«, mahnte eine der Krankenschwestern. »Hier liegen Frischoperierte.«

Sie verließen die Station und gingen in den Warteraum. Der Kollege saß dort noch beim Kaffee und blätterte in einer Illustrierten.

»Könnten Sie uns allen noch einen Kaffee holen?«, bat Theresa mit zuckersüßer Stimme und gab dem jungen Mann einen Zehneuroschein. »Sie wissen doch, wo der Automat steht.« Ihrem Kollegen Bär flüsterte sie zu: »Wir verhören sie sofort. Ich glaube, sie wird reden. Ich habe so ein Gefühl.«

Die Kommissare setzten sich mit Katja Wirtz in eine Ecke und nahmen sie in die Mitte.

»Frau Wirtz«, begann Theresa. »Es wird Zeit zu reden. Ihr Mann wird Ihren Anschlag vielleicht überleben, aber Ihre Freundin ist tot. Sagen Sie uns, wie es passiert ist.«

Katja Wirtz sackte in sich zusammen. Aus ihren Augen flossen Tränen, kein Laut entfuhr ihrem Mund, kein Schluchzen. Es war ein stummes Weinen, das ihren ganzen Körper erschütterte.

Die Kommissarin ließ ihr Zeit für den Schmerz, dann wiederholte sie mitfühlend: »Wie ist es passiert?«

Katja Wirtz hatte sich etwas beruhigt und berichtete, wie sie gegen Ende ihrer Golfstunde Julia Buenlago auf dem sechsten Fairway gesehen hatte. Sie hatte sich kurz vor Ende der Unterrichtsstunde von Padraig verabschiedet, der in seine Hütte ging, um eine zu rauchen.

»Vielleicht hat er auch einen Schluck getrunken, auf jeden Fall verschwand er und ich bin schnell rüber zur Sechs.«

»War denn Herr Rasmussen nicht auf der Driving Range?«, wollte Theresa wissen.

»Nein, den habe ich nicht gesehen. Ich wollte Julia entgegengehen, aber plötzlich sah ich sie zwischen den Bäumen liegen. Ich rannte zu ihr hin. Und da sah ich …« Frau Wirtz begann erneut zu schluchzen. »Sie war tot. Ich konnte nichts mehr für sie tun.«

»Sie liebten Frau Buenlago«, sagte Bär ungerührt. »War es nicht so, dass Sie Ihre Freundin daliegen sahen. Sie war gestürzt, Knöchel verrenkt. Und Sie beugten sich über sie, gestanden Ihre Liebe. Hat Frau Buenlago Sie weggestoßen und Sie reagierten verletzt, sind ausgerastet, wie Sie bei Ihrem Mann ausgerastet sind?«

»Es stimmt, ich liebte Julia. Ich hätte sie nie verletzen können«, sagte Frau Wirtz plötzlich mit fester Stimme.

»Sie war also schon tot, als Sie sie fanden?«, fragte Theresa nach. »Haben Sie Frau Buenlago berührt, irgendetwas verändert?«

»Ich hatte solches Mitleid. Sie lag so einsam da. Schrecklich, der Golfball in ihrem Mund. Am liebsten hätte ich sie in meine Arme genommen und weggetragen. Wie gern hätte ich sie beschützt, den Ball aus ihrem Mund genommen. Das ging nicht, ich habe es versucht. Dann schob ich ein paar Blätter unter ihrem Kopf zusammen und habe ihr über das Gesicht gestreichelt.«

»Und danach haben Sie die Polizei gerufen? Das macht man doch normalerweise, wenn man ein Opfer findet?« Bär zeigte sich nicht sehr gerührt von Frau Wirtz' Geschichte.

»Ich geriet in Panik. Ich war sicher, dass mein Mann Julia umgebracht hatte.«

»Wieso waren Sie da so sicher?«, hakte Bär nach.

»Er wusste, dass Julia etwas gegen ihn in der Hand hielt. Willi hatte Angst vor einer Veröffentlichung. Das hätte seine ganze Existenz zerstört. Er hat zu Hause immer wieder furchtbare Drohungen gegen sie ausgestoßen.«

»Hat er gesagt, dass er Frau Buenlago umbringen will?«, wollte Theresa wissen.

»Nicht direkt, aber er brüllte immer wieder, dass er sich von ihr nicht sein Leben zerstören ließe. ›Ich stopf dieser arroganten Ziege das Maul‹ – solche Sachen hat er geredet, immer wieder.«

»Und Sie haben das ernst genommen?«

»Ja, Willi kann ganz schön brutal sein.«

»Sie streichelten der toten Frau Buenlago also noch einmal über das Gesicht und sind dann gegangen und haben sich gemütlich ins Clubhaus gesetzt?« Bär schien der Geschichte von Frau Wirtz wenig Glauben zu schenken.

»Natürlich wollte ich die Polizei rufen, aber ich war so durcheinander. Ich wollte einen Moment nachdenken auf dem Weg zum Clubhaus.«

»Auf welchem Weg sind Sie denn zurück zum Clubhaus gegangen? Erinnern Sie sich, Frau Wirtz«, bat Theresa.

»Ich weiß nicht genau. Ich war vollkommen benommen. Nicht über die Driving Range, ich wollte Padraig nicht begegnen. Ich bin, glaube ich, hoch zum sechsten Grün und dann über das Loch sieben …«

»Sind Sie jemandem begegnet, der das bezeugen kann?«

»Nein, erst auf dem Parkplatz waren Leute. Ich hatte mich entschieden, dem Caddie-Master Bescheid zu sagen, aber als ich am Clubhaus ankam, herrschte dort schon große Aufregung. Ich fragte den Hauser, was los sei, und er sagte: Frau Buenlago ist erschlagen worden.«

»Und dann?«

»Ich war so verzweifelt. Ich wollte mit niemandem reden und bin nach Hause gefahren. Ich weiß, dass ich sofort mit der Polizei hätte sprechen müssen, aber ich hatte Angst. Angst wegen Willi und Angst, dass ich selbst verdächtigt werde.« Wie ein Häufchen Elend saß Frau Wirtz auf ihrem Stuhl, eine große gebrochene Frau. »Wahrscheinlich glauben Sie mir nicht«, flüsterte sie kaum hörbar. »Ich war so wütend am Sonntag. Ich weiß nicht, ob er Julia umgebracht hat. Ich weiß überhaupt nicht mehr, was ich denken soll. Aber wer sonst soll sie getötet haben?«

Sie schickten Katja Wirtz in Begleitung des Beamten, der endlich mit dem Kaffee zurückgekehrt war, zurück in das Krankenhaus der JVA.

»Scheißkaffee!«, meckerte Bär beim ersten Schluck aus dem Pappbecher.

»Krankenhausplörre«, bestätigte Theresa.

»Plörre? Schönes Wort, passt genau zu dem Geschmack von dem Zeug in meinem Becher.«

»Ich glaube ihr«, sagte Theresa unvermittelt und schaute ihren Kollegen prüfend an. Sie hatte während des Gesprächs gemerkt, dass er die Aussagen von Katja Wirtz eher misstrauisch aufnahm.

»Ich gebe zu, dass ich anfangs skeptisch war«, brummelte Bär, »aber ich glaube ihr auch.«

»Also Willi Wirtz?«

»Schön wär's! Der kann sich auch nicht mehr wehren, und wir könnten die Sache endlich abschließen«, meinte Bär resigniert. Er war müde.

»Aber?«

»Sein Alibi ist fast wasserdicht.«

»Lass uns für heute Schluss machen. Morgen gehen wir in das Haus von den Wirtz'. Vielleicht finden wir einen Hinweis, der uns weiterhilft«, schlug Theresa vor.

40. KAPITEL

Solveig Laumann erinnerte sich nur schwach an die Kleidung, die Willi Wirtz an dem Tag getragen hatte, als Julia Buenlago ermordet wurde. Wer konnte es ihr verdenken. Am Ende hatte sich Frau Laumann immerhin so weit festgelegt, dass er mit etwas Dunklem bekleidet war, einem braunen oder grauen Pullover, mit einem helleren breiten Streifen, wahrscheinlich rot, quer über die Brust, der sei ihr ins Auge gefallen.

Katja Wirtz hatte ihnen am Vortag genau beschrieben, welche Jacke sie an dem fraglichen Donnerstag trug. Sie erinnerte sich so genau, weil es vormittags noch regnerisch war, und sie habe sich deshalb für eine dunkelgrüne Regenjacke entschieden.

Als die Kommissare die Jacke am Dienstagmorgen aus dem Kleiderschrank im Schlafzimmer der Wirtz' zogen, wussten sie gleich, dass der glatte Kunststoff bestimmt keine Spuren im hellblauen Kaschmirpullover des Opfers hinterlassen hatte. Mehr Glück würden sie wahrscheinlich mit dem Pullover von Willi Wirtz haben, den sie mit Hilfe von Conchita aus einem Stapel von Herrenpullovern hervorzogen. Die Haushälterin war, wie sie schon vermutet hatten, sehr entgegenkommend. Sie mussten das Thema Schwarzarbeit gar nicht zur Sprache bringen. Rosenthal und Bär hielten ihr den Hausdurchsuchungsbefehl unter die Nase, den die Kommissare tatsächlich am Morgen auf ihrem Schreibtisch vorgefunden hatten.

Sie stöberten noch ein wenig im Haus herum, wussten aber eigentlich nicht, wonach sonst sie suchen sollten. Sie nahmen den Computer von Willi Wirtz mit. Vielleicht konnten die Fachleute etwas wiederherstellen. Bestimmt hatte Wirtz alle brisanten Daten gelöscht, Zeit genug hatte er dafür gehabt. Frau Wirtz' Laptop war nicht gesichert. Nach dem Hochfahren erschien als Hintergrundbild ein Foto von Julia Buenlago.

»Rührend«, sagte Marco Bär spöttisch.

»Sei mal nicht so abgebrüht«, ermahnte Theresa. »Sie hat die Frau wirklich geliebt.«

Etwas Verdächtiges fanden sie nicht bei den Daten. Ein Ordner enthielt noch weitere Fotos der Ermordeten, aber das überraschte sie nicht.

»Bring das Zeug in die KTU«, bat die Kommissarin den Kollegen. »Ich fahre noch mal in den Golfclub. Mir sind ein, zwei Fragen eingefallen, die ich gern vor Ort klären würde.«

»Lassen die sich beim Spielen erörtern?«, fragte Bär.

»Was für eine gemeine Unterstellung!«, konterte Theresa. »Aber falls sich die Befragungen bis in die Mittagszeit hineinziehen sollten, kann ich meine Pause vielleicht sportlich gestalten. Ist das okay, Herr Kollege?«

»Man muss auch jönne könne.«

41. KAPITEL

»Ihnen wird jedenfalls nicht langweilig«, begrüßte sie den Caddie-Master, den sie lesend in seinem Büro vorfand.

Es war ein regnerischer Tag und kaum Betrieb. Auf dem Parkplatz standen nur wenige Autos, die meisten gehörten wahrscheinlich den Angestellten.

»Immer noch Adorno?«, wollte Theresa Rosenthal wissen.

»Der ist wie die Bibel, kann man immer wieder lesen«, gab Hauser Auskunft und seine meist verschlossenen Gesichtszüge hellten sich ein wenig auf. »Sie sind die Erste, die mich nach meinem Lesestoff fragt. Außer Frau Wallmann, die interessierte sich auch dafür. Sonst dreht sich hier doch alles nur um Golf.«

»Eine der schönsten Nebensachen der Welt.«

»Irrtum, Frau Kommissarin. Es ist die Hauptsache, auf jeden Fall bei den Mitgliedern dieses Clubs.«

»Übertreiben Sie da nicht ein wenig?«

»Ich arbeite seit über 20 Jahren als Caddie-Master, da hat man so einiges gehört und erlebt. Selbst 9/11 haben die Leute weitergespielt.«

»Herr Posch ist nicht zufällig auf dem Gelände?«

Das verneinte Herr Hauser. Die Kommissarin bat ihn um die Telefonnummer. Ingo Posch meldete sich sofort. Ob man sich kurz im Club treffen könne, schlug Theresa Rosenthal vor.

»Kein Problem«, meinte Posch entgegenkommend. »Ich wollte sowieso auf der Range ein paar Bälle schlagen.«

Offensichtlich wohnte er nicht weit entfernt vom Golfclub, denn eine Viertelstunde später fuhr er mit seinem BMW-Geländewagen durch die Einfahrt und begrüßte die Kommissarin gut gelaunt.

Eine Frohnatur, dachte Theresa. Sie erlebte den Mann, der zusammen mit Rudolf Spethmann die tote Julia Buenlago gefunden hatte, bei allen Begegnungen immer in bester Stimmung.

»Darf ich Sie zu einem Kaffee einladen?«, fragte Posch.

»Das würde ich nicht als eine Bestechung betrachten«, lachte Theresa.

In der Gastronomie saß kein Mensch, sodass sie ungestört reden konnten.

»Nett, dass Sie extra gekommen sind, Herr Posch«, begann die Kommissarin. »Ich würde gern, dass Sie sich noch einmal genau an die Minuten erinnern, in denen Sie Julia Buenlago gefunden haben. Sie wissen, manchmal müssen die Erlebnisse ein bisschen absacken.«

»Gern denke ich nicht daran, aber wenn es sein muss?«

»Es muss«, ermunterte ihn Theresa Rosenthal.

Posch berichtete daraufhin, wie er auf Julia Buenlago gestoßen war. Er hatte sie nicht angefasst, das wusste er genau, sie nur angesprochen.

»Man hört ja immer wieder, dass man einen Verunglückten besser nicht anrührt, wegen innerer Verletzungen und so«, erklärte er. »Ich dachte erst, sie sei ohnmächtig und mir war sofort klar, dass sie Hilfe brauchte. Und dann dieser Ball in ihrem Mund. Das war so, ich weiß nicht, abstrus.«

»Und Herr Spethmann, war er die ganze Zeit bei Ihnen, während Sie spielten?«

»Auf jeden Fall! Wir gingen zusammen und suchten unsere Bälle zusammen. Man ist auf der Runde doch immer in Sichtweite. Als ich Julia fand, habe ich ihn gerufen. Er kam sofort von der anderen Fairwayseite zu mir herüber. Natürlich war er noch geschockter als ich, weil ihm das Erlebnis vom Vortag in den Knochen steckte. Spethmann sagte auch gleich: ›Lass sie bloß so liegen.‹«

»Sie standen also gemeinsam und überlegten, was zu tun sei?«

»Ich hatte mein Handy dabei und rief den Caddie-Master an.«

»Erreichten Sie ihn sofort?«

»Nein, nicht sofort. Ich ließ es lange klingeln. Weil er nicht dranging, überlegten wir, was besser sei: selbst die Rettung rufen oder schnell zum Clubhaus laufen. Dann habe ich es noch mal bei Hauser versucht, und da meldete er sich Gott sei Dank.«

»Warum haben Sie denn nicht selbst die 112 gewählt?«

»Ich weiß auch nicht mehr. Wahrscheinlich dachten wir, dass Hauser alles zentral organisieren sollte, was er dann auch machte. Wir mussten ihm sowieso Bescheid geben, damit er die Rettung an die richtige Stelle führen konnte.«

»Was haben Sie dem Herrn Hauser denn gesagt?«

»Dass Frau Buenlago auf dem sechsten Fairway liegt und nicht ansprechbar sei.«

»Erinnern Sie sich genau!«, forderte die Kommissarin ihn auf. »Haben Sie keine weiteren Erklärungen abgegeben? Details, was mit ihr passiert war.«

»Nein, bestimmt nicht! Wir wussten selbst doch gar nicht, was mit ihr los war.«

»Moment«, unterbrach die Kommissarin Poschs Bericht.

Sie griff zu ihrem Handy, ging auf die Terrasse hinaus und wählte die Nummer von Bär.

»Marco, bist du schon bei der KTU? Dann frag dort bitte nach, ob es eine fremde Faser an Julia Buenlagos Kleidung gibt, die von einem grauen Pullover stammt, graue Kunstfaser, Nylon, Polyester oder so.«

Es stimmt, dass die Erinnerungen von Zeugen sehr unzuverlässig sind. Es gibt Ausnahmen. Einige Menschen haben eine ausgezeichnete Beobachtungsgabe, aber die meisten Leute laufen blind und taub durch die Gegend. Um nicht ungerecht gegen Tatzeugen zu sein, überprüfte Theresa manchmal ihr eigenes Erinnerungsvermögen. Meist wusste sie nicht mal, mit welcher Bekleidung ihr eigener Ehemann am Vortag aus dem Haus gegangen war, insbesondere, wenn er sich für braun, grau oder schwarz entschieden hatte. Knallige Farben blieben natürlich eher im Bewusstsein hängen. Wer beabsichtigte, ein Verbrechen zu begehen, sollte sich für gedeckte Kleidung entscheiden. In diesem Fall war der Mord nicht geplant gewesen, da war sich die Kommissarin ziemlich sicher. Sie konnte sich genau entsinnen, was Thomas Hauser am Leib trug, als er mit ihr zu der Stelle fuhr, an der Julia Buenlago ihr Ende gefunden hatte. Sie erinnerte sich an die Farbe des Pullovers genau, weil sie gedacht hatte: Der Mann sieht aus wie eine graue Polyestermaus.

Als die Kommissarin nach ihrem Telefonat ins Restaurant zurückkehrte, empfing Posch sie mit angespannter Miene.

»Ich gebe zu, dass ich gerade etwas nervös werde«, gestand er. »Führen Sie mich hier gleich in Handschellen hinaus oder können wir noch einen Drink zusammen nehmen.«

»Weder das eine, noch das andere«, erwiderte sie. »Ich lade sie auf einen Kaffee ein, auch Kuchen, gibt es hier einen guten? Sie haben mir sehr geholfen, Herr Posch, vielen Dank.«

»Dafür nicht! Auch wenn ich nicht weiß, womit.«

Theresas Handy klingelte, es klingelte wirklich. Sie hatte sich den Ton gerade von Georg installieren lassen.

»Marco?«, rief sie etwas zu laut in den Hörer hinein und spürte ihre eigene Anspannung.

»Bingo!«

»Bingo was?«, fragte sie.

»Graue Kunstfaser. Woher wusstest du das, Chefin?«

»Setz dich ins Auto und komm in den Golfclub, dann erkläre ich es dir.«

42. KAPITEL

Bär traf eine halbe Stunde später ein. Theresa brachte ihn kurz auf den neuesten Stand.

»Wie bist du draufgekommen?«, fragte Bär.

»Katja Wirtz machte eine Bemerkung, die mich aufhorchen ließ«, erklärte Theresa. »Nachdem sie ihre tote Freundin entdeckt hatte, lief sie zurück ins Clubhaus und Hauser sagte, Frau Buenlago sei erschlagen worden. Deswegen habe ich eben noch mal mit Ingo Posch gesprochen. Von Posch und Spethmann kam diese Kenntnis nicht.«

Sie gingen gemeinsam zu Thomas Hauser. Er saß in seinem Caddiehaus und las. Ein wenig tat er Theresa leid.

»Herr Hauser«, sagte sie. »Würden Sie uns bitte den grauen Pullover aushändigen, den Sie an dem Tag getragen haben, als Julia Buenlago ermordet wurde.«

»Ich bin froh, dass es vorbei ist«, sagte der Caddie-Master. Bedächtig klappte er sein Buch zu, griff nach der Jacke, die hinter ihm über dem Stuhl hing, und zog sie an. Marco Bär beobachtete ihn scharf und schien auf alles gefasst, aber Hauser war die Ruhe selbst. Es ging keine Gefahr von ihm aus. Theresa spürte das. Hauser nahm das Buch, schaute sich noch einmal im Büro um. Dann zog er die Glasscheibe hinunter, hinter der er 20 Jahre seines Lebens verbracht hatte. Er kam zu ihnen heraus, fuhr mit der Hand in die Tasche, was eine nervöse und wachsame Vorwärtsbewegung von Marco Bär auslöste. Aber der Caddie-Master holte nur einen Schlüssel heraus, steckte ihn ins Schloss und drehte zweimal um. Nachdem er den Schlüssel herausgezogen hatte, wog er ihn einen Augenblick ratlos in seiner geöffneten Hand.

Theresa verstand. »Ich gebe ihn in der Gastronomie ab«, sagte sie und nahm den Schlüssel entgegen.

»Geht schon mal vor, ich komme gleich nach«, forderte sie den Kollegen auf.

43. KAPITEL

»Warum?«, fragte die Kommissarin, als sie mit Thomas Hauser im Verhörraum des Kommissariats saß.

»Ich wollte sie nicht töten«, gab der Caddie-Master zu Protokoll. »Ich mochte Frau Buenlago.«

»Erzählen Sie, was an dem Donnerstag passiert ist?«

Wie an jedem Donnerstag hatte der Caddie-Master das Damengolfturnier vorbereitet. Es wurde ein »Longest Drive« und ein »Nearest to the Pin« ausgespielt, dafür musste er Schilder ausstecken.

»Als ich das Loch sechs hinunterfuhr, sah ich Frau Buenlago am Rande des Fairways sitzen, mit schmerzverzerrtem Gesicht. Sie hatte sich den Knöchel verrenkt und bat mich um Hilfe.«

Es sprudelte jetzt nur so heraus aus dem sonst eher schweigsamen Caddie-Master. Man merkte, dass er froh war, sich von der Last zu befreien, die seit über zwei Wochen sein Gewissen drückte.

»›Gut, dass Sie vorbeikommen, Hauser‹, sagte sie. ›Ich kann keinen Schritt mehr laufen.‹ Und während ich ihr gerade aufhelfen wollte, machte sie plötzlich diese Bemerkung. Ich konnte den Zynismus nicht mehr ertragen. Seit Frau Wallmann am Tag zuvor so tragisch ums Leben gekommen war, machten alle ihre Witze. ›Tod an der Fahne‹, ich hörte nur dumme Kommentare. Geschmacklos. Und die arme Frau war nur ein paar Stunden zuvor verstorben.«

Hauser erzählte nicht sehr geordnet, aber Theresa unterbrach ihn nicht. Er würde schon zum Punkt kommen.

»Ich mochte Frau Wallmann. Sie ging nie an meiner Tür vorbei, ohne mich zu grüßen oder ein paar Worte mit mir zu wechseln. Frau Buenlago war eigentlich auch nett, aber sie hatte einen Humor, der manchmal sehr verletzte. Warum musste sie diese Bemerkung machen? Es wäre alles noch gut. ›Hauser‹, sagte sie, ›ich habe solche Schmerzen, ich mach's auch nicht mehr lang, und ich lieg nicht mal tot an der Fahne wie die Wallmann. Das wär' das erste Mal, dass die gute Margot mir auf dem Golfplatz den Schneid abkauft, ein posthumer Triumph.‹ Sie lachte, trotz ihrer Schmerzen. Da bin ich ausgerastet. Ich war gerade dabei, ihr aufzuhelfen. Stattdessen habe ich sie geschüttelt. Ihr Kopf ist auf einen Stein geschlagen. Ich hatte den gar nicht bemerkt, den Stein unter ihr. Ich wollte sie nicht töten. Ich wollte einfach, dass sie schweigt. Das Maul wollte ich ihr stopfen. Ich habe einen Ball genommen. Es lagen Driving-Range-Bälle herum; ich griff einen und steckte den in ihren Mund. Ersticken sollte sie an ihrem Golf, alle sollen sie an ihrem Golf ersticken. Ich weiß nicht, was in diesem Moment mit mir los war. Was in mir vorging. Ich glaube, es kam plötzlich alles zusammen. 20 Jahre sitze ich in meiner Behausung und immer nur Golf. Die sind wie die Verrückten. Da draußen ist Hunger und Krieg und die reden über diesen lächerlichen Sport, als sei er das Wichtigste auf der Welt: ›Ich habe im Moment so einen furchtbaren Slice, Herr Hauser. Ich habe einen Dreißig-Zentimeter-Putt vorbeigeschoben, Herr Hauser. Ich habe so gut gespielt, aber so schlecht gescored, Herr Hauser. Meine Mitspieler haben mich gestört, sonst hätte ich ein viel besseres Ergebnis. Die Grüns waren zu schnell, Herr Hauser. Die Grüns waren zu langsam, Herr Hauser.‹ 20 Jahre. All die Jahre. Meine Mutter ist in der Zeit gestorben, ich habe einen Bruder verloren, mich von meiner Frau getrennt. Das hat keine Sau interessiert, aber ich soll ihnen mein ganzes Mitgefühl geben, weil sie einen ihrer Drecks-Putts nicht gelocht haben.«

Der Caddie-Master erhob, während er erzählte, kaum die Stimme, vielleicht konnte der aufmerksame Beobachter einen unterdrückten Zorn heraushören. Als er seinen Bericht beendet hatte, schüttelte Hauser den Kopf, immer weiter, als könne er nie wieder damit aufhören.

»Es ist verrückt«, sagte Theresa hinterher zu ihren Kollegen Bär und Korte. »Wir hatten doch Hausers Alibi überprüft. Alle Mitglieder hatten ihn irgendwie gesehen, alle bestätigten, er sei an seinem Platz gewesen. Ein Unsichtbarer, der plötzlich von allen gesehen wurde. Und gerade in dem Moment, als er nicht da war. Wer konnte das ahnen? Den Golfplatz kennt er natürlich wie seine Westentasche. Er ist nach der Tat mit seinem Wagen in ein paar Minuten wieder in seinem Büro gewesen. Niemand hat ihn auf dem Weg beobachtet. Das wundert mich nicht. Er wusste genau, wie er fahren musste, um unbemerkt zurück an seinen Platz zu kommen.«

Theresa Rosenthal besuchte Hauser noch mal in seiner Zelle. Er schien nicht unzufrieden. Als sie ihr Bedauern über sein Schicksal ausdrückte, deutete er auf das Buch, das auf dem Tisch lag. Er hatte seinen Adorno dabei. Hauser zitierte: »Es gibt kein richtiges Leben im falschen.«

OLAF MÜLLER
Rurschatten

978-3-8392-2331-4 (Paperback)
978-3-8392-5831-6 (pdf)
978-3-8392-5830-9 (epub)

DAS GRAUEN FLIESST MIT Feuerwerk auf der Annakirmes in Düren. Eine mysteriöse Nachricht lockt den 88-jährigen Alexander Rütters in die Geisterbahn. Die Fahrt endet tödlich und der Aachener Kommissar Fett nimmt die Ermittlungen auf. Spuren führen zu einem Beinahe-GAU der Kernforschungsanlage Jülich und zu dubiosen Immobiliengeschäften um ein Wasserkraftwerk am Rursee. Oder wurde Rütters doch noch von seiner Kriegsvergangenheit eingeholt? Die geheimnisvolle Marie Utzerath weiß mehr. Und plötzlich kommt auch noch der belgische Geheimdienst ins Spiel. Viele Schatten – wenig Licht.

GMEINER SPANNUNG

WWW.GMEINER-VERLAG.DE
Wir machen's spannend